红币

张品成 — 著

山东文艺出版社

गोरा

目　录

第一章
　一　你敢拿你眼珠打赌不？ ·················· 1
　二　单坎是座钨矿 ·························· 3
　三　人走运门板都挡不住 ···················· 8

第二章
　一　任务很重要 ··························· 12
　二　你叫我回来就是运这些机器零件？ ······· 15
　三　所谓的冤家路窄 ······················· 17
　四　按部就班 ····························· 20
　五　没偷成鸡也没蚀了米 ··················· 24
　六　这一步棋走得确实妙 ··················· 27

第三章
　一　他们像是在等着什么 ···················· 31

  二　那个地方叫烂泥坑 …………………………………… 34

  三　一箭双雕一石二鸟 …………………………………… 41

  四　识时务者为俊杰 ……………………………………… 46

第四章

  一　当务之急 ……………………………………………… 51

  二　票子毫子和大洋 ……………………………………… 55

  三　我们需要这个人 ……………………………………… 57

  四　这课还怎么上？ ……………………………………… 61

  五　眼镜客 ………………………………………………… 65

第五章

  一　镰刀锤子五角星……还有列宁的头像 …………… 69

  二　就这样他们做出了第一张钞票 ……………………… 73

  三　这纸还能生出钱来？ ………………………………… 75

  四　他们绞尽脑汁 ………………………………………… 78

第六章

  一　"无米下锅" …………………………………………… 82

  二　彭铭耀到底做出了一张纸 …………………………… 86

  三　没点腥味能惹来那么多野猫？ ……………………… 90

  四　洪慧瑛就是这么个妹子 ……………………………… 91

五　洪慧瑛在他们身上感觉出一种融洽祥和 …………… 96

第七章
　　一　我心里一百只兔子在跳 ………………………… 101
　　二　他们印出了大摞的纸钞 ………………………… 104
　　三　他被那屋角的一堆钱弄得胆战心惊 …………… 107
　　四　两个男人就睡在那些纸钞上 …………………… 109
　　五　他们真印纸钞了 ………………………………… 115

第八章
　　一　煮熟的鸭子别飞了 ……………………………… 121
　　二　再等就等到金子化成水了 ……………………… 125
　　三　政治有时候比战争好用 ………………………… 128
　　四　发现了假币 ……………………………………… 131
　　五　人为财死鸟为食亡 ……………………………… 136

第九章
　　一　人急了就把个木脑壳逼成了个诸葛亮 ………… 139
　　二　世上万事以诚为本 ……………………………… 142
　　三　有人却笑也不是哭也不是 ……………………… 145
　　四　到底是祸不单行还是只是个意外？…………… 147
　　五　红军走的一步棋 ………………………………… 151

第十章
- 一 她没想到一块石头会让她又留了下来 …… 157
- 二 他感觉到那石头有名堂 …… 161
- 三 我不想就这么死 …… 165
- 四 许多人都挖空心思 …… 167

第十一章
- 一 中间地带 …… 170
- 二 这个老师真不简单 …… 171
- 三 国家总不能像城头的塔 …… 176
- 四 只有洪慧瑛知道满秀是怎么回事 …… 183

第十二章
- 一 他想着财神爷降临他家的样子他想着那些钱他睡不着 …… 189
- 二 怕是天要变了 …… 193
- 三 "财神"行动计划 …… 195
- 四 花钱竟然成了一个任务 …… 197
- 五 他们做财神 …… 201

第十三章
- 一 鬼影一样的传言就像一阵风 …… 204

二　他们知道事情的严重性 …………………………………… 207
三　天没塌下来就好办 ………………………………………… 211
四　这挤兑来得有些突然 ……………………………………… 217
五　如数兑现 …………………………………………………… 218

第十四章
一　她看出那些人眼里的东西 ………………………………… 222
二　人无横财不富 ……………………………………………… 225
三　你不能放着发财的机会让其成过眼烟云 ………………… 229
四　就当做了场梦吧 …………………………………………… 232

第十五章
一　我得去高坪一趟 …………………………………………… 238
二　是"财神"更是瘟神 ……………………………………… 242
三　鬼打了蛮三脑壳 …………………………………………… 246
四　刘丙和觉得这想法或许值得一试 ………………………… 249
五　肥水不流外人田 …………………………………………… 252

第十六章
一　他是和这事较上了劲和红军较上了劲 …………………… 257
二　看来秘密就在这竹子里 …………………………………… 260
三　他觉得这是个搏一搏的好机会 …………………………… 265

四　也许是这么回事 …… 267
　　五　我不想说什么了 …… 271

第十七章
　　一　好戏在后头 …… 273
　　二　他们没想到河岸上竟然一路有人守株待兔 …… 276
　　三　有他无我有我无他你死我活 …… 278
　　四　苏维埃银行真是财大气粗 …… 281
　　五　还不到笑的时候 …… 283

第十八章
　　一　你说按书上的办我们就按书上的办 …… 287
　　二　洪慧瑛不声不响地忙乎了两天 …… 292
　　三　洪慧瑛做了一桩了不起的事 …… 294
　　四　黎译宏眼下急需一个这样的人 …… 298
　　五　这是个阴谋 …… 301

第十九章
　　一　他们是些高手 …… 305
　　二　凡大老倌是块难啃的骨头 …… 309
　　三　许多人心里七上八下 …… 314
　　四　日子不同寻常 …… 315

第二十章
　一　眼见为实 ………………………………………… 318
　二　红军言信行果一诺千金 ………………………… 321
　三　那个河堤上走着的老倌走得不同凡响走得张扬硬气 … 324
　四　自己的钱自己做主 ……………………………… 327
　五　生米煮成熟饭了 ………………………………… 331

后　记 /335

第一章

一 你敢拿你眼珠打赌不？

人家叫有赞刀币，他开始不知道那话的意味。人家告诉他刀币是古代的一种钱，像刀。有赞明白人家说的是他那张脸，那脸很窄，瘦长瘦长，看去有些怪怪的。脸窄眼睛就小，小得成了两条缝缝。

可有赞看东西眼神一点也不比别人差，甚至比一般的人要好。

比如飞镖，有赞一抬手，手起镖飞，总能扎着要扎的地方。眼睛不好能有那准头？有人说有赞那对眼珠不同凡响，东西到他眼里就大上一轮。偏偏有人不信。也是，这很难让人相信，以为睁眼说瞎话。

他们说打赌。他们怂恿着那个人跟有赞打赌。

那些人嚷嚷："打赌就打赌，有赞你敢赌不？"

有赞眨巴了眼睛看着那些人。

那人以为有赞怯场，不敢应这么个事，说："哎哎，有赞你敢跟我打赌不？"

有赞说："怎么赌？"

那人从兜里掏出枚古钱，躬身在路边沟里抠了把红红的稀泥糊在老樟树上，然后把那枚铜钱贴敷在那地方。

"你站两丈远地方把镖插到钱眼里，我这些钱都归你了。"他手里一只钱袋袋,拎着那么抖了抖,当当啷啷地响。他指着那枚铜钱跟汤有赞说。

那是个生意人,到于都做完生意从曲洋过身。这一趟赚了不少,人高兴,喝了一点酒,脑壳里热热烫烫的裹满了兴奋。

话一说出来,人都哑了声,才多大一个钱眼,你让人家两丈外飞镖中的?你以为是神仙呀,就是神仙怕也难做到。

大家都看着有赞。

有赞只眨眼,不开声。

那人得意了,他以为难住有赞了:"我说嘛,人眼又不是牛眼,看东西能大上一轮,你神仙呀?"

有赞没摇头,有赞点了点头。

"咦?你还真敢赌的呀?有赞你要赌输了哩?"

有赞这才吭声:"你说呢?"

那人愣住了,上上下下看了看有赞,"你帮我做一年的伙计。"那人说。

有赞说:"走步子走步子!"

众人哗然,有人担心有赞被耍了,扯了有赞衣角说:"有赞你别应那家伙,他要你给他打一年长工哩。"

"走步子走步子!"有赞嚷嚷得更大声起来。

有人真就用步子量了个两丈远的地方。

"就这儿了。"那个男人说。

有赞看了看,说:"就这儿了!"

大家都直了眼看有赞,有赞没事样甩了甩袖子,然后挽了起来。他站在那儿,眯了眼看了看那枚铜钱,从腰间掏出枚镖。掂了掂,一抬手就把镖甩了出去。

那镖像长了眼睛一样,不偏不倚扎在钱洞洞里。

有赞就那么赢下了那袋银洋。那不是一笔小数目,他发财了也出名了,那些日子这事在曲洋方圆百里引起了轰动,人都说活该人家有赞走财运,也许就那么一镖让有赞碰上了哩。

这事反正就成了街谈巷议，许多的外村人慕名而来，想一睹汤有赞的盖世功夫。有赞没再露那一手。有人就对那一段传说有了怀疑，说要是真有其事也是瞎猫撞着死老鼠是那个有赞走运撞上了。

有赞说："你敢拿你眼珠打赌不？"

说话的那个脸就白了，脑壳摇得如同风中的树叶。

二 单坎是座钨矿

汤有赞坐在那块大石头上，他每天都坐在那里，看上去他好像要把自己坐成一块石头。那是在深山里，不远处几顶窝棚，四面都是林子。他独自一人，他一动不动盯看着那个洞子。

他做的就是那工作，山里风呼呼地从他身边过来过去，送来鸟叫莺啼。

汤有赞后来被派去单坎做看守，他没想到会让他做这营生。

红军来了后，后生家都入了队伍。有赞有一手飞镖绝技，当然也戴着红花大碗酒大块肉地海吃了一顿入了队伍。

俞启岳那天走到他跟前。有赞不知道那男人的身份，只觉得那个外乡男人一副秀才模样，脸很白，细皮嫩肉的，一脸的平易近人样子，看不出是队伍里的长官。

"你叫汤有赞？"

"哦哦！"汤有赞点着头。

"我听说你的事了，了不得呀！两丈远飞镖穿钱孔，才多大个孔呀，还没小拇指甲片大吧？你竟然能飞镖扎个稳准……"俞启岳说。

"你赶得上养由基了，养由基百步穿杨，红军战士汤有赞两丈飞镖穿钱……哈哈哈……"那男人说。

"养由基我不认得。"

俞启岳笑了:"你当然不认得,他是古人。"

后来,汤有赞知道那男人是团长,对此,汤有赞有些意外,他以为长官都是张飞那种样子,没想到白面书生也能带兵打仗。他们说团长朝你竖拇指,你要走运了。他们说有赞有赞笃定是你前世修来的好福分你要走狗屎运了,团长带了去前线哟鞍前马后,千军万马攻城拔寨好不威武,你能成大将军。

谁也没想到汤有赞会被遣派到这地方来。这地方叫单坎,单坎的山里有一种黑石头,人们叫它钨砂,是值钱东西。

单坎是座钨矿。红军占了这地方,知道这石头值钱,红军也需要钱。兵马未动,粮草先行。红军知道这个,白军更深知这一切。他们用重兵把苏区铁桶般围了,就是想困死饿死"赤匪赤众"。你想就是,这时候钱和粮食还有日用百货枪支弹药……那一切对红军多么重要。有这么个钨矿,那是雪中送炭。

上头派了个重要人物来筹办开矿的事,他们商议,说干就干,搭起窝棚就干了起来。挖矿的人他们也找来了,当然不能用士兵,前方要打仗,好钢要用在刀刃上;也不能是女人和老人,挖矿是个苦活,不能让他们到那地方去。红军曾为这事费了些脑子。当然,这事难不倒他们,他们开了几次会,三个臭皮匠还顶个诸葛亮哩,何况我们这么一伙人就凑不出个绝妙主意?

他们决定用犯人,苏区也有犯人。小偷小摸不说,犯刑事罪的,违军纪的,还有冥顽不化的富农、不法商贩以及混入苏区的敌探……查实了的罪大恶极的推到河滩上一刀斩了,可待查实的呢,罪不大不小呢,杀不是关不是。杀了,担心冤屈了,关着也每天要管一日三顿白白消耗粮米,再说随时可能有战事,弄不好犯人会趁交火时候逃走。

他们决定用犯人来挖矿。这主意好,犯人要感化,劳动是重要手段,也省下了人手好去前线。挖矿也不担心犯人出逃，矿洞深深，进去两眼一抹黑，出来满天黑糊眼。矿又地处深山，往哪儿逃？

有赞被派来做钨矿的看守。

谁都想不通，多好的一块钢，怎么用在那地方？

但很快大家就明白上头的用心了。有赞对那些进矿洞的男人说，你们好好卖力挖矿，想逃要想清楚哟。

他给大家看手心那枚镖，人眼总比钱眼大吧？他给人家说这么句话。谁都听过那段传说，大家点着头。

"你们信不信？"他说。

"不信你们谁站出来试试？"他说。

没人敢站出来。

这就是上头的用意。红军缺弹药，看守虽然都配了枪，但子弹最最关键时候才能用，能省就省。有赞一手飞镖功夫，有时比子弹还管用。

有赞倒觉得没什么，他是个实诚人，性情温和没什么脾气，人叫干啥就干啥。

在单坎做这份活计，别的没什么，就是有点烦腻，你想就是，整天就那么几个人在山里。有时就孤单一个人，听松涛泉响，鸟叫虫鸣。守着的就是那个洞口，你不能乱走乱动，走走也能看风景呀，你不能动，看的就那么几座山那么些大小石头那么一片林子，再美的风景也不是风景了。你整天吃一碗肉试试，不出十天，你看着那碗肉就腻了，腻得让你反胃。而有赞几个天天要"吃"，你想就是，能不起烦腻？

不过春天来了，春天要好一些。这一天正是春天里一个好天气，山里花开草萌，白是的栀子花，红的却多是映山红。蜂飞蝶绕，鸟啾雀啼。听蜂鸣鸟唱，就听出许多的美妙处来。风从花间叶缝不急不慢地掠来，拂满脸满身的清爽。

有赞想，要总这样就好，要能守住春天就好，人就不会那么烦闷单调的了。那么想着，自己也哑然失笑了下。我不想那些了，我抽烟。他想。

那些日子，他总是用抽烟来打发寂寞。他点了一撮烟，才抽了一口，就感觉洞口那里有些异常。他缩了下身，脚底安了弹簧样就飘到洞口。然后，就看见那张脸。又是那个新来的，是个瘦高个白脸男人，鼻梁上架一副眼镜。有赞知道他的名字，这里的百十号人，有赞都记住了他们的名字。

"彭铭耀！"有赞喊了那么一声，他把巴掌张了开来，露出手心那一枚镖。

"你想试试？"

那男人咧着嘴笑着，他鼻梁上架了一副眼镜，说话文绉绉的，看上去像个教书先生。据说先前在闽西的一支队伍里还是个小小头目，不知道怎么就犯了事被送到这地方。

"怎么会？你不会……"彭铭耀说。

"你试试？"

"我没越线不是？没越线就不算出洞子……"

"你回去！"

"你看你，我又没越线，再说大家都在休息……"

"你说你想干什么？"

彭铭耀还笑着："我只是想……想跟你说个事……"

"那你说！"本来这也不合规矩，有纪律——犯人干活期间不能跟看守说话。但有赞觉得这个男人一脸的什么东西让他觉得很神秘，他尤其惊讶这男人画得一手好画，没笔没墨的就用炭头能在石头上画出风景人物，惟妙惟肖。他总觉得这男人不一般，不一般的人有赞当然可以不一般对待。

"你抽撮烟……"有赞对那男人说。

"好好……我就是想抽一口烟。"

他接过汤有赞的烟管，送到嘴里吸了两口，呛得勾腰在那儿猛咳了好一会儿，眼泪鼻涕涌了一脸。

"你看你……我没看过你抽烟……"有赞说。

"你根本不会抽烟……"他说。

彭铭耀点了点头,他还那么脸上挂着笑。

有赞拍了拍屁股边上那空地方,示意彭铭耀坐过去。

彭铭耀却摇了摇头:"我不能坐那儿,坐那儿我就越线了。"

"我说你坐过来你就坐过来!"

"我站在这里挺好。"

"你不抽烟那你站在那儿干什么?"

"我想看看春色,看看风景……"

有赞差点笑出声:"你这人真是……"

"白天进洞做活一抹黑,天黑出洞也一抹黑,两头难看到山景了,再不看看,春天就过去了……"

书呆子就是书呆子,有赞想。

"秀色可餐……"他听得那人说。

"什么?"

"古人说的,好景色如美味,看了如饮美酒如食山珍……"

书呆子哟书呆子。有赞想,这么个书呆子怎么就成了犯人了呢?有赞想不通。看他那脸,一脸的和善,看他那身子,豆芽菜一根……

"我要有笔,我就画下这风景……"他听得那个人说。

"哦哦,你会画画?"

"也就学得点雕虫小技。"

"你看你现在还惦着这么个事,你看你看……"

"怎么不想?你是说我现在还有这份雅兴是吧?当然要有,人活着没个雅兴不行……那不成了猪呀狗呀猫的了?那还活个什么?"

有赞笑了笑,他觉得自己说不出个道道来的事那男人能说出来。"那你就多看会儿。"他跟那男人说。可他突然发现对方这话也有些不真实,他在撒谎。他是个眼镜客,平常拿去眼镜几乎就成了瞎子,他怎么看风景?

"你眼镜呢?"

"矿坑里我跌了一跤,把眼镜摔了。"

"那你说看风景……你骗我……"

"我没骗你,我骗你做什么?你以为看风景只用眼睛?"

"不用眼睛用什么?"

"耳朵和鼻子呀!"

"你这人……"

"我没骗你,风景不光眼睛看,耳朵听鼻子闻都能领略的……我没骗你,我骗你干什么?"

"噢噢!"有赞噢了两声,他想,读书人名堂就是多。想想,也有道理,春天里的气息就是不一样,春天山里的声音也非同寻常。

"我真没骗你。"彭铭耀很认真地那么说。

"那你想听风景闻风景的时候你就来这儿吧……"有赞说,其实他的目的就是想跟彭铭耀多说一会儿话。

可有赞没想到第二天他就离开了单坎,黄昏的时候,马拱八领着那几个男人来到单坎,他们三五天就会来那么一趟。

三 人走运门板都挡不住

也是这样春光明媚的午后,马拱八带了那五个人来到单坎,他们总是隔三岔五地来单坎,给矿上送来给养,也把矿洞里掏出来的钨砂运出去。几个全是经验丰富的排客,他们砍了竹子扎制竹排,然后用竹排运矿石,送到下游去精洗淘涮。离这地方不远处有条溪河,河水湍急。

曾有几个想出逃的犯人都是被那溪河收了命。那是个鬼门关,滩险水急，不是走排的老手，不容易过那鬼门关。马拱八他们是从保卫局里挑出来的，那滩那流当然不在他们话下。

马拱八见了有赞，大喉咙嚷嚷着："哎哎！刀币！"

"你个马拱八，喊魂呀？"

"有好事哩。"

"回回来你都说有好事，我会信你？"

"俞启岳让我带了封信给你哩！"

"哦？"

俞启岳就是那个"团长"。

"我又大字不识，他带信给我？"

"你们队长识字哩。"

队长是个胖人，肥头大耳的模样。马拱八把那信交给了队长，那个胖队长歪着头看着，然后抬头看了看有赞。

汤有赞说："信上说什么呢？"

队长说："刀币，他们要从我这儿借你几天。"

有赞说："好哇好哇！天天待在那块石头上，我都要坐成石头了，出去走走。"自己就笑了，你以为让你去蟠桃会呀，你看你嘴咧得像只烟盒。

"团长让你去漳州哩。"

"去漳州？"

"也是怪，怎么这时候让你去那地方？昨天那边来了人，说战事已经结束了，一场胜仗。"

"攻赣州久攻不下损兵折将，打漳州兵奔七百里却能摧枯拉朽喔。"有人说。

他们说起那场战斗，他们很亢奋。

"仗打完了叫我去做什么呢？"汤有赞说。

马拱八说："谁知道哩，上头叫你去，总归有道理。"

队长说:"那是……叫你去你就去。"

汤有赞说:"那是,我当然得去,那是命令。"

队长说:"说是借你去几天,我知道肉包子打狗有去无回的。"

马拱八说:"看你胖子,你咒人家刀币呀?"

队长说:"哪里哪里,我是舍不得刀币走,再说上头每次从我这儿抽人走,哪次还我了?"

"犯人越来越多,看守却越来越少……"队长说。

队长给他做了一顿好吃的,他们坐在大石头上吃喝起来。队长说:"我特意上山走了一转,猎着只麂子哩。"

有赞说:"队长你好枪法。"

"是你有赞好口福哟。"

马拱八说:"人走运门板都挡不住。"

"就是就是。"有人说,"看来叫你去漳州,有美差好事。"

有赞歪着头不解地看着那个人。

"咂咂?你那么看着我干什么?"

"那里有好吃的好喝的有窑子赌场?"有赞说。

那人没听出有赞的讥讽,脸上跳一抹笑说:"看你说的,你个汤有赞哟……你想的好事就是那么些劳什子?吃喝嫖赌?"

"你说的……不是你说的吗?"有赞说。

"我说美差好事……我没说窑子赌场……你想得好,红军不兴那个,红军一去,窑子门关了,赌场砸了……"那人说。

"你没说就好……"

"好好的来命令叫你去那地方肯定有好事。"

"俞团长叫我去的……"有赞也觉得是好事,马拱八也想不出会是什么好事,仗打完了把人急急地叫了去。不过反正命令来了,军令如山,一定得去。

"他们是看中你手里那镖哩。"

"谁知道!"

他们边喝酒边猜着有赞将要做的事情。有人说是去前线,有人说是做首长的警卫,也有人说什么也不是,是那个叫俞启岳的人想让他出去闻闻新鲜空气。

"来来喝酒!"队长说。

"我还真舍不得你走,你在这里一个人当十个人用,手里没枪比拿着枪还让那些犯人胆战。"队长说。

他们喝了不少酒,他们难得那么喝一回。

那天夜里有赞没睡好。按说酒让他迷糊他应该睡个好觉的,可是心里老是七上八下想着那事。那白脸团长这种时候叫我去那地方有什么好事呢?想来想去也想不出个什么来,就那么折腾了一夜。

两天后,他们到了漳州,然后就被带去了那间祠堂。

第二章

一　任务很重要

俞启岳也是两天前接到上级命令的。那几天他正为漆疮所烦恼。要做漆坊掌柜的工作，俞启岳带了两个随从就去了街上的那家生漆坊做说服工作。

掌柜的在搅漆。俞启岳就径直走到漆缸边跟掌柜的说话。

"哎哎！你离我远点！"掌柜的厉声喊出一句。

俞启岳吓了一跳，身边的随从甚至拔出那支匣子。

俞启岳示意随从放松点，他走近掌柜。他朝那掌柜微笑着，表示出友好和善意。

"你不听我的也就算了，你看你不听我的……你不该进我这里来的，你看你不听……"漆坊掌柜嘀咕了一句。

"我只想跟掌柜的说几句话。"俞启岳说。

"你看你看，本来是要沏好茶备好烟请长官在堂屋谈事的，红白交火，店里伙计跑个精光。"漆坊掌柜说。

"这没什么，在这儿说说话挺好。"俞启岳说。

掌柜没停下手里的活，他继续搅着缸里的东西，一种浓浓的特殊气味让他那根搅棍翻搅了出来，弥漫了整个屋子。

"我没办法，只有自己动手，好多年没弄这营生了，手生疏了喔……

长官你有什么事你说。"掌柜的说。

俞启岳就把上门的目的说了。

那时候俞启岳在执行着一项特殊的任务,他要向这些商户筹钱。红军只没收土豪劣绅的财产,对中小商人实行保护政策,那些中小商户自然是不能伤害的了,不能抢不能掠,抢掠是反动军队的做法。而那些底层市民,不仅不能从他们那里取得所需,红军还得助贫扶弱。

眼下的实情是,苏维埃刚刚成立,家大业大,开支自然就大,花钱的地方很多。尤其敌人对红军的围剿日甚,红军前方作战,也得需要粮草物资支援。所以,苏维埃眼下有些困难。钱自然是很需要的,没收土豪劣绅的财产,并不能彻底解决问题。

"我是说我们想跟先生借贷点钱以渡难关。"俞启岳说。

掌柜脸带一丝苦涩的笑:"哦哦……你看你看……我一家漆坊,苦心经营每天起早摸黑辛苦也就勉强着开门关门的混个温饱。"

俞启岳说:"我知道小本经营不容易,我们也是讲自愿,我说过,一切出于自愿……"

俞启岳觉得这气味异样的地方没什么指望了,看那掌柜的样子,至少现在是不会答应什么的。他想立即离开这地方,还有很多的商户要去登门。

他没想到对方会喊住他。

"长官……天太热,你喝口茶再走……"那掌柜的喊住了他。

俞启岳真就喝了口茶,他没想到喝那么口茶他们又说了会儿话。

那时候,街子上恰有一支红军队伍走过,衣衫不整,却精神抖擞。

"我真想不通……"漆坊掌柜说。

"什么?"

"你们真以为能得天下?你们真就觉得能和官府较量?"

"那当然!"俞启岳笑着,笑出一种自信,脸上漾着一种刚毅和坚定。

"不容易。"

"是不容易……"

"哪一回改朝换代不是血流成河？脑壳别在裤腰带上……"

俞启岳依然笑笑，他想，他不能在这儿耽误了，他得走了。但他又一次被漆坊掌柜叫住了。

"没人借钱给你们，我看没人……"他说。他打开了柜子，摸出几块银洋递给俞启岳，"我看你人不错，你们是好人，你们真不偷不抢你们是厚道人……"他说。

"我总不能看着长官你空手而归……"他说。

俞启岳还是那么笑，说："你拿笔墨来。"

"什么？"

"我们给你写张借条。"

"算了，我也没指望你们还钱。"

"这不行！"俞启岳很认真地说，"欠条一定要写，欠的钱我们也一定要还。"他捏了笔，蘸上墨，有板有眼地写了张欠条。

"长官，你一手好字。"

"你信我就是，你信红军就是……一定还的，迟早还的……"走的时候俞启岳这么说。

掌柜的摇了摇头："你真不该到我这里来。"

俞启岳一直不明白漆坊掌柜这话的意思，等明白过来，身上已经肿起老高。

原来是生漆惹的祸。山里长有漆树，别说从那树里取出的汁液，有的人就是挨着枝叶都可能全身起疱疹，何况漆坊？那地方到处是这种气息和汁液，外人若是贸然进去说不定就会脸肿身子肿，当地人叫生漆疮。

俞启岳生的就是漆疮，他脸肿得像铜盘，浑身奇痒。

首长找到了他。

"我得派你去后方了……"首长笑着说。

俞启岳脸黑了:"你把我当伤病员了吗?"

"难道不是?"首长还是笑着,"其实也不关漆疮的事,本来就想派你去完成一个重要任务……"

首长把任务说了,任务很重要,字字句句都像只锤,敲着俞启岳的心。

漆坊掌柜想错了,他没有料到,漳州很多市民都没有料到,红军除没收了土豪劣绅的大量财产外,还真的在中小商贾那里借贷到数量可观的银洋。现在红军有了十八担银洋和金银,这不是一笔小数目,有了这钱红军终于能办一件事了,他们要办银行,他们一直想办银行。过去苏维埃没成立,一些根据地曾自己发行过货币,有过初步的信贷,可那不能算作银行。现在,中华苏维埃已经成立,当务之急要统一苏维埃货币,要办工农自己的银行,没银行怎么行?

首长把俞启岳和另外几个人一起抽调到苏维埃国家银行工作。俞启岳知道首长找他是因为他做过几年桐油铺的学徒,跟那个叫叔公的掌柜学了一点点文墨。那手字就是在那里练的,晚上没事,就点了油灯习字。

他们的任务是把漳州筹集到的这些财宝安全运到苏区,并且让这些财宝作为苏维埃国家银行的准备金以发行苏维埃货币。

上头就是这样部署的,但部署归部署,任务非常艰巨。

二 你叫我回来就是运这些机器零件?

有赞赶紧到了那家祠堂,他径直往里走着,有人喊住了他:"这不是有赞吗?"

有赞看了一眼,是个"胖人",他眉头跳了一下,觉得那人很陌生,他还急急往里走。

那人扯住了他:"哎哎,有赞!"

有赞说："我是有赞，你是谁？我找俞团长。"

那个胖人就笑了："你看看，你仔细看看我是谁？"

有赞在天井亮光处认真看了那脸一回，"哎呀"叫了一声。

"都是那漆坊弄的，我没听漆坊掌柜的话，我该信他话的……"俞启岳笑了笑。

"团长你找我？"

"走，我带你去个地方！"俞启岳说。

有赞看看俞启岳那脸，想从对方脸上看出点什么来，可他一无所获。他脸肿了，眼成了两道缝缝，鬼知道他心里想的什么！有赞想。

后来，他们就走到了街上，那里依然很冷清。才打过仗，一些市民还面带惊慌，他们行色匆匆，脸上表情僵硬。有赞边走边四下里张望，他觉得这地方有些让他感觉好奇。

"你看你那么看人家。"俞启岳说。

"我知道你晓得我心思，要派我去前线？"有赞说。

俞启岳笑了笑，不过那笑在肿大的脸上只浮云那样漾动了一下。

"走走，去了那儿你就知道了。"俞启岳跟他说。

"哦哦！"

那是个大屋子，屋里几个男人在装着一些油布包，他们把那些油纸包装进篾箩里，有赞他们去时，那些东西已经装了十几担了。

"这是什么？"有赞有些纳闷了，上前线和这些油布包裹的东西有个什么关系？他觉得有些不妙。有赞眉头就皱了。

"从漳州工厂里拆下的一些机器零件。"

"噢？"

"苏维埃需要这些东西，敌人封锁我们，一切要靠自力更生，我们需要这些机器，不是一般的需要，是急需！"

"你叫我回来就是运这些机器零件？"

"哦嗬！上头的命令！"

"你是说叫我回来就是这任务？"

"是哟，重要任务！"

其实那时候有赞已经明白，上前线基本成了泡影，是让他押运那批东西。他朝俞启岳笑了笑，莫名地点了一下头。

后来，他们就和那几个男人一起，把那十几担箩挑到码头上。那时河面上空空的，排还没来，码头上人来人往。你想就是，码头嘛，是人多的地方。有些人注意到了那些东西，觉得好奇。他们走近前来，开始是静观，后来伸手摸了摸，有人甚至抓了掂了那么几下。

"很重哩。"他们说。

"什么好东西呀？"他们说。

"是宝贝，金银财宝。"俞启岳说着，朝那些人笑笑，他的肿起的脸庞也让那些人好奇。那时候阳光正旺旺地当顶照着，有那么几块光斑落在那男人的脸上，那脸看去就更显出怪异和滑稽。

"鬼信你。"他们也那么笑着说。

"一些铁坨坨……"有人摸着感觉到硬硬的，那么说了一句。

"你这个人真会开玩笑。"围着的那些人说。

"有这么装金银财宝的？有这么多金银财宝？"他们说。

俞启岳没说话，只笑笑。

"是个怪人。"他们说。

"你们都是些怪人。"他们说。

三　所谓的冤家路窄

黎译宏就是那时候出现的，他穿着一身绸布衣服，看去来路就非同一般。他犹豫了一下，挤出人群，直接朝河边走去，走到俞启岳的身边。

俞启岳正看着远处的河面，那边，依然没有竹排的影子，眼角的余光里，脚边有黑黑的一团。他转过头，看着这个陌生男人。

黎译宏朝俞启岳笑笑，他们那么互相瞄了对方一眼，他们不知道今后的日子两个人是对擂着的一双，所谓的冤家路窄。

"兵荒马乱的……掌柜的还起货运货？"黎译宏搭讪说。

"红军的货，托我们给运去他们的地盘……"

"哦哦……"

"脑壳挂在裤腰带带上……"

"什么？"

"我说赚几个钱不容易，脑壳挂在裤腰带带上……掌柜的你不也一样？交火才几天，你就急着往这边来……我看你不像本地人……"

"兄弟你好眼力……是从厦门那边来的。"黎译宏说。

"你不也脑壳挂在裤腰带带上？"俞启岳笑着说。

黎译宏也笑了笑："误打误撞了，我来这里收债，没想到银器铺掌柜阿东他被红军打了土豪，我债没收到，就把脑壳别在了裤腰带带上了哟。脑壳别在裤腰带带上能换回银钱也不差，可我是人财差点两空……"他也顺了俞启岳的目光往那边看，水面上依然不见舟排踪影，只有水波粼粼。

"先生想搭顺水船？"

"哦嗬，掌柜的要是愿意，可以跟我们一起走，路上还多个伴……"

黎译宏只是投石探路地说了那么一句，他当然不会跟了这些人走，他有重要事情。他记得在南昌时徐主任那张脸。那是三天前，黎译宏被急急地从浒湾召回省城。他急急地去了行营，很想知道有什么事十万火急，把他从节骨眼上叫了回来。他想跟主任说再有一天两天的我就能钓上大鱼，为那条鱼我已经苦心等待了四个月了，可一纸急令让我前功尽弃。他没说，徐主任黑着一张脸。调查科被蒋委员长带到南昌行营后，旁人都说调查科成了校长眼里的红人了，但只有科里上下知道，真正是伴君如伴虎。前些时候战事不顺，军方埋怨情报屡屡遗漏甚至出错，蒋委员长拿徐恩曾发火，娘希匹娘希匹地骂。徐恩曾转而就拿手下泄愤，他娘的他娘的那么吼。好在近来剿匪战绩稍令领袖满意，校长笑容灿烂了一点，徐主任的脸上也没了那块抹布，调查科的人才稍稍松了口气。可没想到像是又有什么急事难事麻烦事，徐主任脸上又挂着黑云。

"我们的线人说赤匪在漳州大肆搜刮钱财。"

"他们一直这样，他们打土豪分浮财又不是一次两次，都弄了几年了。"

"这一回不一样，这一回他们连中小商户都挨家地么借……这情况不一般，我想我们得摸清赤匪的用意。"

黎译宏没再说什么，本来他可以说赤匪缺钱花，谁缺钱都想变着法子弄钱。他看不出弄钱有什么让人蹊跷不解的地方。可他没说，主任说不一般就是不一般。现在凡事要慎之又慎，你是委员长的耳目，你就得多看多想多琢磨。

他静听着主任的声音。

"叫你回来是想让你火速去漳州一趟，任务有二：其一，摸清匪部掠财的真实目的；其二，伺机找到财宝线索，争取在途中截获。"

"上峰已经允诺，谁截获这批财宝就悉数归谁……"徐恩曾说。

"噢？"

"一个美差。"徐恩曾说。

"就是！一个再好不过的美差！"黎译宏说。

研究方案时他们遇到点小小忧虑。

到底派多少人前去执行任务？两个人犯难了。多了，人多容易暴露不说，他们还怕自己的人里有人见财起意坏了事情；派少了呢，也不知道这事水深水浅，是真是假，要是属实要是事情重大，真的有那么一大笔财宝，在剿匪大业上立了一大功不说，光是那些钱财也够让人心跳眼热的。他们还想到别的一点什么,难说复兴社的人也嗅到了味呢?让他们抢了先手,眼看金子化成水不说,还失职于党国,在委员长面前没了脸面。人少了没能弄成事,那不是叫人悔断肠子的事?那责任谁也担当不起。

徐主任说:"我看译宏你一个人先去摸摸情况。"

黎译宏摇了摇头:"主任三思哟,我一个人难当此任,我看还是我和铭铎、丰有三人去的好。"

他当然不能一个人去,徐恩曾也不会让他一个人去。他知道主任心里已经有了主意,说那么句话只是想试探他。他看了看窗外,先前还朗朗的晴好天气此刻已经拱涌着黑云,雨就要落下来,看来会是一场大雨。徐恩曾走过去把窗子关了,转过身对黎译宏说:"那么就按你说的,你们三个人去吧,我知道你明白这事的重要性,事不宜迟。"

"就要下雨了,是一场大雨……"黎译宏说。

徐恩曾诧异地看了这个手下一眼。

"你们三个人去!"

黎译宏笑笑。我早就知道三个人去,三个人最合适,即能互相联手,又能相互监督。

他们在屋子里待了一夜,确定了一个方案,他们觉得那很好。

他们的计划是,黎译宏带三个人直奔漳州探摸情况,徐恩曾亲自部署一支精干小分队潜伏在红白交界的山中随时待命,一旦有紧急需要,小分队立即奔袭。

天衣无缝,万无一失。他们想。

四　按部就班

后来黎译宏和李铭铎、韩丰有三个人就来到这里。他们是同一日来的,

第二章

但是从不同的地方进城，那是交火后这座城市第一次敞开城门。其实城门一直是敞开着的，但那几天没人出城进城。红白正在交火，炮弹不长眼睛，谁那么蠢？

现在一方胜了另一方败走，城门洞里就热闹了，人出人进。

黎译宏一进城就关注往外运送的东西，真有那么一大笔财宝，红军肯定也会慎而又慎。那不是一般的东西，那是他们好不容易得来的命根子。直驱七百里，重兵拿下漳州，图的就是漳州城的"富甲一方"。

要是你，你会怎么处置？黎译宏问他的两个同伴。

他的两个同伴说，当然是重兵押运，这比较牢靠。

黎译宏也是这么想的，也许谁都会这么想。

但那么大一笔财富，总得存放在某个地方吧？他朝空气里吸了吸鼻子，似乎想从空气中嗅出财宝的气息，当然什么也没有，只有五月天气里淡淡的南方泥土的腥味，那是风从城墙外带进来的。

三个人在约定的地点碰了头。他们互相看了看，然后咧嘴笑了下，似乎觉得在敌人阵中游走是个很开心的游戏。他们三人来自不同的地方，却出自同一个特训班。那一年陈立夫从各地举荐的两百人里挑出三十人在庐山办了个机要特训班，两个月后，这三十个人全部安排在中央组织部调查处。因为江西进剿匪区需要，中央组织部调查处特设了特务总部，这个总部很重要，直属蒋委员长统管，设在南昌行营内，主任是校长的红人徐恩曾。他们三个都是其中的骨干。

消息是李铭铎带来的。

"码头上有人要运一批货出城。"李铭铎说。

黎译宏于是出现在俞启岳的面前，就有了他们间的那场谈话。黎译宏没想到那个男人会满口答应他搭顺风船。这怎么可能是财宝，你看那男人风平浪静的一张脸，就知道那箩里的东西和财宝无关。

有那么运财宝的吗？他想。

他想转身离开那里,那时响起了山歌声,他知道那些排来了,那些排客总唱山歌。粗犷而悠扬的歌声贴了水面而来,动听悦耳。黎译宏放弃了立即离开的打算,他在那里站了会儿,看见八只竹排伴着歌声靠近码头。然后,几个男人迅速地将那些箩担装上排。他眨巴了几下眼睛,想到了一点什么,觉得似乎这事确和那批财宝有着某种关联。

"今天夜里我们小心城里的动静。"回到客栈他跟两个同伴说。

他把他的想法说了:"我看红军跟我们玩诡计,明修栈道,暗度陈仓,声东击西。"

屋里点的是煤油灯,光亮很小,小风吹得那团火晃呀晃的,弄得墙上三只影子也那么晃抖。他们心里也像有什么那么欢快地晃抖着。

他们跳了起来,抖擞地冲到黑暗里,那边,狗叫声此起彼伏。

黑暗里有支队伍往南边行进,黎译宏在黑暗里对两个同伴小声说:"看见没?果不其然吧?"

"你们知道该怎么做吧?"他说。

他们当然知道该做什么,他们在黑暗里跑着,跑得气喘吁吁。他们顺着队伍前进的方向跑出老远,然后爬到路边的那棵大树上。头顶,月亮时而钻出云层时而隐于云里。

队伍很快从那边走来,脚步声很整齐,偶尔传出一声两声强抑的咳嗽声。树上的六只眼睛一动不动地盯着地面,他们看见了挑着担子的一群人,那队人在士兵的裹挟中行色匆匆地走着,从脚步里听出了慌张和急迫。黎译宏想,这还用说吗?果不其然呀果不其然,真就是那么回事。

当队伍远去后,他们迫不及待地溜下了地面。

"他们往津浦方向去的。"李铭铎说。

"我看像。"韩丰有说。

黎译宏觉得自己该说点什么,他是组长。"这很好,非常好!"他没说别的,他不轻易作什么判断,尽管红军行走的方向很明显,那条路只有一个地方可去，就是津浦。显然，红军为了财宝的安全，费尽了心思哟，抛出码头上那些担子做遮掩，明修栈道，暗度陈仓。他们舍近求远，从陆路先将东西运到津浦装船，津浦是红军的地盘。漳州虽然现在也是他们控制的地方，但毕竟没有被"赤化"。粤军就在不远的地方窥视，周边还有土匪在伺机而动，地方民团的武装也在集结待命……情况万分复杂，红军觉得不安全。所以，他们得重兵押运将东西送到津浦。不过，到了津浦就安全了？你总不能一直使用一支军队护送吧？漳州这边要防备败军的反扑，逼急的狗还跳墙哩。张贞的四十九师几近全歼，军方十分震惊。这还了得？赣州守军才一个团，赤匪数次攻城未果不说，还歼敌数百，你个漳州整一个师的兵力，竟然叫人轻易攻下，折损千多官兵，那是怎么个道理？这事太丢面子了，为了脸面，为了这口气，各方都要同仇敌忾了。

也是我黎某脑子转得快，不然还真叫赤匪耍了一把。这下好了，这下要走运了，运气来了门板也挡不住的。不仅是官运，还有财运。十八担财宝呀，上峰答应了，若能截获这些东西，将悉数交特工总部处置。

这可真叫双喜临门。

黑暗中他们商量了一下，然后他们去做该做的事了，那都是事先就定了的，事情紧急，他们就用特有的传递情报的办法。白天，可能事情要简单得多，但在黑夜，要迅速地传递情报就不那么容易了。不过他们是特工总部的人，是党国的精英，这点事能难倒他们？他们在城里点火，一共点了四处地方。火光不仅搅扰了"赤匪"的安宁，也给城里居民带来恐慌和仇恨。更重要的是传递情报，这是约定的信号。大火表明红军已经行动，而火的数量则表示方向。点两处火是南面，三处火是东南，四处火是西南。他们点了四处。

徐恩曾在周边的山上安插了专门的人，不分昼夜在等待城里的消息。那几个男人轮班在山顶高处往城里瞭望。终于，他们看见城里的大火。啊哈！他们亢奋起来。他们想，升官晋爵的好机会来了。

接下来，事情就按部就班了，一切也都按事先的周密布置进行着。接到情报的小分队火速赶到那个地点，在敌人行军路线中的某个地方发起突袭，主要是搅乱敌人拖住敌人，援兵也同时从两侧往那个地点合围。红军成了瓮中之鳖，那笔财宝就成了囊中之物。

很快，山顶那几个男人就听到南面响起了枪炮声。不对吧？小分队成神仙了？才多久呀，就和敌人交上火了？他们皱了一下眉头，他们感觉似乎有什么不对头的地方。

但很快他们没再想这事了。

五　没偷成鸡也没蚀了米

三天后黎译宏回了南昌。他径直去了行营司令部。他总是这样行踪不定，没人知道他什么时候走又什么时候来，做他们这行的常常在飘忽间，这就对了。他想，这会儿主任会在干什么呢？楼道并不长，他很快就到了那间办公室的门前，门没关，他看见主任的身影也就立即知道了答案。主任没干什么，正躬身给一盆云竹浇水。他站在门边，看着自己的上司很小心地给那盆云竹洒了水，有条不紊一丝不苟。

黎译宏耐心地等了一会儿，但那个男人专心致志地弄着那盆植物，物我两忘的样子。黎译宏等不了啦，他咳了一声。

徐恩曾回过身来，淡淡地说了句："你回来了？"

黎译宏十分纳闷，他以为主任会一脸的灿烂眉飞色舞，至少会有几分欣喜，可没有。黎译宏知道事情并不像他想的那样。他说主任出什么问题了吗？

徐恩曾摇了摇头。

"没偷成鸡，反蚀了米？"黎译宏小心地说。他不相信那天夜里的偷袭扑了一场空，情报绝对正确呀，难道哪儿出了差错？

徐恩曾表情凝重。

"学生不才，学生无能……责任在我……在我。"黎译宏不说卑职也不说在下，特工总部的人在徐恩曾面前都以学生相称，这有点意思。徐恩曾那些长官都称蒋委员长为校长，而徐恩曾手下却有这么多他的"学生"，党国就成了一所学校了。

黎译宏大惑不解。他努力地想了想，想不出什么地方出了问题，一切似乎都不该这么个样的。

"没偷成鸡也没蚀了米……"黎译宏听到徐恩曾这么对他说。

"嗯？"

"要说蚀米，是复兴社蚀了……"徐恩曾说。

黎译宏很快知道了那天的事情，上司徐恩曾絮絮叨叨地把事情告诉了他。

"小分队走到半路上，前面就已经交上火了。这一回又是复兴社，他们在红军中安插了人，红军那支队伍还没出发，他们就把情报送给了粤军……

"我看他们是把情报卖给了粤军，粤军还真以为能捞着个大便宜，没想到那是红军下的一个套。他们没捡着便宜，他们上红军的当了，他们像一条鱼一样被红军给玩了耍了，被红军围在那里吃枪子，损兵折将……"徐恩曾说。

"复兴社那帮家伙颜面尽失哟……"黎译宏觉得不该再默不出声，他说。

"红军中有高人哟，要搁你我，谁能想出这么个招？想出来，谁又敢出这张牌，要谋略也要胆量……高人呀高人……"徐恩曾说。

黎译宏点了点头，他脑壳里呈现的却是那天在漳州城边码头上的情形。那十几担箩筐，那张肿胀得有些怪异的脸……他们玩了个出奇制胜，码头上那些箩筐里装的才是货真价实的财宝，大军护送的那些箩筐却是空的是个摆设，他们反着玩了一把，暗修栈道，明度陈仓。徐长官说得不错，红军中有高人，也许就是那个人，也许是那人身后的什么人，也许不是一个人是一群人，三个臭皮匠甚至更多……他对那张脸的印象已经模糊起来，这没办法，本来那就是张不真实的脸，胖得让人觉得离奇。但他回忆起从那两条细缝里挤出的目光，现在想来，那两道光真是感觉殊然。

屋里响起一种怪异的声音，咯吱咯吱。徐恩曾见怪不怪，他知道是怎么回事。黎译宏又咬牙齿了。徐恩曾非常了解这个下属，他内心深处的那种东西被搅了起来，是那种不甘于失败的倔劲。那种倔劲涌上来，像有海浪拍打着岩石，那种东西拍打着这个手下的心和身，无以迸发，他就咬牙齿。

徐恩曾喜欢黎译宏身上的这种东西，特工总部的人最好都能具备这种东西。

"译宏，你已经有一年半没休假了吧？"

"学生这种时候哪有心思休息。"

"我看你还是回家看看。"

"长官要我闭门思过？"

"你们尽力了，何过之有？"徐恩曾笑着说。

黎译宏眉毛抖了几抖，没说话。他琢磨着什么事，内心那种浊流拱着涌着，让他周身不自在，他忍着，但眉头还是跳了几跳。

"我发誓，我得找到那些财宝。"

"很好，非常好！"徐恩曾说，"我们得找到它们！这是上峰的命令！"

后来，两个人又在那间屋子说了很久的话，他们又制订出一个计划。黎译宏终于明白，这件事很重要，非同寻常，蒋委员长亲自过问此事了，这就显出非同寻常来。三分军事七分政治。那一年蒋委员长亲自制订了一年内剿灭江西赤匪的计划。不仅大军军事围剿，重要的是对匪区实行封锁。以为能把赤匪困死饿死，不死也得饿得脱层皮吧？可对匪区的封锁已持续两年多，没想到的是远不是那么回事，赤匪并没被困死饿死，依然猖獗红火。去年年底，还堂而皇之地成立了个中华苏维埃共和国与国民政府分庭抗礼。这回突然搜刮民财巨资，不是一般的远水想解急渴。他们想弄些事，这事也不是一般的事，是大事。

"情报说赤匪还真作长远打算，他们想开办银行，看样子这事还是真的了。这批财宝，他们可能作开办银行之用。"徐恩曾说。

"我们必须阻止他们的计划，匪区有了银行，对党国的剿共大业是个新的麻烦，不仅封锁的策略遭遇挫折，重要的是政治影响。"徐恩曾说。

他说了很多，黎译宏一直静静地听着。他没有说话，他知道自己该干些什么，有些事明白了就可以。他当然没有休假，上头的意图很明白，让他担负此任，去匪区寻找那笔财宝，切断赤匪筹建银行的梦想。

他离开那间屋子时徐恩曾对他说："漳州的事也不是什么坏事，现在行营对复兴社更不信任了，而我们要做的事，就是干净漂亮地完成这任务让委员长看看。"

黎译宏很响地说："学生明白，主任尽管放心！"

六　这一步棋走得确实妙

甚至连有赞和他的伙伴们也很长时间里不知道那些箩筐里装的是财宝。

排行走在河面上，那是个白天，有光天化日下在红白交界地方大摇大摆地运送财宝的吗？白军不说，周边山里还有一些土匪。有赞没当回事，他真的就把那些东西当成机器零件了。俞启岳跟他说："有赞你小心点，有什么意外你得出手，就指着你护着了，你好功夫。"有赞点了点头，他一直捏着那几枚镖，掌心里那枚镖被汗水浸润了捏着有种怪怪感觉。他不明白为什么大老远的叫他来就是做镖客护送这么些东西，那些东西别人弄了去也是一堆破烂，用得着这么小心？

一路上平安无事，就是夜里出了点状况。那时候已经改成陆路了，大家挑了担子走在山间的小道上。天黑下来，有人说："歇一夜再走吧。"

有赞看了看俞启岳。

俞启岳说："你们累了吗？"

那人说："累倒是不累。"

"那继续走吧，早完成任务也早了个事。"

后来，就有人在黑暗里踩空了跌倒了。当时有那么点小小的慌乱。

俞启岳说："别急别急！"

有人要划着火柴，被俞启岳噗的一下吹灭了。"你想干什么？"

"点火把找东西呀。"

"你疯了？火把会招来麻烦。"

有赞几个就用手摸索了，只摸到几坨铁和一些螺钉。那两只箩已经翻滚到了坡底，东西散落在草丛石缝里，这么摸不是个事。

俞启岳说："看样子得在这里宿营了，等天亮了再说。"

他们就在那儿睡了一夜，天亮时，大家从坡上花了些力气才将散落的各种零件捡拾到箩筐里。

马拱八嘀咕了一声："这些破铜烂铁的，值得这么些青壮费工夫花力气？难道这是印钞票的机器？"

俞启岳没听到那声嘀咕，听到了肯定要训斥马拱八，有纪律要求他们一路少说话的，尤其不能说些不三不四的话。但俞启岳没听到，有赞听到了，他侧过头看了马拱八一眼："也许真还是印钱的机器也不一定哩。"

这话却让俞启岳听到了，立即黑了脸。有赞挨了一顿狠训。

马拱八以为有赞不会说什么，有赞很听俞启岳的，可有赞却又嘀咕了一句，"破铜烂铁……"他说。

那时候有赞心里很憋闷，他没想到把他弄到这地方来押运的竟是些破铜烂铁。心上堵着的东西在他喉头鼓了几下终于跳出这四个字。

俞启岳没继续训斥有赞，他说："命令就是命令，不许说话！"

不再有人说什么了，他们闷声不响地在大山里走了一天，到了一个叫横桥的地方。

三个月以后，有赞才知道那些箩筐跟印钞有关，那就是从漳州获取的那批财宝，红军为运送这批财宝绞尽了脑汁。他们知道漳州城里到处都是敌人的耳目，甚至可能就潜伏在自己的身边。他们想了很多种方案，也争得面红耳赤。最后这事得首长决断，首长想了一天，然后从屋子里出来，找到俞启岳。

"我决定了……就是说我想出了一个方案。"首长对俞启岳说。

"需要启岳做些什么？"

"我想征求下你的意见……"

"首长请说！"

然后首长就把他的想法说了出来，俞启岳眼睛一下就睁大了，眼皮撑了有那么一小会儿，然后又眨巴了好一会儿。"这行吗？这行吗？"他从牙缝里挤出这几个字。

首长笑了笑："你说说怎么不行？"

俞启岳看了看地上自己的影子，他还真说不上哪里不行，只是觉得太冒险，可再想想，险是险，但也确实是一着妙棋。

"你能料到有人会这么做？"首长说。

俞启岳摇了摇头："打死我也不会往那上头想，这么做谁都以为是疯子，疯了？"

"那就对了！"首长说。

他们商量了一下细节，他们又在每个环节都作了设想和安排。最后首长对俞启岳说："这任务交给你。"

"谢谢首长的信任。"

"这任务很艰巨很重要……"

"我明白……"

真实的内幕只有首长和俞启岳知道。那天俞启岳和保卫局的那几个后生把财宝用油布包了起来,同时也包了些机器零件。运送那些东西的汉子,也都是从保卫局严格挑选出来的精干后生。他们对任务不折不扣执行,严格遵守相关纪律,不会打听那些箩筐里到底装着的是什么,上头说是机器零件,他们就看成是机器零件。你不信也不行,那天夜里有人失足打翻了箩筐,果不其然呀,那些东西确是"破铜烂铁"。

其实,就那"失足",也是计划中的一个环节,似乎是个偶然,但却是故意安排了那么做的。要做给人们看,故意让大家知道挑子里没别的,看见没看见没就是些零件,没别的什么也没。

那些后生确实都是那么想的,就一些破铜烂铁,连有赞也那么想,谁也没想到会那么把财宝运出来。难怪特工总部的"精英"也被蒙了骗了,这一步棋走得确实妙。

他们到了目的地。那时天已经断黑了,他们在山里走了两天两夜总算走到一个叫横桥的地方。俞启岳叫那几个后生好好睡了一觉,然后对他们说:"你们走吧,有人会把零件组装起来,将来这里会有个工厂。"他总是那么笑笑地说话。

有赞也想走,却被俞启岳扯住,同时扯住的还有马拱八。

"你们留下。"俞启岳对这两个男人说。

第三章

一 他们像是在等着什么

其实那几天里,又有几批东西远到横桥来,算算,连他们运来的那批,一共四批。有赞以为要在横桥这地方办工厂了,要办肯定是个枪械厂,红军枪支弹药很多来源于战场,战场上的枪多半受损,得有地方修理。所以弄来这些机器,很重要也很急需,顺理成章呀。

接下来几天里,他们三个人轮流把东西转移到靠近古驿道的一个叫烂泥坑的地方。有赞和马拱八都觉得应该是枪械厂,想想就更觉得似乎是那么回事,这地方偏远却有一条古驿道,虽说偏僻交通上却方便。枪呀炮的是重东西,你不能放在危径险道的那种地方吧?这里是两省三县交界地方,人说几不管,相对别的地方来说要安全得多。那天突然下起了暴雨,他们站在半崖下一边躲着雨一边说着话。他们没管那些箩筐,那些东西被油布裹了个严实放在山洞里,雨淋不着。

他们像是在等着什么。

他们问俞启岳:"我们在等什么呢?"

俞启岳看着天,也许他在看雨到底还能下多久下多大。他就是不吭声,只是看天。

马拱八不管那么多,他老是问。俞启岳说:"拱八呀,你现在怎么话这么多呀，等来了你就知道是什么了！"

马拱八想，你这话等于没说。

但他没说，几天没什么事情干了，他手心痒痒的。大活人和一堆破铜烂铁一起闲在这鬼地方，他想。

马拱八跟着父兄种田，他家没地，佃财主段必百家的地种。那年年成不好，天旱地涝的来过几场灾，田里稻谷歉收。财主段必百来收租，马拱八家里交不出，段必百话说得难听，马拱八的哥哥心里觉得憋气，就回了一句："不是我们不想交，是老天不肯我们交！"段必百恼了，说："难道是老天租我家的地？"马拱八的哥哥就说："老天能租你家的地？老天睁着眼哩。"

后一句刺激了段必百，老天睁着眼，分明是说善恶有报，段必百最怕人家说这话。

"你说什么？"

"老天弄的事，你问老天去。"

段必百当然没去问老天，他谁也没问，他叫手下把马拱八的哥哥抓了去，关到围屋里，放话说不交租子不放人。段必百说，杀鸡给猴看，我不是非得要谷子，我得要威风，我得要面子。

马拱八就是那个月黑风高夜翻进段家围子里的，这地方围屋不少，大多是方围屋，一般人还真难进去。但马拱八不一样，他给段必百家做长工，秋天田里没活时，财主就派他们精壮后生修围屋，他修围屋便熟悉了那些地方。围屋虽然难攻易守，但对熟悉的人来说进去不是个难事。围屋有暗道，围屋也有死角。马拱八没走暗道，也用不着什么死角，马拱八只用了一根绳，趁着天黑攀进了围屋。

反正马拱八有办法进了围子。

他把他哥从围子里救了出来，他一把火把段必百的谷仓烧了。他说段必百也没说错，人是得要面子，人也得要尊严。他段家要我们马家就不要了？他不给人面子和尊严，想要威风，哪能那么容易？

他和父亲还有哥哥逃离了村子，他带了父亲在山里纸坊做帮工，帮人造纸做苦活。他哥却去了高坪入了漠可的伙，他哥说人各有志，我去山里混混。他哥说，漠可说的没错，这世道嘴讲不清道理的，只有用刀枪来讲理。

红军来了马拱八才下了山。段必百被红军从围子里押出来，那天，红军把财主段必百押到河滩上，马拱八跟红军说，我得跟这个人说句话。

他就当着众人面走到段必百的跟前。

"有钱人总是心太黑，这是为什么？"他对着那个胖人说。

那对豆豉样的小眼睛盯看着马拱八。

"你别那么看我，我说错了？"他对那个胖人说。

"恶有恶报的吧？"他说。

"我哥没说错，老天睁着眼哩……"他说。

财主段必百被红军在河滩上抢了一刀命丧黄泉，马拱八也在那时入了红军队伍。他本来想拉他哥入，他哥当时没入，后来他哥跟了漠可入过一阵子队伍，再后来又跟漠可回了山里。他对他哥有些不满，他说，哥，漠可说这世道嘴讲不清道理的，只有用刀枪来讲理，这话是有些道理。但红军手里不是也有刀有枪的吗？他跟他哥说，漠可是有刀有枪，但也没跟段必百他们讲赢道理呀，这么些年来也没见漠可他们奈何过那帮财主劣绅。他跟他哥说，红军不一样，红军来了，财主劣绅都没道理讲了，由着我们穷人讲道理。红军给穷人带来了道理，我跟定红军了。

马拱八很信服红军，所以，队伍上让他干什么他就干什么。让他去前线打仗，他不怕死，勇敢不说，还很有福气，常常是别人受伤挂花，他却没有。他们说他有福气，他说我听炮声枪声，冲锋时跑"之"字……他还总结出许多道道，上头觉得这士兵很有头脑，觉得脑子这么灵活，可以用到更重要的地方。于是，选他去了边贸局，专门负责运送钨砂。马拱八也做得得心应手，学会了撑排，在水上俨然一个老排客。

但这一回，没想到没派给他重要任务，给他们分派了个运机器零件的事。

当然，马拱八没问，马拱八只是心里犯嘀咕，他觉得无论如何，是任务就得不折不扣好好完成。

他们把任务完成了。

二 那个地方叫烂泥坑

那个地方来了几个男人，那个地方叫烂泥坑。为首的是个穿长衫的男人。那人很亲切，一见面就朝有赞和拱八笑，老熟人一样。

"呵呵……你是汤有赞吧？"男人拍着马拱八的肩膀说。

"错了错了……我是拱八。"

"哦哦！我听说过你马拱八的事……你运送了无数次钨砂，没贪占过一点点……"

"我要那东西干什么？"

"换钱啊……谁都知道那是好东西，钨金钨金，大家都这么叫呀，它跟金子样值钱。"

"值钱值钱去，又不是我的，别人的东西，公家的东西……我不能要！"马拱八说。

首长转而又对有赞说："汤有赞，我也知道你的故事。"

有赞咧嘴笑着，样子憨憨的。我有什么故事哟，他想。

"那年丰熟赤卫队打土豪，请你去驮东西，三十六包东西他们少算了你一包……"

哦，这事呀，汤有赞想。

"是我掉队了，天黑，黑灯瞎火的，在山里走，走走就掉队了……"

第三章

汤有赞说。

"后来,你守在那里等他们。"

"是哟,我等,可一直等到天亮没等到;我又等,又等到天黑他们还是没来……"

"后来,你把那包东西给他们送去了……"

"是呀,我想,我不能傻等,我就是等成了一块石头恐怕也等不来他们,我得找他们去……"

"你走了很远的路,一路上打听,你吃了些苦头才找到那几个人。"

"对对,你想就是,他们隔山去打土豪,我也不知道他们在什么地方。"

"还有,当时土豪带着民团到处找打他们土豪的人……要是撞到他们手上,他们就把你当成那些人收拾了。"

"是哟是哟,我看见他们疯狗样地到处找,我看见了……我没理会,谁叫我驮的包我送还谁。"

"后来,你还是在山里找到那几个人……不容易……"

"是不容易,他们躲进了山里,你说好找吗?但我还是找到他们,我对他们说,哎,我给你们送东西来了,那几个人还朝我眨眼睛,好像我是个疯人癫人……"

长衫男人说:"我知道,他们认出你了,但把那只包忘了,他们没细数包包,只认了那三十五只包。"

"是三十六只……我跟他们说你们忘了,是三十六只哟,你看,这只包包我给你送回来了,东西一样没少……"

"听说你根本没打开过。"

"我没打开过……他们后来打开那只包,他们惊得跳手跳脚地呀呀地那么乱叫……"

"是一些值钱东西是吧,我听说了,那是一些值钱东西。"

"是呀是呀,黑暗时不知道谁把土豪姨太的粉匣放在那包里了,没人想到粉匣里都是金银首饰……他们惊诧的是那个。我想那有什么，不就是金子银子吗？"

"他们惊的是你真没动过那包哩。"

"动过又怎么样？看到了那匣子里的金银又怎么样？我能要吗？我能动心吗？"汤有赞鼓了眼那么对长衫男人说。

那男人笑着又拍拍有赞的肩膀："所以我们是朋友。"

有赞含糊地点了点头。

"你好像很勉强的嘛。"俞启岳拍了一下有赞的后脑，笑笑地那么说。

"你知道他是谁吗？"俞启岳说。

有赞含糊地摇了摇头。俞启岳看了一眼马拱八，马拱八也朝他摇了摇头。

"你们个鬼哟……"俞启岳笑着骂了一声，然后他说出了那个名字。有赞和拱八又眨了好一会儿眼睛。那个名字他们听了很多次，他们没见过那个人，但知道那个人，在苏维埃辖区，那个人赫赫有名。

后来有赞和拱八知道，那个男人对他们的一生很重要。打那天起，他们就一直跟着那个男人，跟着过了湘江去了遵义，后来又跟着过了雪山草地一直走到延安。俞启岳说："这是首长，以后我们都听他的，他是我们的掌柜，我们就叫他首长。"

"我想请你们和我一起工作。"首长说。

"噢噢……"

"办银行！"首长说。

"什么？银行？"

"是的，我们要办银行，我们有自己的工农政权，中华苏维埃是个国家，没银行不行。"那男人每个字都很响亮，语气中透出一种不达目的不罢休的坚定。

"你们完成了一项重要的任务，接下来还有大量的工作需要你们去做。"首长说。

有赞那时还懵懵的，那个男人说到银行，让他觉得恍如隔世。俞启岳从单坎把他叫了来，再从漳州运出了那批东西，他一直以为让他做的是镖客营生，没想到会有人请他一起办银行。银行这个词，他也是不久前才从四眼客彭铭耀那里听到的。几个挖矿的犯人一起说着话，有人向四眼客彭铭耀索要纸烟红糖。彭铭耀说早没了早没了哩。那几个人说，你不会想办法托人向你家弄呀？彭铭耀说我早跟我土豪劣绅的父亲决裂了，你不信？再说我家也不是开银行的，你以为我家金山银山呀。

就那回有赞第一次听到银行这个词，而且和金山银山相关。

"银行？你说银行？"那天他问彭铭耀。

"嗯，就是票号钱庄。"彭铭耀说。

"票号钱庄听说过，银行没听说过。你看你说票号钱庄就是，你说银行……"

"它们有些不一样，它们不一样……"

"哦哦……"

后来他就听彭铭耀说银行，他听得云里雾里的，听来听去，只听得光洋和钞票是从银行里出来的。光知道银行就是个聚宝盆，那是生钱来钱的地方。

"难道银行是草秀家的老母猪呀，咕嘟咕嘟每年生下几窝猪崽样生下钱来？"有赞眨巴着眼睛认真地对彭铭耀说。

这句话把彭铭耀和一帮人说得捧腹大笑了起来。

"好个汤有赞哟，你要笑死我呀？"彭铭耀说。

"不是母猪，那是什么？"

"好好，就算是母猪吧，每年都生出几窝的银洋来……"

没想到还有人想办银行，那就是说要养一只或者一群生银洋的母猪喔。有赞这么想。

首长把一个箩筐里的油布包打了开来，有赞和拱八都吓了一跳。他们没想到油布裹着的不是零件，那是一些金银细软。他们从没见过这么多的财宝。

"这些是我们银行的金库，是银行的脑壳，脑壳掉了人就没命了，金库若没了，银行也就完了。我们四人负责这个金库，以后的存取事宜由汤有赞和马拱八两位同志负责。"首长在分派工作。

然后，他开始和俞启岳对账。

但接下来说的不是母猪说的是酒的事。事情有些奇怪，那时候俞启岳掏出两个账本，递了一个给首长，自己拿了一本，两个人在那儿清点了油布包裹对账。他们说黄酒多少多少，然后又说白酒多少多少。后来有赞才知道，为了保密，清册上写的是黄酒若干、白酒若干。黄酒代表黄金，白酒代表白银，水酒呢则是银洋。

"我们得把这些东西藏好，确保它们不被人弄了去。"首长说。

"很多人在找它们，白军的暗探在找它们，土匪也找它们，那些被没收了浮财的土豪劣绅能甘心他们的钱财被工农政府收缴了吗？他们也在找。"他说。

"他们煞费苦心地在找着这些财宝，他们像一群饿狗一样挖空心思煞费苦心。"他说。

接下来他们把那些东西放进了那个暗窖里，他们在那上面铺了厚厚的石板，然后在那里搭了个屋棚。

"这里会有个造纸厂和樟油厂。"首长说。

"明天会有师傅来这里了，他们可是一把好手。"首长总是笑笑的。有赞和拱八脸上淌着汗，他们的脸总是绷着，那是紧张所致。你想就是，那么些财宝就藏在这么个地方。三省两县交界又怎么了，更是微妙的去处。不远就是古驿道，人来人往的。据说山里草寇出山时也走的是这条路，砍柴的烧炭的进山打猎和采药的各色人等都得走这条路，东西就放在这么个地方？

但事情是上头决定的，上头的事总有其道理，就跟运送那些东西一样，光天化日地运不是也平安无事吗？他们注意看毛掌柜的那张脸，那眼睛里透着一种自信，一种叫他们说不清楚的东西，脸不笑的时候也总让人觉得一脸的喜气，那张脸让他们很信任。

俞启岳也说："我不多问，我信任他。你们也跟我一样吧，上头的命令执行就是，没话说。"俞启岳说这话时脸上的肿胀已经消退，换了一脸的轻松。他想，东西安全运来了并且如数安放。他一颗悬着的心放了下来。

"虽说上头的命令执行就是，但我还是想不通。"有赞说。

"我能再问个事吗？我不问它就老是虫样在我肚子里钻，弄得我不舒服……"有赞说。

"就问一个问题嘛……"有赞缠着。

俞启岳没办法了，他说："好，就一个问题。你说！"

有赞咳了几下，他清了清嗓子："为什么不把财宝放在瑞金，放在保卫局眼皮底下，他们能保卫那么多的重要首长就保卫不了这些财宝？"

"是呀是呀……我也想问这问题。"马拱八说。

"你们也不动动脑子？"俞启岳说。

"我动过，我想不出……"有赞说，"你们也动过吧？是吧？"他跟马拱八几个说。

"那是那是……"

俞启岳笑了一下："其实我也想不出为什么，也一些虫虫在肚里爬，这事我也这么问过首长。"

"他怎么说？"

"首长笑着说，就说了那么一句：你也不动动脑子？我也说我动过了，我把脑壳都想大了一轮也没想出来……他说事情很简单……"

"我真想不出会很简单。"有赞说。

俞启岳说:"他一说出原因,确实是很简单……他说一,这么大一笔财富难说就惹人目光,和首长们放在一起,不是给首长们的安全制造麻烦?二呢,遇有紧急情况,首长们转移很方便,但这些东西转移起来就是个负担……为了首长们的安全,首长办公的地方说换就换的;那么一大堆财宝,你能说像一件衣衫一样,穿了上身随时跟你走?"

大家齐齐拍了脑壳。

"是哟是哟,是这么个理!"他们说。

"哎呀,这么简单个事把脑壳都想成树蔸了也没想到哟,这个木头脑壳……"他们说。

俞启岳说:"好了好了,不想了,我们喝酒去!"

"喝酒去,我想痛快地喝一场!"俞启岳说。

他们没喝成酒,第二天造纸和熬樟油的几个"师傅"来后,他们就离开了那个叫烂泥坑的地方。他们知道"师傅"是保卫局精心挑选的人,他们负责看守那些财宝。

首长把他们带去了瑞金。首长说我们还有紧要的事要办,时不我待。

后来有赞知道,选择那个叫烂泥坑的地方还有另一个原因,那是因为这一带叫烂泥坑的地方很多,有十几个地方都叫烂泥坑。也许这地方泥土跟别处不一样吧,也许是另外的什么原因,反正叫烂泥坑这地名的地方有十几处。这几十处地方上头都作了安置,或者是家木头厂,或者是砖窑炭窑,或者别的什么作坊。

有赞不明白为什么要这样。

马拱八说:"其实很简单,不过我没想到这一招。"

"什么?"有赞问,他不相信马拱八明白其中奥秘。

"说了很简单的。"马拱八说。

"你说说你说说!"

"自古以来皇帝臣子、有钱的大户人家死后筑坟,大多都筑有假坟的,为的就是让盗墓贼无从下手。"

"有点道理哟，你说是那就是吧。"有赞说。

三　一箭双雕一石二鸟

七月的天气，有些热有些闷。黎译宏坐着轿子到了九塘，一桥之隔，过了九塘就是"匪区"了，他不能坐轿了，他也不能像个乡绅了。

轿子里的黎译宏儒雅中带有一点威严，他很喜欢这个感觉，他想真实的那个黎译宏就该是这么个样子，财大，但不气粗；有点踌躇满志，傲而不冲，骄而不横。他觉得那样很好，是个上等人的模样。不是钱的事，也不是官位的事，钱多的也有，但都小乡绅的模样，土头土脑；官位高的他也看过，有的就一派盛气凌人模样。他不一样，他身上脸上眼眸里一颦一笑里都有东西。

那叫什么？气，还是派？抑或叫势？可能都有，也可能两者结合，叫气势气派。

但过了桥他脸上就不能有这个了，过了桥他就是个地道的皮货商，脸上有些卑琐，有些世故还有些刁滑……反正他得弄得自己面目全非，他得改头换面。

他当然喜欢自己有气有派有势，但他做的工作常常要作出许多的牺牲，这也是其中之一。他要随时变换角色，把自己伪装起来。

他在镇上的那家绸布店里换过了装束，那是特工总部的一个交通站。掌柜自然是他们安插的人，这地方红白交界，各方的耳目都有。掌柜是个胖人，很费劲地从矮柜里找出束香，点了。黎译宏犹豫了一下，看了看那边的神龛，似乎在想是不是进行接下来的举动。他还是接过了那束香，在神龛前拜了拜。

"你觉得我会有凶险?"黎译宏对他的这个手下说。

"你肯定找人掐算过……"对方说。

"那种事信则有不信则无。"黎译宏说。

黎译宏觉得很奇怪,难道我有什么显现在了脸上?我已经尽力使自己脸上不显山露水的了,莫非还是让这个叫亘五的手下看出来了?这任务非同寻常,以前他总以为仅是个任务,可现在他不这么看了,这不只是个任务,是个"事",关乎他个人、特工总部、党国、剿共大业……所有的一切都拴在这桩事情上,这事只能成功不能搞砸,砸了自己就从此灰飞烟灭了。砸了不仅剿匪的战局受到影响,甚至对整个党国都不会是个好兆头。

黎译宏记得那天的事。徐主任打来电话,语气有点那个,说有要事请速到百花洲。徐恩曾一有十万火急的事,语气黎译宏就能听出。

行营有急事。

去了那儿,他走过走廊,走近特工总部那小小会议室,推开门,他愣住了。他没想到许多重要人物也在那里。只有重大的军事行动才有那么多的重要人物在。他们都看着他。

黎译宏紧张起来,他想今天的事很重要,也就是从那时起,他就感觉到这么个任务只允许成功不许失败。

那天徐恩曾说了很多,他说到银行。

"看来赤匪不惜代价劫掠漳州,他们的动机不是只解燃眉之急,他们有更深层的打算,现在一切情报显示,他们要办银行。"徐恩曾说。

黎译宏深知这事的重要。赤匪建立"苏维埃伪政权",很多人都觉得那不过是过眼烟云,是穷途末路的红军的一种策划,顶多算个回光返照,撑不了几天。要建建去,纸糊的国家。有人说。那么个地方还共和国?有人笑。风一吹就烟消云散了。大家都这么认为。

可没想到事情不像大家想的那样,先是三次进剿全成了泡影,几十万大军屡战屡败,不仅没收复匪区,反过来却让红军一而再再而三地扩大地

第三章

盘。然后，竟然堂而皇之地成立了个苏维埃人民共和国。

匪祸大有星火燎原之势呀这还了得？

"无论如何，我们必须阻止他们。"大家说。

"此不速绝，必成大祸。"他们说。

然后，大家都看着黎译宏。黎译宏知道，一切似乎在高层已经作了决断，这个任务肯定要他去完成，他就有了莫名的激动和紧张。

但他很快控制住了自己，他又是一副沉静的面孔，

"天将降大任于斯人……"他只说了这么一句。他想，这已经表明他的态度和决心。

徐主任很信任他，徐主任说："具体的人选你自己定。"

黎译宏还是选了李铭铎、韩丰有。他把名单报了上去。

三天后，上头同意了他的方案。"你们三人小组是特别行动组，只有你们三人知道具体的任务……这件事，校长在盯着。"

"学生明白！"他很响地说。其实黎译宏没那么轻松，他要面对的不是赤匪的一个银行，而可能是一支军队，是强敌哟。那天，他真的去了南昌万寿宫。他抽了支签。

那个花白胡子的长者看完签跟黎译宏说："先生要远行吧？"

他没回答。

"先生往南边去。"

他甚至没看那个老先生。他想，瞎蒙吧，反正一般都是这么几句话，他甚至后悔来这地方。

"先生的事和钱相关……不是一点点钱是金山银山……"那个老者一字一句说出这话，黎译宏就不得不听了。他耐心地听了下去，当然还是那么一套，说什么不要见钱眼开，人为财死鸟为食亡……但他听进去了。他想他得认真对待，他看了看庙堂里高高的神像和袅袅香火。没来他可以不想那些，既然来了，他不得不信那么一点点。在这种地方，你不信都不行，

· 43 ·

你一进这地方身上就有什么让人惶惶。

现在，一切要开始了，戏要开场，他得再烧烧香。他不能坐轿了，他要改头换面演一场戏。开场锣鼓响了，是他出场的时候。是个主角，还是个跑龙套的或者是个匆匆过客，一切都看你的了，他对自己说。

他走到门边，打开门。

"您多保重。"胖掌柜跟他说。

"你看你亘五哟……"黎译宏笑了一下，说了这么一句。然后他带了那个随从往木桥那边走去。

随从是个哑巴，是黎译宏从集训队里精心挑选的。既然是个商贩，总得有个随从吧。按说他喜欢独来独往，可他扮的这个角色没个随从不免要遭人怀疑，再说紧急时候有个人在身边多少有个帮手。特工总部正在训练一批人，黎译宏亲自去挑了一个。他说他要个哑人，特工总部有意招募哑人也招募盲人。前不久赣州守军马崑部仅用一团人马顶住红军三个军团数个师轮番攻城，让赤匪损兵折将，盲人起了大作用。红军挖地道到城墙下，准备运了炸药炸城。夜里马崑就让城里盲人到城墙上游走，探听红军挖洞的走向远近。马崑清楚红军的战略，先是重兵埋伏在城墙根下，等城墙爆破出一个口子就一拥而入突袭攻城。他没吭声，只让人运大石把确定了红军地道方位方向的城墙外侧加重。那天，红军的炸药是炸了，但城墙往外倒，不费一枪一弹，红军伤亡数百。这有盲人的功劳呀，没他们，谁也不知道红军地道的方位。所以，特工总部觉得特工里得有一些别人并不注意但却有着特殊功能的人。

正好黎译宏要个哑巴，就挑了聋哑人方小。

黎译宏他们的主要任务是尽快找到红军秘密金库的所在地，他走村串户，走了近一月，没找到一点蛛丝马迹。他们有些疑惑了，那些不满特工总部的人骂徐恩曾带着一群狗，徐恩曾笑笑，我们还真像狗，至少我们鼻子如狗。他们有狗一样的嗅觉。可这一回，他们什么也没嗅出来。

然后，黎译宏的小组在一个叫蓬双的地方碰了个头。

"我看这么走不是个事。"李铭铎说。

韩丰有说："就是就是，那些东西总不会像一缕烟，飘得无影无踪的吧？"

"当然不会！"黎译宏说。

"我看他们把东西护送到瑞金了，我看他们存放在靠得住的地方，要我我也存放在靠得住的地方。"李铭铎说。

"我想也是……"韩丰有点着头。

"可情报确切地说那批东西根本就没有进入瑞金。"

"谁提供的情报？是复兴社吧，那帮人提供的情报也能叫确切？我真想不明白，上峰怎么那么相信复兴社的情报，要是他们真的有那能耐，上次也不会让赤匪玩了一把。"

"要不是他们抢了先手，被玩的就是我们呀……"黎译宏说。

"要不是他们上次想抢先手却进了赤匪的圈套，也许这回事情还轮不上咱们。"韩丰有说。

"我也想不明白，复兴社竟然将情报拱手送给粤军，明显是得了粤军的好处，可上面竟然不追究？"

黎译宏也曾经对徐恩曾说过这句话，那时徐恩曾对他说不管黑猫白猫抓着老鼠就是好猫，上头这一回只看结果。上峰意图很明确，不管用何种手段，亦不论付出多少代价，只要起获赤匪财宝，阻止其成立银行之阴谋。

他们还不知道和粤军做过多少交易呢！

黎译宏似乎想到什么。

"对，可以做笔交易！"他说。

"和谁？"两个搭档歪着头看着他。

"谁能帮我们达到目的就和谁联手。"

"噢噢？我们找不到的还有别的谁能找得到？"

"那不一定，人有人路蛇有蛇路……这不是一笔小钱，很多人都想得到它，占为己有。"

"你是说……"韩丰有目光有些呆滞了，他是爱财的人。当然，钱财是好东西，能换来想要的一切，谁不爱呢？可他爱得有些过了，见钱眼开。他进调查科时有人就觉得韩丰有这点不合适，但徐恩曾却认定了他。徐恩曾笑笑地说："丰有丰有，他生来就爱财的。调查科只要忠心，什么样的人都可以收留。"

当然，徐恩曾有他的小算盘，行营上下还有南京上下甚至前往征战的大小长官全有自己的小算盘，他们都物色了些见钱眼开的喽啰，他们想敛财，他们想借他人之手大肆敛财。

"舍不得孩子套不住狼，何况这孩子本来就是人家的。"黎译宏说。

韩丰有还是有点那个，"可那不是一般的东西。"他说。来之前徐恩曾曾有过暗示，那批财宝数目不小，务必要弄到手。

"一箭双雕一石二鸟……这些好事不是那么容易，舍得舍得，有舍才有得。是你的自然是你的，我们当摒弃私欲杂念，一切以大局为重。"李铭铎是个惯于见风使舵的角儿，他权衡了一下，那么说。

四　识时务者为俊杰

黎译宏于是去了高坪，高坪不是个坪，也不是个村镇，高坪是座山的名字，是三县境内最高的一座峰峦。

有人就占山为王，这个人叫漠可。自古以来就有人把这种脑壳别在裤腰带上的匪盗生涯当做英雄壮举，爱过那种打家劫舍自在逍遥的好日子。漠可就这样，他从小就喜欢冒险，觉得自己要当梁山好汉。从祖上起漠家就以杀猪为业，腰上别一把刀，吃遍四乡八里。到漠可手上，杀猪杀出了名声。全是一刀下去，猪叫声就哑了，血不喷只涌，腿脚也不蹬踢，把乡人看得大眼瞪小眼，弄不清他哪来这等功夫。后来别人想明白了，那天生是个干杀戮营生的货，恶煞转世，猪见了他就吓成那样了。漠可十八九岁做后生时就难得安分了，带了一伙街痞在墟市上来横的强买强卖，惹了一场官司，衙门里派人拘他。是个夜晚，来人敲门，都知道这个人凶神恶煞，来了五个精干后生。但还是没能擒获漠可，倒是让他伤了三个。县上官人说，这还了得，草民造反了喔！县长亲率了人马来捉拿漠可。事闹大了，漠可就带了几个相好的弟兄上了高坪。

县长没擒获漠可，却把他老娘带回了县上。县长本想用漠可老娘做人质，逼漠可下山。可那老女人不经折腾，竟用一根绳子把自己做了了断。

漠可和官府结下了仇，他发誓刀剐了县太爷。他没来得及给老娘报仇，红军来了。红军攻下县城，活捉了那个狗官，推到河滩上一刀斩了，红军把县衙里的那些富家豪绅赶出了邑地。

他对红军有好印象，但红军却把官兵引了来。官府剿匪，连这一带的好汉也一起剿了，红军引狼入室。那一回，官兵追剿，漠可被人追得屁滚尿流。后来红军说我们是穷人的队伍，也杀富济贫，你们出山跟我们一起干嘛，来去自由。

漠可还真的带了弟兄们出山了，可待了两月余，实在受不了啦。不是因为怕苦惧死，像漠可这种人只要愿做的事，什么事都生死置之度外。在队伍上不长的时间里，漠可他们也参加过许多战斗，从来不是怕死的角色，硬仗恶仗他们总冲在最前头。

他们走是因为队伍上规矩太多，队伍上这不准那不许的，受约束人窝囊。

那天，他找到那个长官，他说："你们红军说话还算数吗？"

那个长脸红军长官笑笑。"当然！"他说。

"你们说过来去自由。"

"那是那是。"

"那我不想留了,我想回。"

红军长官想了想,说:"可以,但你不要做和工农作对的事。"

漠可说:"我老漠是那么种人吗?只要红军不打我,我也不打红军,我们井水不犯河水。"

就这样,漠可带了他的人回了高坪,他还真从此后没和红军作对,从此几乎不去红军的地盘"弄生意",多是到山那边白区时"打野食"。那一回,官兵正进剿红区,漠可带了两个兄弟下山意外撞到人家枪口上了。官兵正愁没功绩,把漠可三个当做红军探子。他们审讯,可没能从漠可三人嘴里得到他们想得到的东西,他们把人交给了黎译宏。

黎译宏没当一回事,黎译宏也觉得自己能够从这三个男人嘴里得到他想要的东西。

第一个审的就是漠可。

"你们深更半夜潜入史秀才家想绑架了史家公子?"

"我们请那公子去我们那里玩玩……我们那地方风景不错……"漠可想,落到官兵手里,怕是劫数到了,有去无回了。他笑着跟黎译宏说。

"他们说你们是红军的探子,红军派你们来的吧?"黎译宏说。

"没红军的什么事,我们自己来的,你到高坪方圆几十里问问,谁人不知道漠可的?"

黎译宏当然知道这个人,是有名的山匪。

"你就是漠可?"

"是的,老子行不更名坐不改姓!"

黎译宏说:"你知道你们这是死罪吗?"

漠可觉得既然没活路了,那就慷慨一回英雄一把吧,何况我漠可也不是省油的灯。他骂了起来:"你们红的白的闹事情到别处闹去,为什么跑到我们这儿来祸害百姓?要杀要剐由了你们吧!红军容不得我们,你们也

第三章

容不得我们?

"要杀要剐由了你们!来!刀落无非碗大个疤,老子不在乎。二十年后又是一条好汉!"漠可要英雄一把。

"你看就是,你们刀砍老子眼眨一下就不姓漠!"他说。

"我为什么要杀你?"

漠可真眨眼了,他眨巴了好多下。

"不杀你关我们?让我们给你做苦活累活做牛做马?老子不干!"

黎译宏笑了起来,他哈哈地大笑着。

"不杀难道要把我们放了?"

黎译宏没杀漠可他们,他把三人放了。

"我最佩服视死如归的好汉,你们走吧!"他对漠可三人说。他真把他们放了。

有人说这还了得这是放虎归山。黎译宏说就是就是,但这只"虎"说不定会咬红军几口,说不定这只猛虎到时为我们所用哩。有人说,他是匪盗呀恶贯满盈。黎译宏说我知道他是匪盗恶贯满盈,可他们在红军的地盘上为匪为盗,对红军恶贯满盈有什么不好?

黎译宏就是这么想的。

果然,这一回他想到了漠可,他想用用这个草寇。

黎译宏去了高坪,漠可喜出望外,他备了一桌山珍拿出封了几年的李渡高粱招待黎译宏。

"你这么冒了险来高坪不会只来找我喝喝酒的吧?一定有事。"

"当然有事,是好事。"黎译宏说。

"好友挚交,好酒大家喝,好事大家摊嘛……"他说。

然后黎译宏把关于宝藏的事说了。

"什么?有人竟然在那地方藏宝?"漠可有点不信。

"灯下黑呀,藏在那种地方最安全……这个你懂的。"黎译宏说。

"你敢说不是红军藏的？"

"红军为什么要藏那地方，他们有宝物不放在瑞金什么地方放在那荒无人烟去处？"

"噢噢……也是哦……"漠可说。

"这么大一片地方，有人要是藏那么一点东西，你要找还不是大海捞针？"他说。

"就是大海捞针，你漠可也办得到。"

漠可耳根儿软，他就听不得这种话，那几个字一入他耳，他心就热了。

"那是那是，大海捞针就捞针，我捞了这根针你看看……"漠可说。

黎译宏笑了："哈，那哪是针，那是咱们一生的荣华富贵。"

他们又喝了许多酒，心热脑热，眼里一大片金晃晃白亮亮的金子银子。他们把那事谈好了，找到那批财宝对半分。漠可很开心，黎译宏也很开心。漠可是为了钱，没有为匪为盗的不见钱眼开的。黎译宏是为了使命，这么一来，他至少多了十几个人手，完成那任务有了更大的把握不说，还能搂着些钱财。

可不久后他却改主意了，当然那是以后的事，他千方百计阻止漠可和其他人对赤匪秘密金库的寻找。人有时决策错误，觉悟到错时得改主意；有时决策并没错，但形势变了，也得改主意。识时务者为俊杰。

第四章

一 当务之急

俞启岳没想到首长会交给他们那么个任务。那时候他脸上的肿胀已经完全消失,他的眼睛一如从前,大而明亮。他的脸也一如从前,英俊帅气。那天他好好地睡了一觉,瑞金毕竟是后方,连空气都感觉不一样,有淡淡的一种让人感觉香馨的轻松气息,他想了想,是一种和平气息。他打开了窗,正是仲夏时分,田里作物都泛了翠青,天上云淡风轻,日头热热烫烫地悬在山脊高处。

他想轻松几天,去老家走一趟。他家在宁都一个叫小布的镇子上,那地方离瑞金不远。他有日子没回家里看看了,家里有个老娘和瘸了一条腿的弟弟。

但俞启岳没能成行。第二天首长就找到他。首长脸上很平静,但俞启岳看出首长有重要事情找他。

"听说你想回老家一趟?"

"我给你递上假条了。"

"是的,我看见了……我本来应该批的,老娘多病,你弟脚不方便,早就该回去看看……"

"嗯。"

"但我没批。没批的原因是任务紧急，实在太急了，十万火急……"

"噢噢？"

"只有狠心把你留下了，事情太紧急。"

"你说你说！"

俞启岳没想到首长说的任务会是那么一桩事。

"现在秘密金库已经安妥，应该考虑苏维埃国家银行的具体工作……"

"我以为把那些东西藏好了守好了银行就建好了。"俞启岳说。

首长笑了："你个启岳哟，那就是银行了？看你说的……事还多哩……"

然后首长细数了要开始的工作，如何建立货币信用，如何在苏区统一货币，有银元还有纸币呀，这两样都一大堆困难事情。纸币如何发行？纸币上有图案吧？谁来设计图案？要纸吧，不是一般的纸，那纸要讲究，水浸不易坏，久用不起皱，耐磨经用。还有油墨呢，这种油墨也不是一般的油墨，不能一沾水就褪色，手一摸就一片糊，得用印币的专用油墨……印刷纸张和油墨到哪里去弄？如何弄？自己造吧，那纸币如何防伪？银元当然比纸币好，但哪里去弄那么多的银子？就算有那些银子，铸造银元是独立设计还是仿制？印出了纸币也铸造了银元，可如何开展贷款汇票贴现等业务？无穷无尽的问题铺天盖地而来，想想都发愁！

首长说："当然绕是绕不过去的，事无巨细，都得我们一样一样去做。"

"我们得制币，我们得有苏维埃自己的货币。一个国家，就得什么都要有，尤其经济是命脉，不搞经济就被人掐了脖子了，这个不用说你们也明白的……"首长说。

"尤其我们要看到将来，将来工农的国家、人民的政府，战争不是主要的了，建设是头等大事。主要的工作就是建设……"首长说。

"我们着眼的不仅是目前的工作，更要着眼于将来。我们所做的一切，都在为将来的经济工作积累经验，这一点非常重要……"他说。

首长说的任务不是别的，是制造苏维埃自己的钱。

第四章

这其实也不是新鲜事情，打工农革命初起时，有的根据地就开始造自己的钱，根据地流通的货币有江西工农银行的铜元券、闽西工农银行的银元券等，但限于条件和当时的实际情况，发行规模都不大，币种样式却都很杂乱。苏区市面上的实际情况很复杂，买卖交易执币的情况十分混乱，除各苏区自己推广的票子外，还有光洋和国民党的纸币，甚至有清朝时期的铜板。人们出外购买物品，常常是抓一把各式各样的票子出来。

有这么个故事在苏区流传，首长和俞启岳都听过。

有人去墟上赶集。

哎哎，买坨线。

对方摇头。

你看你摇头？

买坨线你拿那么张钱给我？卖家说。卖家是说对方拿着的是一张国民政府白区流通的法币，他找不开。

这不是钱？你说这不是钱？这钱没用？

我没说这不是钱，我没说那钱没用。

那你那么说？

我是说我找不开。

哦哦……可我要坨线，我家被子衣衫要缝要补我没线不行……

我晓得不行，我晓得这是个要紧事情……你帮我想想怎么把这么大一张钱找开我就拿坨线给你……

买者还真琢磨了半天，也没想出个什么眉目。

是哟是哟，这事真还有些麻烦。男人跟卖家说。

我先去转转，看有合适的什么东西买不。男人说。

他真在墟场转了一通，最后买了瓮缸。他买瓮缸才找碎了钱。

他驮着那只瓮缸回到那家南货铺。

你看你看，我家瓮缸好好的，我只好又买了只哟……走遍整条街，只有郭掌柜那儿能找开那钱……

哦哦。

男人把瓮缸驮回家，难免也受婆娘一通叨叨。

家里瓮缸好好的你又扛个回来？

你以为我愿意扛你以为？这么重个东西我愿意？

那你扛这么个东西回？

呔呔！我愿意呀？这么重个东西累得我直喘大气……不扛了来你坪里那么多的菜就沤成肥了，整个冬天我们就没得盐菜吃了……

他们吵了一架，最后心平气和地坐在屋前的树下喘气。想了想，错不在谁身上，错在那张钱。

这种事发生了很多，让百姓和商家不胜其烦。首长和俞启岳都很清楚，更严重的是会有一定的隐患。

交易时，买卖双方有时连账也算不清。你想想，市场上什么钱都有，国民党的法币，粤军等军阀的纸币，甚至一些土豪劣绅自己也发行货币。这么多的杂币同时在苏区流通，混乱不说，更严重的是乱中被人利用，无疑给国民党提供了破坏苏区金融市场的机会。

首长继续他的讲话："现在中华苏维埃共和国成立，国家就要有国家的样子，要有银行；银行就要有银行的样子，要统一货币。金融秩序要维持，金融信誉要保证。这样才能确保苏区生产的发展，战胜敌人的经济封锁，后方才能稳固……"

"我从前线抽你回来，就是要你去张罗造币厂。"首长对俞启岳说。

"我？造钱？"俞启岳一脸的诧异。

首长没再说什么，他拍了拍俞启岳的肩膀，然后走出屋子。首长不是随便拍人肩膀的，俞启岳知道那是一种信任。俞启岳觉得心里一点什么东西石头样长起来。

俞启岳知道，要尽早造出钱来，把苏区的各种货币统一起来，整理金融秩序，建立正常的市场。

当务之急呀，他想。

二 票子毫子和大洋……

后来，俞启岳就带着有赞他们去了一个叫洋溪的村子。这里原来有个红军造币厂，隶属江西省苏维埃政府，但造的币五花八门。现在，这个厂子由苏维埃国家银行接管了。

屋子里坐着那几个男人，还有各式各样的票子毫子和银洋。

人就坐在那张八仙桌边，除俞启岳外，还有汤有赞马拱八吴昌义三个。票子则贴在墙上，花花绿绿的纸钞贴满了一面墙。银洋当然上不了墙，银洋放在八仙桌上，一块一块地铺开。天井里一汪阳光注入，正好映照在银洋上，白花花的格外诱人。

几个男人从没看见过那么多的钱，眼花缭乱，神情亢奋。

"啧！啧！"

"啧啧啧！"

他们啧了好一会儿。

"都是钱呀！"马拱八好像不相信那些花花绿绿的纸钞和光光亮亮的银洋都是钱似的那么说。马拱八几个原来都是保卫局或者边贸局的人，运送了那批财宝后，上头没让他们离开。一来是出于对金库安全的考虑，人散到各处，难以控制，难说消息会不会走漏；二来，银行也确实需要人手，你想呀，一个造币厂说来简单，实际复杂，有纸币硬币之分吧。纸币得有纸，那就是说得先有造纸厂，硬币得铸铜铸银，那就得有炼铸的地方。你想就是，要多少人手哟，马拱八他们当然不能走。

他们都被指派和俞启岳一起去完成那项任务。他们从没见过这些东西，五花八门的钱。这些都是上头特意找来给他们做样本的,有从战场上搜来的战利品,有从各苏区找来的各种钱币,也有从上海呀香港呀什么地方弄来的外国钱。这些钱像一些奇怪的生灵,没脚没翅膀却神奇地到了洋溪村的这间屋子里,让这些乡间男人看得眼花缭乱。他们看着,有人看着还不过瘾,忍不住伸手想摸。

"哎哎!别碰!"俞启岳喝住了那人。

"我没碰过这么多的钱。"那人是马拱八,马拱八那么说。

"没碰过就没碰过……你别碰,弄脏了坏事情……"俞启岳说。

马拱八当然不再坚持,他喷了一声,眼眸依然放亮。

"洗了手呢?"有人说。

"做活时洗手,还得戴上手套……"俞启岳说。

他们得从中选出一些来研究,然后照着做出自己的钞票。

他们凑近看着那些钱,他们用手摸着,当然,他们洗了手,并按俞启岳说的那样戴上了手套。手套只有一副,他们轮着来。快点快点,后面的催前面的,这些钱让他们很亢奋,他们想摸摸那些票子毫子和大洋。

他们管纸钞叫票子,管铜币叫毫子,管银洋叫大洋。票子毫子和大洋……

但很快他们有些意外。

"还有用布做的票子哟。"有赞叫了起来,他发现那些钱里有一种既不是铜不是银也不是纸的钱。那是一块刷了桐油的白布,竟然有人用来做钱?

几个男人新鲜了好一会儿,又唧喳了好一会儿,然后又坐在那里闷声不响地想了会儿,边想他们边闷声不响地抽烟。

他们觉得这事一点眉目也没有,他们得想想。

想了一会儿吴昌义说话了。

"在老家时有人铸过银洋,我们那地方。"吴昌义说。

吴昌义是兴国人,早年陈志美等人在兴国县东村乡开办起陈氏"花边厂",仿制英国贸易洋钱。吴昌义说的就是这事。

"听说制成模子,融了银子往模子里倒就是。"吴昌义说。

"首长说了,先考虑票子的事,银洋当然要造,但工艺得要改进,放到第二步。"俞启岳说。

"再说还得有银子,没银子往模子里倒什么?"他说。

第一步是做票子,做票子要油墨和纸。俞启岳想好了,派吴昌义和马拱八去大浦。上头已经为纸和油墨做了考虑,派人到香港去弄印钞纸和油墨,货据说已经经汕头运到了大浦。吴昌义和马拱八的任务就是通过地下交通站,将油墨和印钞纸安全押运回瑞金。

三　我们需要这个人

然后,俞启岳和有赞去了一趟单坎。

俞启岳说:"就是纸和油墨弄来了,也没法做出票子呀。"

有赞说:"为什么呢?"

"票子上都要有图是不?谁来画?那不是一般的图哟,首长说要体现水准,拿出手要像回事情。现在是苏维埃共和国了,不能像先前各根据地搞的那些票子一样,粗糙,让人笑话。"

就那时有赞想到彭铭耀。

"我知道一个人,他能画。"于是有赞和俞启岳说起彭铭耀。

"他说他闭了眼也能画……他那么说的……我还真见过他画,三笔五笔的人就成形了,他真有那本事。"有赞说。

队长把彭铭耀从井下叫了出来:"有人来找你哩。"

彭铭耀眼睛本来就近视,在黑暗里待得久了,冷不丁出来受不了那白白光亮，揉了好一会儿眼睛才看清面前的两个人。一个熟识，另一个陌生。

"呀呀！是你哟汤有赞，你去了哪里，一直没见你回。"彭铭耀说。

有赞说："你看我这不是回了。"

"呵呵，你还记得我呀？"

"不只记得你哟，我们是专门找你的。"

"哦？"

"我回来找你有事，我们找你有要紧事哩。"

彭铭耀说："想不起你找我能有什么事……"

"有事请你帮忙哟。"俞启岳笑吟吟地说。

"我们见过吗？"

"没见过就不能帮忙了？认识了不就熟了吗是朋友了吗？"

"我是说我眼睛不好，眼镜摔了看不清人……你们说让我帮个什么忙吧。"

汤有赞说："这就是俞团长呀，当初托马拱八带命令来召我出山的那个。"

"噢噢……说说，有什么事我能帮上你们的？"彭铭耀说。

俞启岳递上纸和笔，两样东西都是事先准备好了的。俞启岳有点怀疑，就这么个黑不溜秋一脸泥糊的精瘦精瘦痨病鬼样的一个人真就能画出有赞说的那种画？

"请你画个画。"

彭铭耀很麻利地接过纸笔："哈，有日子没画画了，再不画就手生了哟……画什么呢？"

"你画个列宁。"俞启岳说。他想的是，将来设计的纸钞上肯定有个列宁的头像，就让这个男人先画画。

彭铭耀黑了脸，他把手里的笔扔了。

队长喝道："208！你捡起笔！"

第四章

旁边的看守拉动了枪栓，枪口对着彭铭耀的胸膛。

那个瘦削的男人捡起了笔，然后，他三笔五笔地迅速勾勒出了那个大胡子苏俄男人的头像。他眨着眼看着大家，神情怪异。"我可以走了吗？"他小声说。

俞启岳看着那画，呆住。他想，他要的就是这么个人。他说："等等，你别走！"

彭铭耀和队长都诧异地看着俞启岳。

"要走你跟我们走。"俞启岳说。

队长说："不行，这是单坎！"

看见那画，俞启岳太激动了。就是这个人了，他想，这就是他想要的画师，他一激动，把许多事都忘了。队长说这是单坎，他一下子警醒了过来，对对，这是单坎，不是一般的地方。这里是红军的感化院，这个瘦削男人是因犯。这种人不是普通百姓更不是队伍上的什么人，由着你想带走就带走的。

"怎么办，我们需要这个人。"他跟队长说。

"你需要人我知道，但人是我管着，我私自放人要担责任，这里要放走只苍蝇也得要上头点头。"队长说。

俞启岳扯了有赞离开单坎，他风风火火去找首长。然后，他又扯了首长去保卫局。保卫局的头儿也是俞启岳的老熟人。

"他是社民党呀，罪大恶极。"保卫局的头儿说。

"你看我们这儿就缺这么个人……"首长说。

"找谁也不能找这么个人到你们那儿呀，你们那儿是什么地方？开玩笑吧？"保卫局的头儿绷着脸说。

俞启岳看着首长，首长眉头跳了几跳。

"我看过彭铭耀的卷宗，他就是因为画列宁画像出的事。"首长说。

"有人说他往列宁脸上泼墨抹黑……"

"他本人最初承认是不小心泼倒了墨……"

"这个人曾留学日本，出身富豪。"

"革命队伍中他这种出身的人也不少……"

"看样子你非得要他要定他了？"保卫局的头儿说。

"是呀，我说过我需要他，国家银行需要他……我看你就把他借给我些日子吧，不会出什么差错的。就算他真的是社民党，不是还有我们看管着吗？我们那堆人里，你们保卫局的同志也不少呀，就看管不住这么一个人？"

保卫局的那个头儿说不过首长，或者说经不住首长这么磨，加上他们是朋友，关系也不错，就松了口。"你那么说我不允我就不地道了，好吧好吧，人你领走，你要看好了……这个人身份还是犯人，你知道的。"

首长说："放心，我负责。"

俞启岳很高兴，他把彭铭耀带到洋溪，给他把那头乱发理了，给彭铭耀换了一身衣衫。他还没忘了眼镜的事，到了叶坪机要处找到叶焕新，说你把鼻梁上那东西借我用用，过几天我还给你。叶焕新是他老乡，说我天天离不开身的东西你不能动，再说你眼睛好好的借眼镜干什么？俞启岳还是耍蛮把那副眼镜弄了来。

"你戴戴你戴戴。"他跟彭铭耀说。然后把那眼镜架在彭铭耀的鼻梁上。

"你站过来你站过来！"俞启岳朝彭铭耀招着手，彭铭耀走了一步又走了一步，一直走到天井边。

"天哪！哪是个挖砂的哟，是个秀才！"俞启岳惊惊诧诧地喊。

他把屋外的人惊动了，大家拥了进来。

"啧啧！"他们啧了几声，牵扯着彭铭耀上上下下地看了一转。彭铭耀一换上装理了头发又戴上眼镜，就完全换了一个人。

他们想跟彭铭耀说会儿话，但彭铭耀不知道骨子里就是那么个性子，还是因为刚从单坎那种地方出来还不适应，他脸像块石头，看不出喜怒哀乐。

彭铭耀身上有什么让他们觉得很特别,是什么东西,他们说不清楚。其实那男人还是昨天的彭铭耀,只是换了个身份就格外不一样了。

是镜片后面的那双眼睛,虽小小的,但眼睛里的光亮不一样,透着一种气。说不清,说不清是傲气还是什么。

宋化若那几个不乐意了,心里觉着不舒服,一个什么人嘛,才出了洞子到了这么个地方就一脸的神气傲气?但他们没说。叫你是来画票子的,要是画不出来,你还是得回那地方,神气什么!

事情很急,俞启岳风风火火把彭铭耀带回洋溪就是想尽早看到那个结果。他找来纸墨,他对彭铭耀说:"你准备准备,马上开始工作。"

四　这课还怎么上?

吴昌义和马拱八去大浦已经五天了,算算,回来也就这一两天的事,纸来了油墨来了,可没法印制。

没图呀。

你看你得辛苦了不能有休息时间事情紧急你得开始你的工作了。俞启岳对彭铭耀说。

彭铭耀伸出手,巴掌张得像一片荷叶。

"笔……"彭铭耀说出一大堆的什么。

"准备了笔墨哩。"

"你以为是写对联画山水国画?用毛笔?这得专门的笔,还得有圆规绘图尺什么的。"彭铭耀说。

俞启岳搔着脑壳,他没想到事情还挺复杂。

"这笔和画图的工具得到上海香港去弄。"俞启岳去找首长,首长这么对他说。

首长说:"我已经叫香港方面的同志弄油墨和纸时也购几套专用笔。"

还是得等吴昌义和马拱八两个来。俞启岳这么想。

"搞金融工作我们都是外行,得学习呀……这和打仗不一样,光靠勇敢不行的,得有学问知识。"首长对他说。

俞启岳脸就红了,他想,这里面名堂还真多,要学的东西还真多。

俞启岳回来后对大家说:"趁着吴昌义和马拱八还没回来,抓紧时间大家学点东西。"

"吴昌义和马拱八呢?"有人说。

"他们再说,他们来了事情就忙了,就没时间上课了……"俞启岳说。

"他们缺了课,到时想法补,只要我们学到了,大家都能做吴昌义和马拱八的老师。"俞启岳说。

他们真弄起了学习的事,彭铭耀做先生。这个先生做得很卖力。学堂就设在祠堂里,俞启岳他们也住那儿,除了拥挤,那儿还混杂了一股难闻气味。没人在乎这个,尤其彭铭耀。这一天他穿了一身长衫,把头发格外地弄了一回,看得出他刻意把自己打扮了一下。他想,我要做人先生,这不是个一般的事儿,先生要有先生的样子。他就么想的,他没多想。但人家看去就觉得他有些那个,本来就有几个做学生的还不服,他一刻意打扮,人家脸上看去不显山不露水的,但心里却咕嘟咕嘟冒东西。

可不服不行,人家肚里有东西。彭铭耀一开口,就把他肚里的东西往外倒着,让那些人惊惊诧诧的。

呀呀!这瘦瘦弱弱的一个人,肚子里怎么装了那么多五花八门的"名堂"呢?

他知晓那么多的事情呀!懂那么多事理,比镇上苟家老爷知道的东西还多。苟家老爷知天文识地理被人喻作万事通,眼镜客比苟家老爷知晓的还多,那不成神仙了?

第四章

彭铭耀很快在大家中间树立了威信,但他确实不是那种爱炫耀的人,更不是那种有一点什么就目中无人傲气冲天的人。有人觉得他身上有种傲气有种与他人格格不入的东西,那是他们看走了眼。

有赞就为彭铭耀打抱不平:"他要是真牛×哄哄他也不会在工农队伍上了。"其实有赞也觉得彭铭耀身上有种东西让他觉得很那个,但他还得为眼镜客说话。人是他举荐的,有赞不允许人家对彭铭耀有看法。

"在队伍上就能说明问题?不是说他是社民党吗?不是说他是日本人派来的探子吗?"有人这么说。

有赞想骂人,可他没骂。人家也没说错,彭铭耀就是现在也还顶着那顶帽子。彭铭耀是从单坎来的人,这一点他比谁都更清楚。

"反正我觉得他人不错,过些日子你们就知道了。"有赞说。

有赞没说错,很快大家就感觉到彭铭耀身上的许多优点。彭铭耀做了先生给大家讲课后,大家更觉得他人不错,没那种傲气,但是有些迂腐。

比如他真把自己当成先生了。第一天上课讲着讲着看见下面几个人打起呼噜了。不是人家不愿意听不认真听,是听不懂,听得云里雾里的,人就犯困了。连俞启岳下巴都磕了那么几磕,他没睡过去是因为他捏自己大腿,下死力气捏了一把。你不能困,你是头儿。他给自己说。

彭铭耀走过去敲了敲有赞的脑壳。

"你敲我?"

"我讲课哩你睡觉?"

"你把我敲疼了。"

"要搁过去,先生要拿竹鞭抽你手心。"

"我学不了你那些名堂,我听不懂。"

彭铭耀叹了口气,他跟俞启岳说:"你看看你看看,这课还怎么上?"

"课怎么上是你的事,你想想该怎么上吧,不上是不行的,这是命令!"俞启岳说。

"我总不能从上中下人口手鱼虫鸟牛羊马什么的讲起吧?"

"你还真得从那儿讲起,我们中间有些人大字不认识一箩,你不从那儿讲起人家听得云里雾里的不瞌睡才怪。"

"那我是白讲了。"

"你是白讲了。"

彭铭耀又叹了一口气,想说什么却没有说。能从单坎那地方出来他觉得很开心。他是个乐观的人,在单坎挖砂,每天做苦力,起早贪黑。感化院里什么样的人都有,骂唑讥讽还有欺侮挨饿受冻……什么苦他没受过?但他不叹气,他乐观,觉得总有一天会云开日出,总有一天会还他清白。他不能死,他要等到清白的日子,要死也得清清白白地死,他就那么想的,所以他不在乎那些,人不在乎那些苦难就会乐观。他乐呵呵的,很简单的一件事也会引发他的笑,很普通的一棵草一株树他也能看出名堂。偶尔有休息的时候,大白天的他就坐在坡上看,远远近近地看,一脸的新奇感觉。人家问他看什么,他说看山峦。人家朝那些峰峦看,看不出什么名堂呀,山不就是那些山?山初初看是风景,但天天看的就是那么一些山,还风景个什么?矿上的那些伙伴觉得这个人脑子是不是有毛病,他们就不再看重他,对他干什么也不在意。这倒好了彭铭耀,他省去许多的麻烦。他只干活。

彭铭耀因为乐观,所以在单坎那地方他不叹气。来洋溪他把几年里没叹的气都要补叹了似的,连连叹气。他为俞启岳他们叹气,就这么的一群人,要办银行!这怎么可能?就是自己,对金融也只是一知半解。那是很专业的一门学问,你看他们连大字也不认识几个,能搞银行?票据贴现票据承兑有限法偿无限法偿这些多如牛毛的名词他们连看都没看过,更不要说弄明白!

他当然不能说,他得尽自己的力量。他想,要办银行至少也要知道个一二吧。彭铭耀凭着记忆找出那些与银行相关的知识,也挤了时间读了几本首长专门从各地收集来的银行专业书籍,他多少了解了一二,想通过授课，也让大家知道这些。

可他们瞌睡。

他有些着急，他急他当然只有叹气。眼下就这么种现状，他能怎么样呢？

从上中下人口手鱼虫鸟牛羊马什么的讲起那就从上中下人口手鱼虫鸟牛羊马什么的讲起吧，我能怎么样？他想。

五 眼镜客

彭铭耀没有改天换地的喜悦，他和往常一样风平浪静。几个人都觉得奇怪，说眼镜客你从牛马变成了人，你不欢天喜地？彭铭耀跟对方说，这有什么？身正不怕影斜，我知道迟早会有今天。

有赞听了觉得有些不舒服，他找彭铭耀了，他说："哎哎，眼镜客你不请我吃饭？"彭铭耀说："我为什么要请你下馆子？"有赞说："不是我你还在洞里老鼠样受苦受累。"彭铭耀："要说请客应该俞启岳请，我是你叫来帮他的。刀币，我去跟俞启岳说去。"

有赞哭不得笑不得，心想，天下没有比这男人迂的了。

"真的，我跟俞启岳说去！"彭铭耀很认真地说。

"我叫他请你们吃烧猪脚……"他说。

旁人哄笑起来，他们觉得这实在太好笑，他们笑得什么似的。

有赞生气了，有赞脸上黑下来了："去你个鬼哟！吃你娘个头！"

"你看你骂人，你刀币好好的骂人？"

有赞搞了个没趣，好几天不跟他说话，彭铭耀觉得摸不清个头脑。他说好好我请客就是你不要不理我哟。

有赞说算了算了，我知道财主家都小气了。

彭铭耀也恼了,他嘟哝着:"哎哎!刀币你说清楚,谁是财主?我可不是财主!"

有赞说彭铭耀财主也并不是没有根据,彭铭耀确是财主家公子,不仅是公子,而且是独子。从小彭家宠得他跟什么似的,三岁就请了私塾先生进屋教他四书五经,十岁就能背数百首唐诗。十二岁时,私塾先生对彭铭耀的父亲说:"彭家老爷,我教不了少爷了,你送他去省城吧。"

"池小鱼大哟……"私塾先生说。

老爷彭加礼说:"是龙不是鱼……"

彭家老爷信了私塾先生的话,说不定还真是真龙天子哩。当然他把少爷宠若至宝,望子成龙。他花去百余担谷几十块银洋,把彭铭耀送到省城最好的学堂甲种工业学校。

邑乡里人都说彭家要出真龙天子。

彭铭耀天资聪慧,在省城那地方,得学问,也得新思想。那几年国民革命热火朝天,省城是漩涡中心。彭铭耀和他的几个同学一起,加入了进步组织,也加入了那些洪流中,满口的新词,燃情街市,慷慨里巷。

他们把事情弄得热火朝天,后来却被官府追杀,再后来就销声匿迹了。

老爷彭加礼很失望,继而就伤心。

邑乡里,人们都不敢说起彭家公子的事,他们以为彭家少爷永远不会回来了。

他们想错了,不久彭家少爷出现在镇子上,和他一起出现的还有一支队伍。

彭家少爷没有光宗耀祖,他带着人把他家的田分了,财物也给了乡里的穷人。老爷彭加礼气得吐血。

"造孽哟!"有人说。

"什么龙哟,是个祸根……"有人说。

"龙还是龙,是条孽龙……"彭家老爷说完这句话,一口血喷出老远,

第四章

一命呜呼。

但彭铭耀并没有因此摆脱"少爷"的阴影，有人随便找了个理由把他抓了。抓他的理由太多了，彭铭耀在队伍上似乎和谁都合不来。他不大和人说话，说不上什么原因，其实他很想和人说话，可能是他那样子人家不愿意跟他说，也许是大家话题不对路话不投机和人家说不上什么话……反正他自己也弄不清到底是怎么回事。不大和人说话就和人有隔阂，常被人猜忌，让人总觉得他心高气傲瞧不起人。本来眼睛就小，还戴着副眼镜，看人就半眯了眼那么看，看得人更是不舒服。没人跟他说话。

不说不说去，他不在乎，成天只关了门干自己的事。

有人说那个眼镜客成天忙个什么哟？

鬼晓得。

我看不地道。

人们就有多种猜想，甚至往歪处想了，觉得彭铭耀不仅神秘，简直就是诡秘了。

贼一样。他们说。

就是就是贼一样。他们这么说。说得越多想得越多就越觉得是那么回事。查AB团，有人就咬上了他，保卫局把他带走了。先是审，彭铭耀总是那句话："你们搞错了。我彭铭耀把家产都献给了工农革命，我图个什么？我就是想革命，不革命我还能有什么出路？不革命我活个什么？"

然后就是沉默。

眼镜客看去单薄孱弱，保卫局没施刑，大概觉得这么个弱不禁风的人纸人一个，一耳光也就足够了，他们打了他十耳光。也许觉得这人不值得动刑，没什么意思。他们没审出名堂，他们把他送去了单坎。

你们迟早要请我出去。

也许他一直这么想着，所以，他没把有赞的引荐当回事。他只觉得是上头需要自己了，这种时候把自己从矿洞洞里找了回来做正事。

我得把上头交给我的事做好，何况这些任务是我所想做的事。他这么想。

我还得认真教他们认字，这也是上头交给的任务，我要做好。他们要都能识字就好了。他这么想。

彭铭耀总是让大家觉得很纳闷，按说眼镜客脑壳里装的东西那么多，他应该知晓很多事的，但在人情世故上，他是迂得可以，像白长了一颗脑壳样。

第五章

一 镰刀锤子五角星……还有列宁的头像……

吴昌义和马拱八他们回来了,天气其实很好,可他们的脸色都不好。两个男人脸上都挂着烂布一样。事情办得不是很圆满,任务只完成了一部分。他们很想圆满的,很多人都等着他们的圆满,但有些事情不是你想的那样。谋事在人,成事在天。

他们没把事情弄圆满,他们的脸灰塌塌的没了生气。

"都快进咱们的地盘了哟,在河面上出了事。"马拱八摇着脑壳跟大家说。

"白军最后一道卡吧,过了也就过了……"吴昌义说。

"就是,一条船已经过了……"

"我们给了那个守卡的头目三十块大洋,说是两只船上运的都是日用百货,每天都有百货偷运,他们只认钱,他们收了钱摆摆手就放行了……"

"应该是没什么问题了的……一条船已经过了卡,另一条船也应该过的,可是艄公头天崴了一下脚,撑船的事就交给他徒弟弄,那后生手生不麻利,耽误了点时间。"

"就一袋烟工夫吧……"

"就是就是,就耽误了那么一点点时间……我们还能远远地看着后面船上的灯哩,看着看着,突然就黑了。"

"我们就朝那方向喊,招来一阵枪子。我们想,坏了坏了,出意外了。要不是我们的船已经进入我们的地盘,天太黑敌人不敢贸然追,我们也可能被截哟……"

他们讲了那天夜里发生的怪事。

装运印钞纸的那条船被截了,交通站的三位同志被敌人掳了去生死未卜。万幸的是吴昌义和马拱八在另一条船上,还有油墨,彭铭耀要用的笔呀绘图工具什么的都完好无损。

俞启岳风风火火地找到首长,"情况很严重,"他跟首长说,"没想到会出这种意外。"

首长说:"我早想到了。"首长确实是考虑到了可能发生的情况。你想就是,泉州那笔财宝动静那么大,敌人也不是傻子。再说苏区白军的暗探密布,难说就探出些什么风声。对方肯定会防着我们这一手。虽说与粤军也秘密做着各种交易,为了钱粤军甚至连军火生意也敢和红军做,但那情形不一样。军火交易看上去是掉脑壳事情,看上去很严重,其实操作起来比向苏区走私针头线脑还简单。双方把价密谈好,然后假装有一场战事,在什么地方双方摆开架势"开仗",其实是往空洋油桶里放炮仗,烧几堆烟火,顶多朝天开上那么几枪,然后就"寡不敌众",弃阵而去。撤退时就把枪支弹药丢在那里了。你看就是,一切合情合理。可印钞纸你不能这么操作吧?有把印钞纸带去战场的?没有吧?只能偷运。偷运要被南京方面的人查出,那还了得?特工总部也好复兴社的人也好,都不是好鸟。他们和粤军积怨已久,正愁找不到粤军的把柄哩。

因此,粤军当然也不敢明目张胆做这么个"生意",就是给座金山银山也不敢。

首长想的就是这些,他考虑得远点多点。

"你想就是,我们运的是重要的物品,要通过敌人很多道关卡,能把

第五章

油墨什么的运送成功已经很可以了。"首长很乐观地笑着,"我已经决定再派人去弄纸,不过我们不能等,要准备的得先期到位。"

要做的第一步自然是彭铭耀的工作,他们把那些笔和专门的工具交给了他,他看着那支笔和那些工具愣了好一会儿。

"怎么了?"俞启岳问。

"没什么……我是想我真就画钱钞图案了?"

"当然呀……从单坎好不容易把你要来就为了这个……"

彭铭耀知道对方并没有理解自己的意思,不要说印钞纸被截,就是真运了来,制成了钞票真就有了银行了?不过俞启岳说得对,从单坎那地方好不容易把我弄了来就是为了这个,我画就是,我好好画。

"哦哦……"彭铭耀含糊地哦了几声,"画什么呢?"

他们给他提了些要求,他也知道,钞票的图案当然不能像平常画画,想随便画个什么就画个什么的。

"一定要体现工农政权的特征,首长交代的。"俞启岳说。

"镰刀锤子五角星……还有列宁的头像……"俞启岳说。

彭铭耀捏起了笔,屋里所有的人都看着他。他捏了笔在纸上手腕儿那么抖了几抖,镰刀锤子五角星什么的都端在纸上了。

大家往纸上看,挤眉眨眼。他们觉得很神奇,彭铭耀成神笔马良了。他们想眼镜客接着画下去,但彭铭耀捏了笔一动不动发呆。

画呀!接着画!有人说。

你别停下呀!有人说。

你画呀,画列宁头像,缺个列宁头像……他们说。

彭铭耀试图让笔尖落到纸上,竟然没能成功,他手抖着,抖得厉害。突然他喉咙里叫出了一声,抛了笔跑出门去。

俞启岳找到首长:"没想到他会这样。"

首长说:"很正常。"

"哦？"

"你忘了，他就是因为画列宁画像出的事呀！一朝被蛇咬，十年怕井绳……你得做工作，让他走出那阴影……"

俞启岳觉得首长说得是，要搁自己，也许也跟眼镜客一个样，将心比心嘛，那么想，他就觉得彭铭耀的"反常"是很正常了。首长说得对，我们得做工作。

他没想到眼下的工作会那么复杂，眼见得一件事要成了，却又出现了问题。

他回洋溪时从街镇上带回了一条围巾。他找到彭铭耀，把那条围巾递给彭铭耀。

"天要冷了，首长让我给你带了条围巾来……"他没说自己买的，他说首长给的。

彭铭耀有些感动，他嘴唇动了动："我让他失望了吧？"

俞启岳笑了笑："我跟首长提那事了，首长说过两天来看你……"

彭铭耀说："我真的是不小心弄倒了墨砚……"

"我们相信你的话。"

"他们打我，他们抓了我说我是社民党就打我……"

"你别把那些放心上，一切都过去了……"俞启岳说。

"现在你不是在单坎是在洋溪，你忘了那一切吧。"俞启岳说。

"我没放心上……我要放心上我还活得下来？"

"那是！你试试再画画？"

彭铭耀看了俞启岳一眼："我发过誓不再画列宁的。"

俞启岳说："现在不是你要画，是苏维埃共和国银行请你画，这很重要，你知道，这关系重大……"

"那你让我想两天吧。"

俞启岳点了点头。

二　就这样他们做出了第一张钞票

彭铭耀把自己关在那间屋子里想了两天。这也是他怪异的地方，他常常把自己关在屋子里。

他们说，这人怪。

他们说，眼镜客想事哩。

想事想事，非得把门窗关了？有人说。人家说人家的，两天后彭铭耀把门呀窗的都打开了，然后走了出来。

人们往他脸上瞅，没瞅出异样东西来。彭铭耀脸上风平浪静的，眼镜后面的那对小眼睛扑闪了几下，对俞启岳说："你把纸笔找来。"

彭铭耀终于捏起了那支笔，他想，俞启岳说得对，这不是个人的事，再说还有首长和身边这个男人的面子。他得画，他不画不行。

他又抖着手腕了，然后，那个俄国人的头像就跃然纸上。

"啧！"

"啧啧！"

"我按你说的把你要的东西画完了。"彭铭耀如释重负。他抹着额头那大片的汗水跟俞启岳说。

"好了好了，你得画出个票样来。"

这让彭铭耀稍有些犯难，那些单一的图案，他已经在脑子里画了无数遍了。要画票样，关键是如何把这些图案有机地组合起来，既美观大方，又突出工农苏维埃的特点。这得有点想法。

他画了一张，交给俞启岳。俞启岳歪着头看了下，啊啊！真好！

很快彭铭耀又画出一张。俞启岳依然惊讶，很好很好！

彭铭耀一连画了十几张，每张都不一样，每张俞启岳看后都要夸赞一番。啧啧啧!

彭铭耀说:"行吗?"

俞启岳看看这张又看看那张,他真的看不出高低好坏了,在他看来,每张都行。

"你这个四眼鬼眼镜客哟,你画一张就可以了喔,你画这么多,我看不出高低。"俞启岳说。

"你真是马良转世,啧啧……我找首长去。"他说。

俞启岳带着彭铭耀设计的那些图案去找首长,首长是个很慎重的人。"我也觉得每张都好,但纸币上的画不是挂在家里的,是千家万户都要用的,不是一个人几个人说喜欢就好,是大家都要喜欢才好。"

俞启岳又找到彭铭耀:"首长说你脑壳里还有什么想法都画出来。"

彭铭耀又埋头画了两天,画了四十八张图案。俞启岳要做的事就是揣着那些图案见人就摊开让大家看,挑出自己喜欢的那张。

最后,他终于综合了大家的意见,从中挑出了一张来。

"首长说先印一张'壹元券'大家看看。"

没有印钞纸,他们用的是布。他们知道有人曾经那么印过票子。他们把选出的那张图案印到了巴掌大的一块布上,然后漂上桐油。就这样他们做出了第一张钞票。

他们捏着那张票子,心里有说不出的一种感觉。这是红军的票子呀,很柔软也很特殊,黄灿灿软柔柔的。他们在心里想,要是那些纸不被敌人截了,那印出的票子会更让人心里开花。尤其吴昌义和马拱八,想起那些纸,他们好像做错了什么似的,老是对着山谷莫名地摇头。

三　这纸还能生出钱来？

镇子东头一棵老樟，长得枝繁叶茂，弄出好大的一团阴凉来。那时候正是三伏天气，狗热得吐出老长的舌头不住往溪边吮舔水流。那边潭里，几头水牯懒洋洋带了点惬意神情在水里蹲趴着，任了三五只八哥在身边大石上跳来跳去地飞。有时一两只胆大的就飞到老牛的脊背上。

李铭铎韩丰有在树荫下对弈，他们专心致志。

黎译宏不知道什么时候走近前来，他静静地看了一会儿，拈起一颗红方的车走了一步，黑方被将死了。

两个手下这才看到黎译宏。他们侧侧头，接着笔直地站了起来。

他们看着黎译宏的脸，那张脸上看不出什么来。其实黎译宏想发火，他觉得心里莫名地有股火。但放一天假是他说的，放假人家下下棋根本不算过分，自己发火倒是有些失态了，不仅失态，也失去了风度。他想了想，就走过去拈了那颗棋子。两个手下又是一番惊诧，黎译宏从不那样的，他只是看，从不过问人家棋局，可今天有些例外。

他想找个什么事发发那火。

"没你们的事，是我……"他跟两个手下说。

两个刚从棋局里走出来的男人诧异地看着他们的上司，不知道黎译宏说的是什么。

黎译宏摇了摇头，到底没跟他们说。他觉得心里有什么不踏实，但想不出到底是个什么事。这种不踏实让他收了口，他决定不跟手下说这事，至少现在不说。

他总是冒出某种预感，而这种预感往往很重要。

那只船是黎译宏拦下的。

那时候，他突然接到大浦工作站送来的情报，说近来不断地有挑客往永定方向去。黎译宏知道那是粤军的地盘，陈济棠明里响应党国剿共伟业，但暗里却利用对赤区的经济封锁做走私生意。赤区有钨和上好烟草，还有别的一些紧俏的好东西，夏布桐油什么的。赤区被严密封锁后，外面急需的那些好东西出不来，里面基本的生活用品也进不去，那么多人哟，吃喝拉撒睡……每天得消耗多少东西，是一笔大生意呀。粤军的那些人哪能轻易放过到嘴边的肉？粤军的这帮家伙，置党国大业于不顾，只看重一己私利，为饱私囊，坏党国剿共大事。黎译宏一直很气愤，他手头有不少关于粤军与匪区走私的证据，但上头有令，现在这种事只能睁只眼闭只眼，只能忍了这口气等秋后算账。粤军何止这么点事？陈济棠这个家伙一直和蒋委员长面和心不和，一直是党国的心腹之患，很多人早就想收拾这个祸根。可是现在赤祸为大患，得先攘大患而后再拾掇小痛，这是上头的策略，不能因小失大。忍吧，先忍了。

可那边来的情报，大浦那边红白边境上动作多起来。有情报说陈济棠的人越来越猖狂了，居然可能和红军做军火生意。

这还了得？

他得看看去。他去了大浦，那里有个三河镇，那是三江交汇处，交通很便利，沿了韩江，下可以往南到汕头，经海去香港；上可以经福建永定到匪区。他去了那个叫栋子亭的地方，那是粤军的守地，水路到那儿基本也就到头了。

他带着人拦住了几条船。

粤军的那个团长还真拔出匣子，凶凶地那么吼着叫着。

黎译宏笑笑的："你别叫别叫，我只是例行公事，有情报说这几条船上有人向匪区走私军火，我得看看，不看是我失职。"他掏出行营的一张手谕在那张胖脸前晃了几晃。不知道是因为那张纸还是黎译宏那气势，胖团长绷着的脸松弛下来。

第五章

"有这种事?"那个胖团长说。

"没有就最好。"

"每天有几十条船从我们这里过……"

"那是,谁也不是火眼金睛,再说人家要私运那种货,一般的人也查不出的……"黎译宏依然宽厚地那么笑着。

"辛苦了兄弟……晚上请先生吃韩江鱼。"胖团长说。

"哦哦!谢谢长官,听说这一带的水酒不错。"

"当然有好酒!客家人都有一手制酒的好本事。"胖团长说。

后来,就从那条船上搜出几捆绸布,几个男人把那些布扎扛到了岗楼那里。

胖团长一脸的尴尬:"他娘的,东西藏在什么地方,竟然逃脱了手下弟兄的检查?"

黎译宏没吭声,他蹲下来看了看那布,眼睛眨了几下,把手伸了出来:"给我把刀。"

有人抽出把匕首递给了他,黎译宏小心地用刀挑开那布扎外面的几层布,很快里面露出白白的纸。

胖团长疑惑了,他眨巴着眼睛:"那是什么?"

"纸。"

"狗娘养的偷运纸?"

"这不是一般的纸……"

胖团长嘀咕道:"再不一般纸也不会比绸布珍贵吧?这纸还能生出钱来?这纸还能成金子银子?"

黎译宏想说这纸还真能生出钱来,这纸制成了钱钞还真的能成金成银,但他没说,他说:"这些东西我得带走。"

胖团长说:"带走带走就是!"

他没觉得那有什么,没查出枪呀什么的那就好。确实有些船往那边运弹药枪支，甚至有长官跟他打招呼，那都不是一般的人，他不敢开罪。当然，他自己也能得点好处。这种事睁只眼闭只眼也就过去了。党国党国，那是南京方面的事，这是什么地方？岭南，天高皇帝远，管了自己一家老小管了自己这帮弟兄生死活路也就不错了。好男不当兵，当了，在行伍里，就算是一介莽夫，也得为自己为弟兄们谋些好处。

胖团长就是这么想的。他想，最上头的长官都那么做，我管那许多？

黎译宏说："看来酒肉我是没办法享受了，这些东西我要急着送到行营去。肉你先自己吃，酒留着，我总有一天会来收拾。"

胖团长没听出黎译宏话里骨头，一脸堆笑地那么点着头。

黎译宏心里想着的是，我总有一天来收拾你们这些党国的败类，你们粤军里败类太多了，从上到下，烂到骨头里去了，贪赃枉法，结党营私。

可他脸上笑笑的。

"你可要给我留着哟，我说了我会来收拾！"

黎译宏总是这样，人给他个外号叫笑面虎，他不喜欢别人那么叫。

四　他们绞尽脑汁

那些纸样，放在了徐恩曾的案头上。他拈起一张慢慢地把玩着，然后，拿起看了看。窗外，有一处风景，园林湖水，恰到好处。那地方有个很好听的名字叫百花洲。

百花洲的湖面，静水微澜。

"这些东西要是不被我们截住，也许已经变成了钱钞。"徐恩曾当然知道问题的严重性。

"粤军那帮家伙太过分了！"黎译宏没顺着上司话题说，他还是扯到粤军，"剿共大业成了他们发财的机会。"

第五章

"想借此发财的何止他们，我们身边大有人在。"徐恩曾说。

"见钱眼开……"

"见钱眼开总比谋财害命的好……不说这人……"

黎译宏知道近来头儿正纠结，有人到南京告特工总部的黑状，因为特工总部在抚州截获了一批药品，有证据表明那是有人和红军做的交易。这事特工总部觉得很严重，一大批的药品呀。匪区缺什么都行，没粮吃他们靠山吃山，山里田里都能找着吃食。但打着仗两样东西不能缺，一是军火，二是药品。你得要枪要子弹，你得要救伤员，伤病一大堆，没药损兵折将不说，还会造成恐慌，军心难稳。

破获了一批走私的药品，徐恩曾像握了颗烫手山芋。不往上头报告，万一上头知道了追究下来可不是儿戏；报呢，谁知道这些药后面藏的是些什么人？

思前想后，徐恩曾还是报到上头。但他的担心果然应验，被人压了下来，说证据不足。压下来没什么，可事情却开罪了一些人。有人常常给特工总部挑刺，你想就是，做情报的活，能说百分之百不失误？自古来就没有过。但有人就是抓了你的失误说事，老是让你灰头土脸的。当然，他们要的不是你小小的失误，他们要的是你马失前蹄有个大的闪失，那样，他们就会猛一下置你于死地。

谋财害命，徐恩曾说的就是这个。

黎译宏很明白，他当然不能再往那事上扯，他得扯开来，他把话题转到印钞纸上来了。

"看来我们推测的不错，赤匪就是要办银行。"

"现在他们纸没了……"

"没了他们还会去想办法弄。"

"老师不是要呈报上峰，建议立即加强边界的防范吗？"

"行营已经下令了，那一带的哨卡派了特派员予以监督。"

"只能说要好一点……"

"我也清楚那么做也不能完全杜绝他们的走私,可至少短时期内会好些……再过些日子,新的军事行动开始,又会像铁桶样,这样至少半年内他们没法弄到需要的纸,弄到了也数量有限。"

"学生明白……"

徐恩曾笑了笑:"不过,追根溯源,治标治本,红军的秘密宝藏是关键……关于这个有什么新的情况吗?"

"好消息目前没有,但相信很快就会有。"

"我看你没有多少时间了。"

黎译宏抬头看着徐恩曾,他觉得上司的这句话有些费解。他朝徐恩曾眨巴着眼。

徐恩曾依然嘴角吊一个碎碎的笑:"有人想从我这儿挖你走!"

"什么?"

"有人要借你去机要处。"徐恩曾说出这几个字,然后定定地看着黎译宏。

"我知道是谁想弄走我……我不去!"

"他们答应过些日子给你晋级……"

"去他娘的,那是个阴谋!他们是想把我从你这儿弄走,你少个左右手,我呢,少了个伯乐和靠山……我不会去我不去!"

徐恩曾过来拍了拍黎译宏的肩膀:"明宽忠我哟……我没看错人。"明宽是黎译宏的字,一般别人不那么称呼他,徐恩曾在表示亲近时就那么叫他。

"我给顶住了,我觉得他们不仅想拆我的台……"

"此话怎么讲?"

"是不是红军宝藏的事……他们暗中还在使力气?虽说上回复兴社在此事上栽了一下,校长不让他们过问此事了,但明里不过问,难说他们暗

第五章

里来呀……"

"嗯,老师明察,我也觉得是这么回事,一来是贪图那笔数目可观的钱财,二来他们要坏我们好事……一箭双雕。"

"没那么容易吧?"徐恩曾轻轻地吐出那六个字。

"是呀,没那么容易。"

徐恩曾觉得没看错这个年轻人,沉稳、机灵、精干,遇事不慌,处事麻利老练,更重要的是忠诚。徐恩曾要的就是手下对自己的忠诚,这点很重要。看到黎译宏能这样,他很欣慰:"你来的真是时候。"

"越是这样我们越是要重拳出击哟。"他说。

他们又在那间屋子里待了很久,对下一步的工作作了详尽的安排。

他们绞尽脑汁,方方面面的事情都想到了,他们不得不考虑得周到而又周到细致而又细致。特工总部特就特在他们不仅要对付红军的明枪,更要防范的是身后的暗箭。明里的明枪他们不怕,暗地里的暗箭是他们最要提防的。有人想置他们于死地,他们得防患于未然,不仅防患于未然而且要置对方于死地。

第六章

一 "无米下锅"

苏维埃银行费了很多的布，因为要兑换出那些杂币，他们得费布。

机器每天都在转着，布币由先前的一个巴掌大小改成了四分之一巴掌大小，为的就是省布。但没想到会费那么多的布。苏维埃辖区民众手里竟然有那么多的杂币，这是俞启岳他们始料未及的。乡民手里除了银洋，还有通常百姓说的"袁大头"、"孙小头"及墨西哥"鹰洋"三种银币，他们更愿意将家里的那些杂币换了。红军在大街小巷村前屋后贴了告示，告示里说那些铜元券也好，银元券也好，国民党的纸币、清朝时期的铜板什么的都将在苏区停止流通，他们读不懂"停止流通"那四个字，有识字的就告诉大家："就是不能用了。"

"不能用了就是废纸了？"

"当然是废纸喽。"

"红军怎么能这么做！把我手里的钱变成废纸？"

"你看你说的，红军怎么能把咱手里的钱变废纸？红军是要你拿了旧钱去兑新钱，苏维埃的钱，一元兑一元，一厘也不会少你的。"

果然，大家就把那些花花绿绿的票子拿了去兑换那些布制的钞票。

情形有点像过节，其实那些日子有赞他们就觉得有点像过节，心里充

第六章

满了一种难以言说的喜悦，那种感觉，甚至比过年过节还要那个。

加入队伍前，吴昌义在上杭做店员，其实就是南货店里的伙计。他聪明机灵，十一岁小小年纪进店学徒，大字不识一个，才三五年，竟然偷学到了一手好算盘。白天吴昌义和掌柜看店做杂活，晚上还得做一件事——掌柜的让他依了账本报数，自己拨拉着算盘。每天天一黑，吴昌义就要把那盏马灯灯芯挑亮点，掌柜的会架一副石头镜，手里拨拉着那把算盘。吴昌义就捧了那账本凑近灯光，给掌柜的报数，报一个掌柜的就拨拉算盘上的珠子，啪啦啪啦地响。一天的进项掌柜的要算个明白。

那天掌柜的上阁楼取货，不小心跌了下来，跌坏了一只胳膊，手痛打不了算盘。

掌柜的说这几天的账放放，我打不了算盘，一动手痛。

吴昌义说我来吧。

掌柜很诧异，他说你来你打算盘。

吴昌义说试试。

掌柜的就让他试了试，吴昌义有板有眼地拨拉着那些木珠儿，算盘打得比掌柜的还要响亮快当。

掌柜的看傻了，他顾不得手痛，把算盘重拨了两遍，那数字一点不错。

天，听说过偷偷学艺的，没听说过偷偷学打算盘的，更别说偷偷学了能把算盘打得这么精的。掌柜的说。

那个尖脸子掌柜没想到吴昌义还有让他更吃惊的。

那天算盘坏了，掌柜说今天不要点灯了算盘坏了，明天弄把好的来再说。

吴昌义说算盘坏了就坏了，账照算哟。

掌柜的觉得这个后生的话离奇得很，没算盘怎么算账？

吴昌义说，你念账本。

掌柜的不想念，他觉得吴昌义肯定是疯了，但这后生不像是疯了的人，这后生向来说话是话。想想，他就试念了一串数字。吴昌义很快地报了一个数字。掌柜的摇着脑壳，我硬是不信哟你等着。

他到隔壁米铺借了把算盘，啪啪地打了一通。对的哟。

掌柜的说我再报你再算。他把账本上当天的所有来往都报了一遍，然后看着吴昌义。吴昌义很快说出了个总数，不差分毫。

掌柜的一头大汗，瘫坐在那里半天起不来。你个昌义哟，你走你走！我这儿池小水少，容不下你这条鱼哟。

何止是鱼，我看也许是条龙。他说。

是鱼是龙你走吧，外头有你的江河湖海。他说。

吴昌义没想离开那家铺子，他也不相信掌柜说的江河湖海。不相信不行，这年红军来了，掌柜的跟了他大哥跑了。城里很多的后生都入了队伍，吴昌义也入了。红军问他最好的本事是什么，吴昌义说就是会算数，有算盘能算没算盘也能算。他们说那好你去做司务。他在队伍里没待多久，就被人招到了苏维埃银行。

在商铺里做伙计，也算是见过不少钱的，每天也多少有钱从手心上过来过去。可他没见过这么多的钱。有谁见过？没人。那些钱现在就在他们身边，一堆堆的花花绿绿票子。他们从没想过钱还能像番薯芋头一样，一箩筐一箩筐，一堆一堆的。

他们这些天就是用自己制作出的布币兑换了这么大堆杂钞。

俞启岳几个没想到会"断货"，那天一早，兑钱的人挤满了一条窄街，但红军银行里却没新钱可兑。

"没想到群众手里会有这么多的杂币。"

"敌人经济封锁，物资交易锐减，货币不进入流通，群众的钱都攥在手里……"彭铭耀说。

"你看你才读了那几本书，说话就文绉绉的……"有赞笑了。

现在的困难是他们成了"无米的巧妇"了。他们画出了好看的图案，

第六章

他们也架起了印钞的机器,他们印制出了苏维埃国家银行的第一批货币,但他们现在"无米下锅"了。

"反正他们手里捏着的钱不少……"

"供给部的那个大胡子把我臭骂了一顿……"

"什么?"

"他说我把一师士兵的冬衣给扯了,冬里士兵受冻要拿我是问。"

"布是紧俏东西,你也别怪供给部的人。人家急,队伍要补给,被服厂那边逼着要原料,供给部逼边贸局,边贸局的人也没办法。边界那边,敌人围得跟铁桶一样,弄点东西进来千难万难。"

街子上的人越来越多,

"不能再用布了,这得多少布呀!"

"可不用布怎么办,出去弄纸的两个小组都在边界上被截住了,连张纸片都弄不进来。"

他们很着急,俞启岳去找首长,首长当然也很急。

"我已经琢磨了一整夜,我看只有一个办法,我们自己造纸。"首长说。

"我们也是这么想的,那纸就么难造?"俞启岳说。

"肯定不容易,但只要想造,办法肯定有。"

"那我们想办法。"

有赞说:"我在纸坊做过一年帮工。"

彭铭耀一边对着汤有赞笑,一边摇了摇头。他没说话,马拱八把他想说的话说了出来。

"你个刀币哟你以为是做草纸呀?"马拱八说。

有赞只有眨巴着眼睛。是呀,就是纸也有不一样的纸嘛,纸坊出的那些纸写写字都勉强,别说制钱钞了。他不吭声了,他觉得印钞的纸是另一回事,像口深潭,深不可测。

二 彭铭耀到底做出了一张纸

彭铭耀又读了好几本书。他把自己关在屋子里读，关了三天，然后他打开了门，走了出来。他挤眉眨眼地朝树影下看了好一会儿，一脸的惊奇。

有赞几个聚在那棵老樟树下，彭铭耀觉得他们好像一直守在那里。

"你们在这儿？"

几个男人盯看着彭铭耀的脸。

"我脸上又没花你们那么看我？"

那张脸上是没花，但他们看出让他们放心的东西，那脸上有种光彩。几个男人迎了上去，有赞说："看出名堂没有？"

彭铭耀点了点头："没什么难的，我看没什么难的。"

这是男人们想知道的结果，他们脸上也立即有了颜色。他们信眼镜客彭铭耀的话，他们信他。这个戴眼镜的瘦弱男人说没什么难的，他们脸上云开日出了。

然后，他们去了几家纸坊，当然，山里用草和竹木造纸，虽然不是一样的纸，但工艺基本相同。

彭铭耀很亢奋，他把书上看到的结合了纸坊里那些工序，给大家讲解造纸。他像个老手一样，讲得头头是道，那几个纸坊的老师傅都听得一愣一愣的。

"五流程、十一工序。"彭铭耀说。

"没什么难的，五步流程：浸泡、蒸煮、捣浆、浇纸、晒纸；十一道工序：采料、晒料、浸泡、拌灰、蒸煮、洗涤、捣浆、浇纸、晒纸、砑光、揭纸。"他说。

有赞他们很惊讶，这个瘦弱的戴眼镜的男人竟然有那么好的记忆力，才读过的书就记得那么牢，过目不忘。

再然后，他们开始"捡破烂"。烂麻袋破棉絮，收集鞋底绳头破旧衣服……

国家银行的人干起了"捡破烂"的活什，好些天旁人都用奇怪的目光看他们，一脸惊诧表情。

他们没管那些，他们干得投入而亢奋。

他们把捡回来的东西全部砸碎后，掺了石灰浸泡，然后捣成浆浆。他们估摸着完成了五流程中的三，十一工序里的七。

有赞就喊："哎哎，眼镜客，该你了该你了！"

有人看不惯了，说："刀币，你别急嘛让人家彭先生先歇口气。"彭铭耀没歇，彭铭耀也没说个什么。他开始抄纸。那些纸浆和水放入抄纸槽内，彭铭耀搅着。他想，接下来的情形是，慢慢地纸浆游离地悬浮在水中，然后把竹帘投入抄纸槽中缓缓抬起，让细碎浆浆均匀地平摊在竹帘上，形成薄薄的一层湿纸。

可事情没像他想的那样，他弄了半天，那些细碎的浆浆却没听他的话平摊在竹帘上。

彭铭耀到底做出了一张纸，可厚薄不均。

他们都聚过来打量那张"纸"，虽然还没有经过挤榨和烘晒，但他们看出那纸有些那个，就是说彭铭耀没做出他们想要的那种纸，连土纸都不如。他们有些沮丧，他们以为彭铭耀会很沮丧，却没有。彭铭耀只是苦笑着摇了摇头："我做不成老师傅，这事还得能人来。"

俞启岳从山里请来了纸坊师傅。

"大家来大家来，看许师傅怎么舀出纸来。"俞启岳说。

后来有赞说造纸像筛米，两只胳膊要用力均匀。那个姓许的师傅说："就是就是，要用巧劲。"他很得意，他觉得在这些重要的人物面前露脸子了。

许姓师傅是个碎嘴子,他边做边不停地说话。

"舀纸又叫抄纸,有的地方叫捞纸,反正就这么个动作。"他示范了一下,把竹帘往纸槽里晃荡了一下就亮了出来。一张纸湿乎乎的有了形。

有人鼓起了掌,有赞没鼓,他有些烦那个小眼睛却碎嘴的男人,有点本事就得意得什么似的。他把手那么一挥,手心那镖划了道光,很响地扎在那根柱子上。

"有赞!"

"那只苍蝇太吵了……"有赞说。

他们看去,飞镖扎中了停歇在木柱上的一只绿头苍蝇,那只蝇还在抖着翅膀。

师傅不以为然,也许他根本就没听出有赞话里的碎骨烂渣,他继续他手上和嘴里的。还有一个人没在意那些,是彭铭耀。他有些物我两忘,他专心致志地看着许师傅的每个动作,听着每句话,看上去确有些迂傻样样。

"我在湘西做过纸,那里的师傅老辣得很,手艺精。那里的女人也好,大奶子大屁股,肥嘟嘟白嫩嫩,一捏能捏出水来……"

"你说纸……"

"那里的纸名堂多,有老仄纸、官堆纸、毛边纸、时仄纸、玉版纸、建纸、冥纸,五花八门……"他说。

他们摇着头,他们很惊诧。

"你不信?你们不信?"他支起脑壳问着。

马拱八说:"没人不信。"

俞启岳说:"你说你说……没人不信……"

"还能做出香纸,当地有种矿,找了来碾成粉末,涂在纸上后,那纸就有了香气。"

"哦哦……"

"女人都喜欢这种香纸。那纸晾在架上,有女人笑笑着走来,好香呀好香呀她们说，然后伸手拈过张纸，撕着，撕一张擦在脸和脖子上，那个好看哟……白皙皙、粉嘟嘟，又带香气……"许师傅说。

"你看你又扯女人……"马拱八说。

"我没扯，我只是说香纸，你没看过那种纸，你没看过的多哩……"许姓师傅说。

"用不同的东西能做出不一样的纸，麻是麻纸，树是树纸，藤是藤纸，竹是竹纸，草是草纸……"

"我听得头都大。"马拱八说。

"早哩，造纸学问大，麻纸有大麻苎麻亚麻青麻黄麻……不一样的麻纸质也不一样……树皮有青檀桑皮构皮……不一样的树纸质也不一样哟。竹子就更不用说了，山里各种竹子多得不得了，当然，用得最多的是毛竹和慈竹……"

许姓师傅终于停住了那张嘴，是因为他的手也停止了。他的身边摞着一叠东西，俞启岳他们不知道该叫那东西纸浆呢还是纸。如果说是纸浆，那已经是一张张铺开的东西了；说是纸吧，也只能说是湿了的纸。

"好了，榨了水，烘干晒干就是纸了。"许姓师傅说。

他搓了搓巴掌，巴掌上沾满了浆末末。他一脸的笑，还是那种得意的样子。

"好了好了，就这么的……喝酒去。"他说。

俞启岳答应给许姓师傅摆桌酒，还给他两块大洋。

彭铭耀和汤有赞没去，他们留在那地方。

彭铭耀又把自己关了一天，这次和他在一起的是汤有赞。他们按照许姓师傅那样子，舀了一夜的浆浆，终于舀出了点眉目。

"业精于勤，这话一点也不错。"彭铭耀黏糊地嘀咕道。

第二天早上他们打开门，大家看见的是两个纸浆人。

他们一笑，脸上的浆壳就掉了下来。

三　没点腥味能惹来那么多野猫？

漠可的床上也放着一小堆布币。他的地盘上也有钨矿，他们的人也掘了矿洞挖钨，然后弄到山下去换钱。以前漠可也让人送到那边去，去了那边换得的钱多，现在不了，现在他直接跟红军做生意，或者直接找红军指定的掌柜做生意。这么做，省得一路上的风险，红的白的都查，得不偿失。他们还弄些皮货药材山珍什么的下山去换钱，反正能弄到钱的路子他们都会想办法。漠可不是过去的那种山匪，他漠可有眼光。占山为王，占着座荒山野岭你成什么王？为王要有"肥水"，红军来了，山下的大户都跑的跑打的打被弄了个精光，都是些平常人家了。这种人家你不能抢，不但抢不到什么，反倒会引起民愤。所以那种蠢事漠可不会干。他有他的路数，占山为王就是要会靠山吃山。他弄山里的东西，山就是一座宝库，漠可有了它就有了取之不尽的钱财。

这一回，东西出手了，喽啰带回来的都是布币。他捏了那些布币打量了好一会儿，这就是钱吗？他仔细地捏着那张布币看了看，看布币上的图画，看布币上的文字，那儿有着一个人的签名……

黎先生告诉我说红军要办银行我还不信，看来是真的了。

他一直记得黎译宏说的那笔财宝，开始他有些怀疑，但捏着这些布币漠可觉得那事有点靠谱。

"黎先生说红军要办银行还真办了，黎先生说山里有笔宝藏，那也一定有，绝不会是假的。"他跟他的两个心腹说。

"难说是红军的东西呀……"一个心腹小声说，他声音有点尖，听去像女人。

"什么？"漠可说。

"我说我们入过队伍的,也算是红军的人了。"那人说。

"入过入过,现在不是了嘛。"另一个叫阿汉的男人说。

漠可说:"想起那些东西,我就心里痒痒……要真有哩?"

"要真有我们弄了来。"阿汉说。

"想想……三思……"声音像女人的那个人说。

"等你三思黄花菜都歇了,时不我待……"

"我看未必真有那么回事,我看姓黎的捕风捉影……"

"宁信其有,莫失良机。"

漠可很重地拍了一下巴掌,那几个人不再说什么了,他们知道头儿那一声巴掌就把决心下了也把决定下了,他们得去做那桩"生意"。现在,他们得和头儿想到一处劲往一处使。

"老伍子他们不是说周边来了很多人,都在探听宝藏的事吗?"那个叫阿汉的男人说。

"你看不是,没点腥味能惹来那么多野猫?"漠可兴奋起来,一闻到钱味他就抽了大烟一样身上说不出的一种畅快。

"我看我们得先下手为强,不然嘴边肉叫猫给叼了被人笑话。"他说。

四 洪慧瑛就是这么个妹子

洪慧瑛在红军的地盘上转悠已经近两个月了,她用了个假名,化装成一个骟猪阉鸡的手艺人。一个妹子家竟然会骟猪阉鸡,你想就是,这妹子家自小是怎么个野性?人说洪家这妹子本来在娘肚里就该是个带把儿的,可临了菩萨和洪家开了个玩笑把那小肉把把抹了去。洪家似乎真就信了这话,自小把洪慧瑛当少爷养,可把把没养回来,人却真像个野小子。小时候就跟了那些男伢挤着去看人阉鸡骟猪,看那血糊糊场面她眼也不眨。有人说慧瑛你一个妹子家不该看这个，你知道从鸡呀猪呀肚子里挑出挖出的是什么吗？洪慧瑛说我当然知道我不仅知道我还能挑了挖了你们信不？男伢们当然不信，他们起哄，他们说挖个挑个来看看？洪慧瑛说敢打赌不？男伢们真的不信他们说打赌就打赌。那时候才过完年不久，伢们手上有那么一点点压岁钱。一共八个男伢，他们说打赌打赌你输了给我们每人两枚毫子，我们输了每人给你三枚毫子如何？洪慧瑛说我不要你们三枚，一样一样大家都一样我付两枚你们也付两枚。好好！他们拍手，事情就那么定了。有伢就弄来了邢寡妇家那只小公鸡。他们有很多种办法，比如唤狗去叼咬，当然这回不行。洪慧瑛说不能放狗咬的哟，狗没轻没重，咬坏了呢？你们该说是我挑鸡挑死的了。对对，他们说不放狗，他们还是有办法，钓鱼样钓鸡，用网围鸡，还用米糖粘鸡……反正伢们有办法。

他们弄来邢寡妇家那只公鸡，公鸡扑腾着，弥起一大蓬的烟尘。

烟尘散去，伢们看见洪慧瑛英武地站在阳光下，一手捏着把见红的小刀，另一只提着那只公鸡。公鸡老实安分了许多。

伢们都看着那个妹子，洪慧瑛说你们拿钱来吧！伢们说谁信你谁信你！洪慧瑛把手里的公鸡往半空一抛，然后摊开握刀的那只巴掌，掌心有一团软糊带血的东西。

伢们输了他们也服了。洪慧瑛就是这么个妹子。

洪慧瑛游走了两个月，没找到丝毫蛛丝马迹，没找到她就想回去了，想打退堂鼓了。出来时她跟叔公说："大海捞针我也要捞一捞，万一我运气好呢。"她那时很自信，确信那笔财富就跟人们传说的那样，在山里的什么地方，也确信自己有那运气和能力。

但现在洪慧瑛不那么想了，她想回了。

红军攻城时，洪家的一家老小都闻风而逃，洪慧瑛的家族掌握着城里的木材生意，她叔公洪因前人称老二。他排行老七，这里显然不是说他的排行，更不是说他在生意上是一人之下众人之上，人们称他老二是因为"金

第六章

木水火土"五行里"木"排在第二。洪因前经营着城里最大的木材转运站和木材加工厂,洪家当然是城里的显贵。洪老二知道,红军打土豪打的就是他们这样的人,所以三十六计走为上计。

但人走是走了,家产是带不走的。洪家几兄弟的家产都让红军给没收了。

他们回来,宅院里空空的。

洪因前把族里的老者都召集到祠堂里议事,他们要议议眼下重要的事情,眼下最重要的事情当然是族里的财产。他们粗略算了下,族里几个大户一共损失了二十几万银洋。

"这不是笔小数目……"洪因前说。

"那是那是……"洪家的那些族老们说。

"我们怎么办呢?"

族里的那些老人都看着他,眼眸一动不动,嘴唇也一动不动。

"我想过了,红军把我们家产弄了去,这没什么,留得青山在,不怕没柴烧。洪家祠堂里子嗣没少人还在,这就是青山呀……"洪因前说。

"那是那是……"

"有人在洪家就能东山再起,破财消灾,这点钱财不算什么……"洪因前说。

"那是那是……"

"可我心上这口气出不了,一股浊气窝着,我想大家心里都窝了这股浊气的。"

"那是那是……"

洪因前心里更窝火了,你们老是那是那是的,倒是说个什么呀,叫你们来拿主意的你们就只会那是那是……但他没让怒火显现在脸上,座中有辈分比他高的长者,他得讲规矩。他本来还想说点什么的,但想想,还是没说。他说:"那好,大家想想,怎么才能不窝这口浊气,有好主意告诉一声。"

祠堂里没弄出个什么主意,洪因前心里说不出的郁闷。他没想到这时候洪慧瑛会来找他,这妹子在家族里最不讲规矩,想干什么就干什么。按说不能这么随便就进叔公书房的,可洪慧瑛嚷嚷叫叫地闯了进来。

"我说我跟叔公借书,他们不让进……"

"好了好了,你不是进来了吗?"

"叔公你有事?"

"没事没事。"

"我看你脸色不好。"

洪因前正想找个人说说话,侄女这么一说,他就把话说给洪慧瑛听了。

"你说怎么办的好?你喝过洋墨水,叔公请你拿个主意。"

洪因前没想到他侄女洪慧瑛会出那么个主意。

"找回来找回来,物归原主。"他听得洪慧瑛说。

"你真这么想的?"

"是得找回来,为什么不?"

"你和叔公想到一起去了。"洪因前说。

"传言说红军没把那些东西拿出多远,就藏在周边的什么地方……我想我们得派人去找回我们的东西,绸布庄吉祥号都派人去找了我们也得派人去。找得到找不到是回事情,去不去找又是回事情……"

"叔公说得对,得去找,找得到找不到是回事情,去不去找又是回事情!"

"这事不好办,总得有个人去吧?这个人难找,一要靠得住,二要机灵,三还得有胆识……"

"有个人倒合适。"

"谁?"

"远在天边,近在眼前……就是我呀!"

第六章

洪因前愣了一下："你不是跟你叔公说笑的吧？"

"怎么会？这事也说笑？"洪慧瑛刚从日本留学回来，学的是探矿，但业余却研究另一门学问，和探矿一字之差却差之千里。洪慧瑛自小喜欢猜谜，她一个妹子家后来竟迷上了探案。她刚回国，在城里待待就待出烦腻来了，正想着能有个让自己开心的什么事干干或者上哪儿去旅游。却没想到红军攻破了城，然后就有了现在和权公的对话。她觉得红军是群匪，她觉得她该做点什么和他们斗斗法。她就是这么个争强好胜的妹子。她当然不是说笑，她真的想去那种地方走走，试试身手，也想去干一件让自己觉得开心的事情。她把事情的方方面面都想到了，甚至一些细节，比如女扮男装。她一想到将要有的经历，心里充满了快乐。

"你看你，你跟叔公说笑哩。"洪因前没答应，一个妹子家去那种地方？

"一个妹子家去那种地方？"洪因前说。

"妹子家怎么了？"

"那是狼窝虎穴……"

"我要去没人拦得住的……"

"你这妹子！"

那天，洪慧瑛去找她叔公，她想到洪因前那里借几本书，却没想到他们说起去找寻洪家钱财的事。

"你看她一个妹子家她说要去做这事……"洪因前跟族里人说。

"她想去你拦不住她。"有人说。

"那年去留学不是后生家都不敢去，她个妹子家偏去了？也有人说东洋那地方妖邪横行哩，可她好好地回来了……"

"洪氏家族里后生都没豪杰了吗？"洪因前说。

没人搭他这个腔，没豪杰了没豪杰了呗，这个乱世，谁敢逞那英雄？老蒋是豪杰不是？不也让红军搅得七零八落的。你看看，现在可算是豪杰辈出的年代，占着个地盘就敢横刀立马称雄于世？哪儿那么多的豪杰？就算有,豪杰和白菜一样,也不值钱了。不当不当,活安分命过安分日子的好,谁愿当谁当去。

他们就是那么想的。

可洪慧瑛想当。

五 洪慧瑛在他们身上感觉出一种融洽祥和

然后她就女扮男装去了"匪区"。她骟猪阉鸡的手艺不错,价钱也公道,眉眼笑笑和和气气的一个人,人家愿意把活拿给她做跟她说话。她从那些街谈巷议里抽丝剥茧找着线索。

"你看你还养猪,你就是养上万头猪也当不得人家指甲缝里一点点。"

"你干吗还骟猪阉鸡?"

"我不信有这种事……"

"都在找这东西……鬼信,我才不信哩。"很多人都是这么句话。

"你想就是,真有这笔财宝怎么可能消息来来去去满天飞?"他们说。

这话让洪慧瑛也觉得奇怪。她疑惑了,要不可靠,怎么这么多人寻这东西?可若是真的,红军也太大意了点吧,有这点财宝张扬得人人知晓?她想,这肯定是红军故意放出的风,那么一笔财宝肯定放在牢靠的地方,就在他们的中心,有重兵把守,至少是和首脑重要人物待在一起,放在那么个重要的地方。

她想再走些地方,往纵深走走。但她知道,越往纵深,越是徒劳。那种地方,即使找到也弄不回的,物归原主那是做梦。她没做寻宝的指望,她只想走走,她觉得现在就回漳州有些不合适。

其实后来的事情本身就像做梦一样,玄乎得让洪慧瑛总也想不出个所以然。

第六章

那天她有些饿了,奔走了三个村子,然后就到了靠河边的一个镇子上。

河边有家馆子,很幽静的一处地方。她跟伙计要了一碗骨头汤一大团夹着锅巴的饭团,她就着骨头汤嚼食着那团锅巴,然后透过木格窗看河两岸的风景。两只渡船在那儿来来去去地送人,几只水鸟在河心的小洲上时起时落。长堤上,一支红军的队伍在行进。镇子上正当墟,小街挤满了人,人们脸上喜气洋洋的,他们做交易。军队和乡民,两不相扰,一切都在平静中进行着。

政府方面已经将红白间的边界封锁得严严实实,外边的东西进不来,里面的东西出不去,只有自己做交易。也就那么些东西,居然能掀起这番热闹。

洪慧瑛去集市上看过,她觉得货物的种类不多,也就些农产品木器篾器铁器猪牛鸡鸭果蔬山货什么的,一些外面常有的日用品这里没有。真正成交的并不多,你想就是,那些木器篾器铁器,家里置一件就能用个上十年。至于猪牛鸡鸭果蔬山货什么的,农家谁不养了种了些呢?基本上是自给自足。他们没做成什么买卖,他们却个个喜形于色,情形像过年。

洪慧瑛就不理解了,按说应该是成交了才开心,东西摆放在那里从早到晚的也没卖出几样,该是愁眉苦脸地郁闷着才是,怎么一种欢天喜地的样样?

她往街子上下走了几遭,终于想明白了个事。

他们就为了赶墟而来的,他们就是图个热闹。至于带来的货什,有没有交易不是重要的,重要的是来墟上赶集。

洪慧瑛在他们身上感觉出一种融洽祥和。

那些乡民其乐融融,那些人脸上满是欢笑。她想不通,不是说匪区百姓水深火热?不是说赤匪共产共妻民不聊生?

"你们也没做成什么生意,你们乐?"她忍不住了,她问个卖篾器的。

"没做成就没做成……为什么不乐?"那老倌对她笑笑说。

"我看大家都乐。"

"那是。"

"兵荒马乱的……找不出乐的由头……"

"闹闹腾去吧,可有钱人栽了,有钱人平常吆五喝六的神气着呢,不把穷人看在眼里,可在红军手上他们栽了……"

"就这?"洪慧瑛很诧异,就这么个理由,就这就成了开心的理由?

"看你说的,就这?当然呀,就这就够了。"那老倌说。

"过去穷人不开心,是因为上无片瓦下无插针地,现在红军来了,大家一样,有田分有屋住,有什么不好?"边上另一个男人说。

"没地主老财了,人人有田种,家家能饱肚,有什么不好?"他们说。

洪慧瑛想了想,也是,自古孔夫子不是说过吗,不患贫而患不均。孔圣人到底是圣人哟,他是看透了国人了,几千年下来,中国依然是这样。穷日子过过那没什么,但不平等就不一样了,心里不舒服,人活还是活个心情的。

"你手艺人不一样,你什么时候日子都不好不坏的。作田人就不一样了,作田人没有田,那就是财主家的牛马,长工短工那么干。"他们说。

"红军把田分了,人人有田种,这有什么不好?"他们说。

这些话这场景和这里的一切,都是洪慧瑛没想到的。

我不回了,我往纵深走走。她想。

可你得给族人一个交代的呀,来这里又不是看风景,你不回祠堂里不得安宁。她又想。

我走还是回呢?她那么想。

哎!有人朝她喊了一声,她没留意,她以为别人喊边上的什么人。

"师傅,叫你哩。"有人跟她说。

"哦哦!"

"你生意来了,有人找你阉鸡。"他们说。洪慧瑛这才看到,还真有个老倌挑了两个鸡笼，笼里几只半大小公鸡在扑打着翅膀。洪慧瑛懒懒地看了那笼一眼，咳了一声。

"你看你，生意来了你没兴致？"有人说。

洪慧瑛笑了一下，她从腰上摸出阉鸡工具，伸手从笼里抓过只小花公鸡。那鸡扑腾了几下，在洪慧瑛的抓捏中老实了下来。

"这只怎么样？"

"你识货，就这只最不老实。"

"我让它立马就老实了。"

洪慧瑛左脚踩住翅膀，右脚踩住爪子，一只手在鸡翅膀下边刷刷刷几下拔光一小片鸡毛，另一只手从盘中捞起阉鸡刀飞快地切开一道，然后用一把两头带钩，当地叫"铁弓"的玩意，往鸡身上那刀口一塞，铁弓就把那刀口绷成个口子。围观的人直赞叹那"后生"的手艺，他们知道接下来更见功夫。洪慧瑛接着用一根尺余长，一头系着条细线儿，像枚缝衣针的铁丝，伸进口子里头，捻起线儿拉扯几下，便用一个小勺子把鸡子从里面掏了出来。掏完鸡子后，就掰开鸡的嘴巴灌上几滴水，一只鸡便阉好了。

洪慧瑛说："好了。"她把那只鸡放回笼里，那鸡抖了几下翅膀，显然失去了先前的嚣张。

老倌说："还有几只还有几只哩……烦师傅收拾。"

洪慧瑛把那几只鸡也阉了。

老倌拿出张钱钞来，是那种布币。洪慧瑛从兜里掏出几枚铜钱找零。

"哈哈，好你个炎成老倌哟，你哪是请人阉鸡，你是来阉钱……"有人指了那老倌说。

"你看你说的，钱能阉的吗？"

"你觉得红军的布币不牢靠，你花掉，你还换回些毫子，你觉得银洋毫子牢靠。"

"银洋毫子当然牢靠，你不觉得？不过我没那么想，我这几只鸡不阉不行了，抢食，不长肉……牢靠不牢靠反正红军说了不会让大家手上的钱变纸，这钱钞不牢靠，可红军牢靠……"

那几个男人笑了起来，笑声怪怪的。

炎成老倌说："你看你们笑，你们怪怪地笑……你们那么笑，让人心里发毛。"

大家还是笑。

"好像真有那么回事样你看你们笑……"

那些男人还是那么笑着，炎成老倌却一脸的哭相。

"先晓得我就不阉鸡了，我不阉了……我把这几个毫子还你吧，不要你找零了……"炎成老倌把那几个毫子塞到洪慧瑛的手上。洪慧瑛没接。

"你不收也行，你抓几只鸡去吧。"

男人们更是哄笑了起来。那个老倌意识到他早该离开这里，他说什么那些人都会笑。他觉得有些尴尬，和他笼里阉过的鸡一样，没精打采。老倌挑起鸡笼飞也似的离开了那地方。

洪慧瑛捏着那张桐油浸泡过的布币饶有兴趣地观赏着。她似乎被布币上的大胡子头像所吸引，她知道那个叫列宁的人。

第七章

一　我心里一百只兔子在跳

漠可一直兴致勃勃,肯定是那儿肯定是那儿我敢说一点也没错。他说。他拨开那丛灌木,指着不远处的那地方跟黎译宏说。

黎译宏望去,那儿有几个男人在忙碌着,依他的经验,他知道他们是烧炭的。那儿有两孔炭窑,炭窑前大堆的干柴,几个男人正往窑里搬柴棍。山那边还有人在砍木柴,砍刀入木的声音清脆而响亮,咣咣地在山谷里回荡。他往四下里看了看,一旁有条山溪,往山下淌着清流,流经那条古驿道。那儿,正有几个人从山谷里走出来。

"我一看就看出名堂。"漠可说。

黎译宏朝漠可看了一眼。

"你看你那么看我?"

"你小声点。"黎译宏说。

"听不到他们听不到,风不往那边吹。就是顺风,我们说话声也早就叫风吹走了,吹不到他们耳朵里,你放心。"漠可一脸的亢奋,他双手比画着,他觉得他得在这个城里男人面前展示下自己的智慧。不知为什么,他很想这么做,并且很急切。

"我一看就看出名堂。"漠可说。

"别人不见得能看出，但我一眼就看出了。"他说。

"你说说。"

"谁会到这地方烧炭？内行人不会挑这么个地方烧炭……"

"为什么？"

"这里多是松柴，烧出的炭质量不好。"

"有点道理……"黎译宏笑笑的，一点也显出没吃惊的样子——没吃惊就看不出惊叹，漠可想从对方脸上看出这种东西。我会让你惊叹的，漠可想。

"这还不是主要的，有人会说我要的就是松柴炭呢怎么样嘛，有地方就真要这种炭，比如药铺，就讲究用松柴炭熬药什么的对不？"他说。

"也许吧……"黎译宏这么说着，心里想，哪家药铺熬药要这么多的松柴炭哟。

"就算人家要的是松柴炭吧就算是……"漠可说。

"可这也不是烧炭的地方，做烧炭营生的也不会选这么个地方……"

"噢？说说！"黎译宏脸上终于现出了惊诧，不过他是故意那样的，他想漠可想看到的就是这个。其实黎译宏也早看出了名堂，他知道为什么漠可说这地方不是烧炭的地方。山里不缺木柴，挖个窑就能出炭，关键的成本在运输。他明白这就是这地方不合适烧炭的理由。他故意弄出吃惊茫然的神情看着那个山匪。

"窑都设在离河道近的地方，都在河边边上，炭出窑了，往舟排上装了，走州串府的运到哪儿都行……"漠可说。

"你会说河边没柴，不是要到山里砍柴？不是也要费挑工？"漠可说。

"是呀是呀，我正要问这个，砍柴不是更费挑工？"

"你看你看，你没烧过炭不是？砍柴哪要挑工？到山里砍了柴，扎成排，放溪边……"漠可说。

"你别看现在细细一根水，到下雨时候水就大了……"漠可说，他看

第七章

了一眼黎译宏,那男人眉头皱着,突然又舒展开来,恍然大悟那么个样样。他觉得这很好,他就是要看见城里人出洋相的样子。他不知道其实那都是黎译宏装出来的。

"噢噢,明白了!你是说水大时就把柴推入溪里顺水而下?"黎译宏说。

"是哟是哟!"漠可很得意,"你看他们把窑设在这地方,烧出炭来人挑了出山,费时费力的,算算,那炭卖出的钱还不够付挑夫的工钱哩,你说天下会有这种蠢人?没有吧?"

"是哟,是蠢得可以。"

"哈哈……他们蠢吗?他们才不哩。"漠可说。

黎译宏又"诧异"了那么一下,漠可就爱看到这个。

"他们烧炭是假,肯定有名堂,肯定有鬼。"漠可说。

"我看东西就藏在炭窑里或者周边的什么地方……大洋金银什么的又烧不坏是吧?再说也烧不到,洞打深点能烧得到?"漠可说。

黎译宏这回是真正惊讶了那么一下,这个土头土脑的草寇,原以为他只会大口喝酒大口抽烟傻傻地那么讲精忠义气什么的,没想到脑壳里不是乱草真还算聪明。漠可分析得不无道理,东西藏在那儿,一般人很难发现,要取东西就派人来"挑炭",东西放在木炭里运输也安全。这么看去,东西十有八九是在这地方。

"是吧我说是吧东西是在那儿吧?"漠可得意地说。

"你说得很对,很有可能就藏在那儿……"

"那动手吧。"

"别急!"

"你看你说别急别急,这还不急?我心里一百只兔子在跳……"

黎译宏当然得慎重考虑,不仅得细细想想,还得跟上司呈报,这是件大事。

"你盯着这儿,别轻举妄动。"

"我想不出有什么要慎重考虑的……夜长梦多。"

"你听我的就是……没人惊动他们,真有财宝在炭窑里也跑不了,你听我的……"

"我还是觉得有一百只兔子在跳……"

"你让它们跳就是。"

二 他们印出了大摞的纸钞

俞启岳还是在洋溪找了间隐蔽的屋子。洋溪已经算很偏僻了,那间屋子更偏僻,也很不起眼,是个废旧碓屋。已经多年没人去那地方,周边的草木将其遮了掩了,就是在村子里,也难发现那么个地方,更不会引起什么人的注意。

俞启岳几个忙乎了一天,把那不大的碓屋修葺一新,然后把那台笨重的印刷机安置在那里,几个人开始印制纸钞。纸有了,图案也早准备好了,油墨呢是那回马拱八和吴昌义从外面弄回的。一切就绪,印刷机一开动,一版一版印制出来的东西就呈现众人眼前。

有赞很亢奋,几乎一天没出那间屋子,他一直在往机器上使力气。他们用的是架笨重的手工印刷机,得靠人力。有赞和吴昌义轮着来做动力。

布币制过,他们惊奇了很长时间。现在制着纸币,纸币较之布币要简单些,推下那长柄,就印出一版,再将反面印上相关图案,经剪切,那一张张"钱"就印出来了。

他们就更惊奇了,他们把印好的第一版纸币在手里传着。

"呀!"

"呀呀!"

第七章

几个人呀着，不相信那些"钱"竟然从自己的手里造了出来。只有彭铭耀显得很平静，眼镜后面的小眼睛一直眨巴着。他在转着脑壳，鬼知道他又有什么事情上了心，有事上心他就那么一副样子。

"你想什么心事呢，眼镜客？"俞启岳笑着问。

彭铭耀指了指那破旧的水车。

那只水车早就破烂得没了作用，彭铭耀却对那堆烂木头上了心。

"水车很好，水流声也掩盖了印刷机发出的声响……我们有过这种考虑……"俞启岳说。

彭铭耀笑了一下。

鬼哟，你个眼镜客。俞启岳在心里嘀咕了一下。他没再理会那个呆人，他想，他愿意做什么做什么去。

他们没想到眼镜客会打水车的主意。那几天，眼镜客成了一个地道的木匠，他悄没声响地收来了些木料。

彭铭耀很快把那只水车修好了，水流冲着水车，水车转着，然后带动了碓屋里的那个机关，让印钞机有了动力。

俞启岳走进屋里，一屋子的男人都被那种神奇所吸引，他们没留意进屋的俞启岳。他们叫着喊着拍着手。后来，他们看到走进屋里的俞启岳，他们说老俞，这下好了，这下省力气了，这个眼镜客哟。

俞启岳这才明白眼镜客这几天上心的是这么一件事。

他把彭铭耀扯到一边。

"你把它拆了……"

"啊？"那副眼镜在彭铭耀的鼻梁上抖了几下，险些掉了下来。

"你把它弄回原来的样子……"俞启岳的语调很坚定。

"你看到的，我把水车修好了，有赞他们不必使力气了……"

"我看到了……"

"他们不用像牛一样下蛮力了……有水做动力……"

"水车就是做动力的……"

"那你叫我拆了？"

俞启岳笑了一下："你也不想想，你个眼镜客哟……"

"想什么？"

"碓屋是用来做什么的？"

"碓谷米的呀……可是后来破败了，我们现在用来印钞……"

"你晓得就好……"

"我还是有点不明白……"彭铭耀一脸的茫然。

"你呀你呀，就一书呆子……脑壳那么好用，可有些事情显而易见你怎么就想不到呢？"俞启岳觉得好笑，但这回他没笑。

"水车修好了，村里人就来碓屋碓谷米了……"

"哦！"彭铭耀这才猛地哦了一声，是呀是呀，我怎么没想到这些呢？印币要的就是隐秘，村里人都往这地方来了，那还不满天下都知道碓屋里在干些什么？

彭铭耀猛拍了一下自己的脑壳，一脸的沮丧。

"哦哦，我怎么就没想到这些？"他灰灰地一点一点把那水车又复原了。

有赞他们也灰了几天，但他们没说什么。俞启岳说得有道理，机密重要，到处都有"狗"，那些家伙正四处寻找红军造币厂，不能大意。

累就累点哟，他们想。那些日子，彭铭耀也来帮着出力气，他像欠大家一点什么，拼了命干，常常是大口大口喘气，汗流满面。

他们印出了大摞的纸钞。

三　他被那屋角的一堆钱弄得胆战心惊

下起了雨，雨很大。六七月天气，正是每年大水的时候，水从何来？就是因为雨。也就是说，六七月时候这地方雨水多，有时候突然就头顶倾盆如注，山里突然就有了无数道溪，还有许多的瀑流漫生，鸟鸣虫唱了无声息，到处是水的响声。溪转眼就变成了河，细细的一线水眨眼间就汹涌澎湃。水车上的那线流更是成了一道暴瀑，从高处跌下来冲击着那破败的水车，跌在大石头上，溅起大片的水雾，那些白白水雾悄然从门缝窗缝漫进屋来。

山洪一来，许多事情就乱了，河溪上的木桥被大水冲了，碓屋与外界断了去和来的路。

每天护钞队的人忙忙碌碌地来把印好的纸钞运出去，分发给银行设在各地的代办点，可桥一断，护钞队的人过不来了。俞启岳和马拱八他们恰好昨天去了镇上，也被水堵在了对岸。

现在，碓屋里只有彭铭耀和吴昌义了。

"就我们两个人了……"吴昌义话语里有灰灰的东西，听上去有些蔫软。

"两个人就两个人……这算什么！"

"吔？"

"你看你吔个什么？又饿不死。"

吴昌义觉得很失望，那时候他怯怯的，浑身不自在，感觉到胳膊上泛起鸡皮粒粒。他不知道自己为什么会那样，他很害怕，害怕什么呢？按说没什么让他害怕的，再说他吴昌义一直是个勇气十足的男人。前线炮子蝗虫一样飞来飞去，吴昌义从没眨过眼睛。小时候一群伢站在望云崖顶上，赌谁胆子大能从崖顶跳到崖下那深潭里,他没吭一声就跳了下去。他湿淋淋地从水潭里爬上来,几个伢脸还白得像纸。

呀呀!你怎么真就跳了?

见着你像鸟一样飞了下去……

他就这么个胆。他们说那胆真能包了天。

可现在吴昌义有种惶惶的感觉,他不知道是不是怕,反正想发抖,反正身上冷汗直冒,反正看东西眼前一片雾,迷糊恍惚。

他想让那眼镜客给他鼓鼓胆,他没想到眼镜客那么轻描淡写。

不仅轻描淡写,眼镜客甚至要出去。

"我那棵桃树要让水冲了,我看看去……"彭铭耀对吴昌义说。

碓屋边不知道是谁曾经随手丢了一枚桃核,春里挣出一棵新芽。彭铭耀发现了,得了宝贝一样,找了个地方挖土浇水种了,天天一早起来就看桃树长叶,长一片新叶就惊呼上一阵。现在下这么场雨,眼镜客牵挂那株桃树。

"你别走!"吴昌义说。

彭铭耀没理会,他走出屋去,很快消失在雨里。

现在,屋里只有吴昌义一个人了,他怯怯地侧过头,往屋角看去。屋角,堆着捆扎好的几捆纸钞。本来每天由保卫局护钞队运走纸钞,因为大水,这几天印制的纸钞没运走,都堆在屋角了。

他被那屋角的一堆钱弄得胆战心惊。

那么多的钱那么多……吴昌义看了一眼那钱,心上一只怪手抓捏了一下。他朝那些钱瞄了一眼,就迅速地收回了目光,但没用,他瞄一眼就知道那堆钱的数量了,那是个大数目。他瞄一眼,那堆钱就烙在他心上眼里了,看别的东西眼前也一堆钱的糊影。他心跳跳的,有点胆战心惊。

是钱让他有莫名的惊恐,是那些钱。

那么多的钱,能置上百亩田的吧,能砌一大片屋宅,方圆百里内还从没有过这么个大户吧。吴昌义抓起一把刀猛一下朝门楣地方剁去，快刀插进了门楣。他看了看那入木三分的刀，觉得那心还像只被惊了的兔子，狂乱地跳跑。他花了些时间稳住情绪。

那么多的钱呀！他想。

有那些钱什么都有了。吴昌义那么想着，惶惶然走过去，把一扎钱放手里掂着，看了又看，觉得事情有些神奇。先前是些纸，不对，再先前连纸也不是，是些破布屑屑，是些草棵树叶竹枝木梢……怎么就成了一张一张的钱呢？

他把那钱放在鼻尖闻了闻，也没什么特殊的，还闻出一种臭味来。你想就是，造纸要把那些东西沤了浸了，浸沤半年一年的，能不臭吗？可现在臭也是宝贝了，它们是钱了，能换回很多很多好东西。我吴昌义一世也难弄到这么多的钱，不仅一世，是几世。我们吴家几代人做牛做马也弄不来这么多的钱……

我做梦哩。

可我几代人梦里也没出现过这么多的钱哟。那么想着，他就开始做着那事情，他做得有条不紊……

四　两个男人就睡在那些纸钞上

彭铭耀一身湿淋淋落汤鸡样跑了进来。

"雨下得像天漏……这雨下得……"彭铭耀说。

他说着话，在屋角换着衣服，看没人接他的话，一侧头，看见吴昌义躺在了床上。

"咄咄？这大白天的你睡觉？"

吴昌义闭着眼，不说话。

彭铭耀走过去用手摸了摸吴昌义的额头。

"你病了？"

吴昌义坐了起来，眼瞪得好似两颗铜铃："你咒我？你才病了哩！好好的你咒我？"他想能有个梦的，那会儿他想做个梦，但眼镜客这么一来，那场梦成泡影了。

"你看你那么惊惶的样样……我还以为出什么事情了哩。"彭铭耀说。接着他想，能有什么事呢？大水阻隔了一切，这里相安无事的，就是座金山也没人能飞过来搬走。

这么想着，彭铭耀本能地往墙角那里看了一眼，便魂飞魄散地惊叫了出来。他不能不叫，放在屋角的那堆纸钞没了踪影。

"呀呀！钱呢？"

"你叫什么呢？"

"钱不见了！"

"哦……你说钱……"吴昌义不紧不慢地说。

"是呀，搁这里的那堆票子呢？"

"票子又不会长翅膀……"

"看你……"

吴昌义没回头："你看你，那么多的钱怎么会不见了呢？"

"你别大惊小怪的，像天塌下来了一样。"他说。

彭铭耀突然跳了过去，他气喘吁吁地揪着吴昌义的领口把他从床上拎了下来。他觉得这有些不可思议，他怎么也不敢相信自己有那么大胆量，再说就是有胆量，哪来那么大力气？

"钱呢？"

"你急什么！"

"你看那么多的钱不见了我不急？我能不急？"

"坐下，我们说会儿话……"

第七章

"你还有心思像在茶馆里样悠闲说话？你看你……"

"我说了你别急！"

彭铭耀更急了。他能不急吗？那么多的钱，是苏维埃银行的钱，是苏维埃银行的命根子，现在不见了，他能不急？他急红了眼也急起了性子，他跳了过去，从门楣上取下那把刀，忽一下跳到吴昌义跟前。人一激动，那副眼镜从他鼻梁上掉了下来，掉在柴草堆里了。他摸了好一会儿没摸着，就没再管顾了，眼前一片模糊就一片模糊。

彭铭耀举着刀，胡乱地对着一团糊影。

"哎哎！你疯了眼镜客？"吴昌义喊道。

"我没疯！你疯了！告诉我钱哪儿去了？"彭铭耀也喊着，撕心裂肺那么。

好多年以后吴昌义都记得那情形，也许他一生一世都记得那情形。

我都不认识他了，他变得凶神恶煞样。吴昌义后来跟人说。

你不知道一个书生突然就凶神恶煞那样很吓人的，那脸完全走了样。他说。

他手里那刀真会朝你劈过来真会……他一刀能把你劈成两半……吴昌义跟人说。

我没多想，我得让他看到事实，我得让他变回那个眼镜客，我说你看看……我把床上那席子掀开了……吴昌义那么说。

那时候吴昌义也突然懵了。他跳起来，一时手足无措，嘴哆嗦着，竟然吐不出一个字来。

"你说说，钱呢？"

吴昌义猛一下掀开席子。

"你看看……你看！"吴昌义说。

彭铭耀看去，依然是一团糊影。

"钱呢？"

那些钱,一扎扎地平铺在席子底下。钱没去哪儿,吴昌义说得对,钱能长翅膀飞了?原来那些钱被吴昌义一点一点铺在床上了。

彭铭耀看不清,他依然喊叫着。

吴昌义在柴草里摸索着,好不容易摸到那副眼镜。他说:"你戴上你戴上哟你个眼镜客……"

彭铭耀戴上那眼镜,才看见花花绿绿的一层,一颗心落了下来。他瘫坐在泥地上,喘着粗气。吴昌义也瘫坐在那里,他没喘气,他呜呜地哭了起来。

"你哭个什么?你看你……"彭铭耀说。

"像我杀了你祖宗八代一样……"吴昌义说。

两个男人坐在碓屋里那邋遢的泥地上说着话。屋外,雨还在下着,他们听不到雨声也感觉不到漫进来的雾气。

"哦哦……是我不好……"彭铭耀说。

"你拿刀的样子很吓人……"吴昌义蔫着一张脸那么说。

"我说了是我不好,我以为你把钱弄走了。"

"我怎么会把钱弄走?我是那样的人吗?我说了票子又不会长翅膀飞走……你不信……谁叫你不信?"

"我以为嘛,我把你想歪了哟,没想到你心很细,脑壳管用,想出那么个办法……"彭铭耀脸上漾出点笑,他想努力显得真诚点,他想努力显出更多歉意来。

吴昌义愣了,他呆看着那个瘦长的身影。

"铺在床上睡觉那钱就更安全了……"彭铭耀说。

"这点子好。说真的,昨天夜里我一夜没睡好,虽然知道大水阻了路没人来这地方,也没鬼神什么的,但那么多的钱放屋角就是不安心……"彭铭耀说。

"这下好了,这下我能睡个安稳觉了……"他说。

第七章

吴昌义一直没说话。他能说什么？把票子铺在床上，他的动机根本不是这个，他也没想到这个，他只是想，枕着那么多的票子睡觉是种什么感觉？他只是想要那么做个梦就好，他想做个当有钱人的梦。当然，他不能把这些跟彭铭耀说。

他只有沉默。

"我把你吓着了？"

"没有……"

"那你不说话？"

"我正要说的嘛，我一直想找你说说话……"

"那你说！"

他们从地上站了起来，走到那边的小桌旁，那架印刷机安静地趴在那儿像个怪兽。两个人就坐在离机器不远的地方，一股浓烈的机油味搅着雨天漫入的水汽在两个男人的鼻尖晃来晃去。他们坐在一起，像对好朋友一样说着话。

"你说你说……"彭铭耀说。

"都说你家是财主，眼镜客你家有这么多的钱吗？你见过这么多的钱吗？"

"这事呀……"

"说着玩说着玩……你家有这么多钱吗？"

彭铭耀不想扯自己家的事，那一回，他和父亲决裂了，他就想把家里的一切从自己脑壳里剔除干净。不过，他觉得欠吴昌义一点什么，不想说也说了。

"我也说不清家里有多少钱，反正是那一带的财主，反正家里很有钱……"

"你看过那么多的钱吗？"

"没看过，我不想看，家里人也不想让我看……我看钱干什么？"

"哦。"

"再说家里有了钱就置地办房兑店铺做生意……哪看得到什么钱？"

"我想不穿……"吴昌义说。

"什么？"

"穷人没钱上无片瓦下无插针地图个过好日子有个温饱才起来革命入队伍……你呢，你眼镜客家里什么也不缺有屋宅田产好吃的好穿的衣食无忧……你怎么也参加到穷人的队伍里来？"

"噢！你说这事呀……"彭铭耀扶了扶眼镜。

"就是，我早就想问你了，一直没敢问，现在这地方就我们两个人了，我突然想着这么个事就问你了……"

"你给我喝点水。"

吴昌义给彭铭耀倒了一碗水，看着彭铭耀喝了。

"起先是因为在学堂里读了好多进步的书，大家都想着能有个光明的社会。社会不公呀，祖国的年轻一代当奋勇革新……"

"你看你说的这些我听不明白……"

"反正觉得大家都向往的新东西我也要向往……"

"哦哦……"

"起先是那么想的，后来就跟了潮流往前走……游行呀示威呀，后来就有了队伍，就入了队伍……"

"拼来拼去你眼镜客也拼不来你祖上的家产……"

"呲呲？你看你这么说？"

"我说错了？难道我说错了？"

"人活不全为了钱的。你看我家吧，我爷我叔我伯……屋宅深院一大家人，钱花不完，可他们都过着什么日子？"

"过着什么日子？"

"抽大烟玩牌九……"

"有钱人不都这样?"

"你觉得这么过享福?"

"我没过过,享福吧?"

"可能……人和人不一样,我觉得那是受罪,我觉得那么活着没劲……"

"入队伍就有劲吗?"

"当然呀。一场狂欢,就像唱戏样,在其中多少乐趣呀,不枉生在这个时代,让人热血沸腾的时代……"

吴昌义不说话了,他只淡淡地摇着头。

"你老摇脑壳干什么?"彭铭耀说。

"肚子叫了,要做饭了,你看我们一扯把吃给忘了……"吴昌义找了个借口结束了那场对话。他永远理解不了这个瘦瘦的戴眼镜的男人的心思,你看他说那些话,大狂欢,像唱戏……人活要有劲,入队伍就有劲?想不通,一点也想不通。这眼镜客脑壳里装些什么东西哟。

那天晚上,两个男人就睡在那些纸钞上。

吴昌义还是没做成那个梦,他甚至一夜没入睡,他老想着彭铭耀的那些话,永远想不明白。

五　他们真印纸钞了

省城那间屋子里,黎译宏带来的情报也让徐恩曾心里扑腾扑腾好一阵跳。他没觉得那是兔子。他觉得那是烟是雾或者说是股气,被什么弄着在他心里鼓胀了几下,让他摸不着抓不住。徐恩曾很想抓住那点什么,如果是兔子那就能抓住了,但那东西很缥缈,他觉得他抓不住。

徐恩曾太想抓住一点什么了,黎译宏的到来,至少让他看见了些东西,尽管他感觉是烟是雾,但至少还有东西。最近局势又有了些变化,蒋委员长在汉口向外宣布，六个月内肃清鄂湘赣豫皖五省境内红军。校长说话不是随便说的，说明他决心已下，而江西匪区是五省之清剿重点，南昌行营之责任自然是重中之重。而行营中的特工总部呢？要给军事行动提供情报，要在匪区内部执行各种特殊任务，以扰乱敌之前方军心后方安定。这些，让众人明显感觉压力很大。尤其特工总部，赤匪银行之秘密金库一直没找到有价值的线索，更别说彻底截获以根绝苏维埃所谓国家银行之祸患。黎译宏到底是他的爱将福将，每次到来都能带来些好消息。

"连个土匪都轻易能识破，这事是不是有些那个？"徐恩曾想，为什么我会觉得有些缥缈呢。

黎译宏说："漠可烧过五年的炭……"

"哦哦。"

"山里的草寇对山里的异常会比常人敏感。"

"也是……这么说你认为赤匪的那些财宝藏在那儿的可能性较大？"徐恩曾对手下的这个解释十分满意。

"只能说有这种可能。"黎译宏只说有这种可能。

"如果只是可能，我们不能轻举妄动。"

"我也是这么想的，那样做会打草惊蛇……但有人在那种地方烧炭，不管怎么样，总有他的用意。我会派人严密监视。"黎译宏说。

他们在那屋子里又待了很长时间。每次回来黎译宏总被徐恩曾扯着说上很长时间的话，如果不是事情重大，徐恩曾不会让这个男人离开自己身边，有黎译宏在，徐恩曾总感觉踏实许多。他们说到许多事，黎译宏每次回来总愿意在徐恩曾的办公室里猫上许久，一来显示出自己在特工总部的重要在徐恩曾眼里的重要，二来他想知道更多的情况。在匪区内部执行任务，什么消息也不知道，看不到报纸。那种地方，很难找到报纸，找到了也是些旧报，看到的也是陈年隔月的旧闻。有时候就是旧报你也不能看，你看你是个什么角色吧。你扮的是个商贩在馆子里客栈里看见有旧报还能

第七章

看上一会儿,你要扮个农夫扮个叫花子扮个一般的手艺人你看报?不是那么回事嘛要露马脚的嘛。

没有报纸看不能看报纸,黎译宏为这很苦恼。不知从什么时候起他对阅报有种瘾,也许是在他长大的那座小县城里吧。父亲喜欢订份报,但父亲并不怎么看报。父亲觉得家里有份报就很时髦就很新潮就很"书香"。黎父一个做麻糖生意的小匠人,守着一间狭小铺子。生意清淡时人家收了摊子聚在一起玩牌九,他不,他捧着一本线装书或一张报纸坐在檐下。别人开始还说几句笑他讥他,黎父不当一回事,他只埋头"读"他的报。他没读出个什么来,只读出一种姿态,但这姿态从小就影响了黎译宏。他对报纸有种特殊的感觉,他开始很恨那张纸,他觉得父亲对那张纸比对自己还好,他常常背着父亲撕了那些纸。可后来识了字,他就想知道为什么那么一张纸能让父亲如此着迷。他就读,也没读出什么,但知道那纸上说的都是新近天下发生的大事。父亲大概关心那些大事,他不恨那些纸了,纸上有天下大事,哈,他也开始读那些纸,天天读,就读出瘾了。在庐山特训班黎译宏就觉出了读报的好处。他通晓了时事,那次的考试偏偏时事题目多,他全答对了。还有时评,你得谈对时事的看法,他平常也和父亲议论时事,就有了那种对报上大小不一的消息进行评论的习惯。所以,他对考那个驾轻就熟,轻易就得了高分,他被认为是特训班的奇才,也大多得益于此。

黎译宏把大堆的报纸堆到案台上,他认真地翻着。

"我就知道你回来要看那些报纸,叫人给你备着哩……这儿还有好茶……"徐恩曾对勤务兵说,"给黎科长泡壶好茶。"

等勤务兵把茶沏好,黎译宏已经翻了好几张报了。

有时候他会不由自主把报上的内容读出来:"河南鹿邑柘城两县春荒,粮食告罄。两县皆设人市,幼女不值十元,幼童仅值千文,大量婴儿被抛弃……"

"河南就没停过灾荒,那地方……"徐恩曾说。

"蒋介石就任鄂豫皖剿共总司令,李济深任副总司令。"这回黎译宏念的是标题,那些标题很醒目。

"你好好看看这几条新闻……"徐恩曾说。

"你是说……"

"趁着校长重心放在鄂豫皖,这边就有人动作了……他娘的……"

"这条新闻意味深长……"

"什么?"

"江西省主席顾祝同暨全体委员因财政困难,向行政院请求辞职。"黎译宏读着那标题。

徐恩曾笑了笑,他俯下身,翻找出一张报纸来:"你看看这个就知道了。"

黎译宏看去,那几行文字跳入眼帘:

由行政院院长汪精卫和军事委员会委员长蒋介石主持的"剿共"会议在庐山举行。蒋介石在会议上宣布:"攘外必先安内",消灭中共是目前首要任务。

"他们耍手腕哩,他们向校长施压,他们讨要好处。"

"也同样是做出来给我们看……"

"顾祝同倒不一定针对我们,但他别有用心……"

黎译宏想就这事和徐恩曾讨论一下局势,但突然没了兴致,便继续埋头看报。

他又梳理出几条重要的消息。

国民政府军事委员会通令对全国军队实行统一编制。并规定各县武装民团一律改称保安队,建立中、大、总队三级组织。

满洲中央银行成立,并宣布统一货币。

日军进犯热河。

他想,再也没什么更重要的消息了,他最后瞄了一眼报角那条新闻。

第七章

重庆造纸厂试验竹造新闻纸成功。

他没觉得这条新闻有什么,只是收起那堆报纸时偶尔地瞄到了那一行字。

他满脑子想的是那七个字:攘外必先安内。蒋委员长铁了心了,你看他亲自出任三地剿共总司令,还把军队编制地方民团都进行了修整,看来剿共的决心非同一般。黎译宏很清楚,一般的人一看也能看个清楚。国家的安内策略是各个击破各个清剿,先是中原大战收拾了冯玉祥和阎锡山,现在接着收拾掉鄂豫皖匪区,接下来收拾的自然是闽赣匪区朱毛余部。

显然,闽赣还不是当前清剿之重点,抑制其发展却是必须的,这一点正是特工总部所长。

黎译宏有一种紧迫感,他真切地感觉到眼下正是他们显身手的时候。时不我待,挨到明年或者什么时候,大军进剿,重头戏就是人家的了主角就易主了。三十年河东三十年河西,你得抓住自己的三十年哟。

天黑了,但黎译宏没有离开的意思,徐恩曾也没有叫他离开的意思。两个人到总部不远的小街上一家普通的馆子里吃了点东西就又回到徐恩曾的办公室。

那时候,他们的心情很复杂。综合各方面来的情报,从表面看应该说很好前所未有的好,但做情报做特工的就是踩钢丝,踩稳了走顺了你精彩绝伦,但一旦失足,就粉身碎骨。因此,这些消息既让他们很兴奋,也让他们很担忧。做特工的,每天头上悬的都是双刃剑,他们得小心再小心,心上有根弦,那根弦每时每刻绷得紧紧,一刻也不能松。

不知道因为紧张还是因为亢奋,他们一夜没睡,又把方方面面的问题推敲了一遍,要万无一失,他们想。不知不觉,天就亮了。

他们没想到韩丰有会火急火燎地出现在他们面前。

韩丰有一头一脸的汗,气喘吁吁。

"什么事这么急?"

韩丰有没说话，韩丰有递上一样东西。

是一叠大小不一的纸币。当然，是苏维埃匪区的"伪币"，只不过现在红军把印在布头上的那个俄国人头像和镰刀锤子印在了纸上。除了一元票面外，还加了五分、一角、二角、五角几种面值的纸币。那些粗糙的纸币上有两行俄文。黎译宏捏着那张纸币，翻来覆去地看了好一会儿，然后递给徐恩曾。

"你看看你看看……"他说。徐恩曾也那么翻来覆去看了好一会儿。

"还真像那么回事哦……这是什么？"徐恩曾看了一会儿，指着图案上的两行俄文问道。

"两个人的俄文签名，一是伪银行行长毛泽民，二是伪财政部长邓子恢。"

"他们真印纸钞了！"黎译宏说。

"你想说的是什么？"

"这说明他们的货币已见信誉，说明他们金融秩序井然……说明他们正把事情做大……"黎译宏说。

"就是就是！"韩丰有说。

徐恩曾说："我们要迅速地找到他们的造币厂，尽可能地摧毁。"

黎译宏说："老师，你放心。"

黎译宏又熬了一个通宵，把那些纸币反复地研究了一遍，决定再次去匪区。

不入虎穴，焉得虎子！

第八章

一 煮熟的鸭子别飞了

他又成了个商贩,唯利是图,和气,胆大心细还八面玲珑,总是一副笑脸,带着个哑了却机灵的随从。他似乎很喜欢这种身份,事实证明,黎译宏很会做生意,他总能把生意做得很到位。他总能掂出某种货什的未来行情,这很重要。比如桐油,有些日子突然就桐油涨价,行情不错,但黎译宏偏不出手。果然,桐油不久就行情往下走。一些商户手里囤了大批的桐油眼急得红红的,也急着出手,当然大家都急着出货,那价自然就低得可以。黎译宏说:"我收吧,也算帮你们解燃眉之急。"他就那么收了下来,人家还一脸的感激。有人说呀呀钱掌柜,你收了怎么出手呀?他笑,他说我不急着出手。桐油不是别的东西,桐油放上一年两年的甚至更长时间也无妨。黎译宏就是那么想的。可他没放上一年,很快,外边的桐油市场有了变化,加上黎译宏本来就有那么个背景,在一天夜里,他把积囤的桐油全弄出了境。

黎译宏成就了一笔大生意。

钱赚了,人气也赚了,皆大欢喜。

要是不来调查科,黎译宏想他肯定是做生意去了。事实上父亲很小就想让他去县里一家商号当学徒,可他喜好读书,执意不肯去做那么一个小伙计。要是当初真去了,他会把生意做得风生水起。可人不信命不行,命运是根绳,人总是被这根绳牵扯了走。

他和随从方小去了一趟瑞金,在一个叫九堡的地方进了一些夏布。

交易时,他把那些纸币掏了出来。对方那么笑了一下,轻轻挠了挠头。黎译宏想,看来红军的纸币信誉并不那么好,商家都不肯收哟。没想到不是那么回事。

对方说:"我还想跟你做一桩生意,你要能做,这钱就算是定金了。"

对方是个小个儿,还瘸了一条腿。黎译宏跟这个姓刘的小个子男人做买卖也不止一回,他叫人调查过这个叫刘丙和的男人,还真弄不清他到底是红军的人还是粤军的人,抑或就是个纯粹的商人。反正这个瘸了条腿的男人挺有办法的。这一回刘丙和一脸的神秘,让黎译宏感觉有点那个。

黎译宏眼睛眨巴了几下,对刘丙和的话不置可否。

刘丙和说:"我知道钱老板你有办法,听说你上次给边贸站进了一批布?有笔生意能赚点大钱⋯⋯"

"你说你说⋯⋯"

"能不能帮忙进一批铜?"

黎译宏说:"那东西可是严令禁运的。"

对方说:"现在什么东西不禁运?"他说,"你只说有没有嘛,要说禁运不禁运的事就没意思了,布匹不禁运?你老兄不是也做了吗?在河边走已经湿了脚,跳进河里湿个身也就那么回事。"

"也是⋯⋯"

"要弄得到,余下的钱,要钱还是要砂由你⋯⋯那砂可是上好的钨砂哟,要弄到那边去,转手就是座银山。要是由汕头再运往香港,那就是座金山了。"

黎译宏说:"试试。"他没一口咬定了能做,他说试试。

对方说:"我就知道钱老板你有办法。"

第八章

黎译宏跟徐恩曾汇报了这事，他觉得这事很那个。

"我觉得这事有些奇怪，他们花大价钱购铜……"

"也没什么怪的，铜对于他们来说很重要，造子弹呀什么的缺不了它。"

"我看他们不完全是那目的……"

"说说……"

"我看他们想铸钱……"

徐恩曾拍了一下手掌："对对！我怎么没想到这一点？"

"老师，你看我们下一步该如何？"

"你说说你的想法。"

"我想答应下他们这事，然后取得他们的信任，顺藤摸瓜……"

"我看可以。"徐恩曾很兴奋，他觉得黎译宏那鼻子比狗还灵，一般人想不到的事他能想到。

徐恩曾给黎译宏弄来一些铜，不多也不少。多了，这东西给红军带去好处，不能肉包子打狗，狗没打着却白送个包子；少了呢，钓鱼也得弄多点饵吧？不然鱼也不上钩的。

那些铜经过了些周折运到了石城。前来接货的小个子男人一脸的惊讶。"老钱你还真有办法哟！……啧啧，好东西好东西。"

"本来是三条排的，可路上被官兵查了两条……"黎译宏说。

"这钱不好赚，脑壳吊在裤腰带上……"他说。

"还要不要把货帮你送一程？"他说。

刘丙和打着拱手说："谢了，就在这儿一手交铜一手交砂。"

他们把买卖做成了，但黎译宏的目的并没有达到，他想弄清这些铜运往何处，显然对方对这很警惕。黎译宏也没觉得有什么，他做了第二手准备。他想既然对方收铜，那匪区各地的铜矿就要格外注意了。他想到宁都的铜矿，红军占据那地方前，那铜矿开办得红红火火。红军来后，矿主跑了，工人散了。他想，要是弄铜，红军少不了会想到那些地方。

他跟随从方小手语：看来我们弄不到对方底细，我想去个地方……

他们打着手语，黎译宏的手语很娴熟。不是因为随从方小黎译宏才学的手语，在此前，他就用心学过。他觉得做情报工作的，就是从人嘴里得东西，什么话都要能听懂，要会说上那么一点点。但有一种人话不是由嘴说出的，是一双手，他们把一双手弄得像翻飞的一对蝴蝶，就把心里想说的说出来了。

他现在用麻利的手语跟随从方小说话。

他不肯告诉我们铜的去向……方小打手语说。

有名堂哩。黎译宏也用手语对答。

刘丙和说："你们说什么哩？"

黎译宏说："说天气哩，伙计问今天天气好还回不回，我说天气难说。"

小个子男人看了看天，说："是难说哩，有鱼背云，过了中午难说就变天……我看你们还是住一夜再走，遇到山水，那点好砂就被水毁了哟，煮熟的鸭子别飞了。"

"那是那是。"

他们在刘丙和住的那家客栈要了一间房，住了两晚。其实目的很明确，想看看那批铜的动静。可是好像根本就没动静，小个子男人好像要让那些铜在这个叫石城的地方生根发芽一样。黎译宏想他不能再住了，再住就要被人怀疑。他跟方小打着手语说，我们走吧我有办法知道那些铜会去什么地方。他想到的是铜矿，邻近的几个县都有铜铁锡钨钼等甚至金矿，红军急需铜甚至银，他们不会不打那种地方的主意。只要找到那些地方，多少还是能找到造币厂的蛛丝马迹。

二　再等就等到金子化成水了

黎译宏没来得及找到蛛丝马迹，却得到个坏消息。

漠可带了弟兄在那两家炭窑的必经之路上蹲守着，那天他看见两个男人从那儿过，出来时担着炭篓。漠可心里猫爪抓似的，说不出的一种滋味。还等个什么呢？他想，姓黎的说等等，再等就等到金子化成水了。

他往东边看，东边有通往这里的唯一一条通道。其实他根本看不到什么，林深草密，一切都遮了个严实。

"我看没必要等了……我看……"阿汉说。

"昨天蚊子都快把我叮成烂肉了……"阿汉说。

"我就不明白还等个什么？我们什么都得听那个白脸的，他是个生意人，我看他有名堂……"另一个喽啰说。

"就是……做生意的靠不住，我们凭什么要听他的？"阿汉说。

天气很热，蝉们在枝叶间没完没了地嘶叫，如果不是蝉，如果不是闷热天气，也许漠可不会咬牙齿。漠可咬牙齿了，他忍无可忍时和做出决断时都咬牙齿，今天这两样都摊着了。他狠狠地咬了几下牙齿。

几个人冲到那两眼炭窑前，当然，他们蒙了面，他们手里捏着匣子枪，很紧张的样子。但他们很意外，后来的发现让他们觉得那完全没有必要。那里没枪，就是刀也是砍柴的柴刀，几个烧炭的男人被突如其来的状况弄得有些惊诧，把手里的柴刀哐当一下丢在脚边，茫然地看着到来的蒙面人。

"我们没钱，一个铜板也没……"烧炭男人中的一个说。

"就是吃食也断了，今天还说出山去挑米……"另一个说。

"要命有几条……拿走就是……"他们说。

漠可冷笑了一声："把他们绑了，待会儿他们就知道怎么回事了。谁要你们的命，老子要好东西！"

阿汉和喽啰把四个男人绑了，他们把四个男人的眼睛蒙了个严实，然后往四个人嘴里塞了一些乱草。

他们把脸上蒙的布揭了下来，相互那么笑了几下。

然后他们去弄了几桶水把两眼炭窑里的火浇熄，又弄了几桶水把两眼炭窑里的热气冲淡了些，几股黑黑的水流从窑里蹿了出来，蛇一样地淌着。他们没管那些"黑蛇"，他们也没管树上绑着的那几个男人。他们坐在阴凉处从容地抽起了烟，慢慢等着窑里那温度彻底凉下去。

终于等到了那个时候，他们把窑里的东西扒了出来，柴没烧透，全是些冒着余烟的炭兜。他们扒得满头满脸的黑灰，走出窑口老远的地方猛咳一阵，一把泪一把清涕那么折腾了会儿，然后又在窑里下力气挖着。

他们把两孔窑挖了个通透，也没看见他们想看见的东西。

阿汉忍不住了，他跳出窑来，朝烧炭人中间的那个高个儿踢了一脚。

"东西呢？"

那个一身黑不溜秋的男人傻瞪着眼望着他。

"叫你给我装！"他又踢了一脚。

"哎哟！你踢疼我了！"

"东西放哪儿了？"

"没东西……只有炭，让你们搅了两窑，没烧透……那些烧好的放在那边棚里，要你们就拿去！"

"鬼信！"阿汉说。

"不信你去棚里看去。"

"鬼信你们在这儿烧炭……"

"有好棍子柴，为什么不在这里烧？"

"你蒙老子外行呀？挑炭费事，没走溪河，运柴棍在渡口地方烧省事，你们不图省事找麻烦？是烧炭？"

"河里运柴会被别人弄了去……你看你……"

第八章

"我不信!"

"这季节难说有暴雨大雨,一起山水柴棍要冲个没影……"

"反正我不信!"

"你不信不信去……不在这儿烧炭那你说我们干什么?"

也是哈。他们没话说了,他们又在周边找了一通,一无所获。他们要是找到东西,就会让那几个男人知道他们在干什么,可他们没找到东西,他们没证据。

"怎么办,大哥?"阿汉对漠可说。

漠可心上又塞了大团烂草,说不上是沮丧失望还是愤怒羞辱。

"狗屎!"他吼着怒骂了一声。

"大哥?"

"我说根本就没什么财宝,你想就是,真有,谁会放在这种地方?为什么要放在这种地方?黎老板也是想发财想疯了,我也真信了他的话……"漠可说。

他们没蒙脸,一脸的黑灰邋遢谁能认得出?他们把那四个男人松了绑。

"烧什么炭,跟我们吃天下去。"

男人中的一个说:"我们答应人家烧六窑炭的,才烧了三窑……男人要守信用是不?"

"那是那是……"漠可拍了拍那个男人的肩膀,"你们继续烧。"

漠可几个走后,四个男人没继续烧。他们是红军,交给他们的任务完成了,任务就是弄迷魂阵迷惑外界,看来他们做得很好。

很快,他们又去执行新的任务了。

三　政治有时候比战争好用

黎译宏看到那两眼炭窑像开了膛的怪兽样横陈在他面前。

他想他得火速找到漠可，事情很紧急。他没想到自己会改主意，不是一般的改，是三百六十度大转弯。

他身上那几张赤匪的纸钞已经被他捏摸成皱巴巴的东西，这些天他看了又看。

方小向他打手语：你老看那几片纸，能看出花来？

当然看不出花，但黎译宏看出比花更好的东西。

他想到个主意，他猛一拍脑壳，哎哎！我怎么早没想到这一招？为什么没人想到这一招？

为什么不让人家自己把那些财宝拱手送出来呢？他飞快地打手语跟方小说。

方小手语道：有这种好事？

黎译宏点了点头，他没说是怎么回事，这是他灵光一现突然想到的。他真想拍一下自己的大腿，不，是狠捏一下自己的大腿，你个黎译宏哟，为什么早没想到哩？

他匆匆在山里找了漠可一遭没找到，便去了高坪。他想漠可打道回府了，漠可没看见什么金银，他耐不住了。

黎译宏走进来的时候，漠可和他的手下架了一口大锅正往锅底下添柴，墙角还堆着几堆慢慢渗燃着的谷壳。他吸了吸鼻子，空气里满是一种奇异香气，他知道谷壳里面放了一些坛子，有酒和狗肉。那种香气就是酒和狗肉的清香搅和在一起的气息。

"呀呀，你狗鼻子呀，知道有好东西？"

第八章

"我运气好不是？撞上了。"

"弟兄们弄来几条狗，打打牙祭……恩人来了好，见者有份见者有份。"

黎译宏说："漠可名气在外，向来不吃独食的……"

黎译宏说者无意，但漠可有点做贼心虚，他以为黎译宏说的是那两眼炭窑的事。他把头摇得像拨浪鼓样："事情不像恩人你想的那样哟……我们守在那儿……可是……螳螂捕蝉……那句话怎么说来着？"

"螳螂捕蝉，黄雀在后。"阿汉说。

"就是就是……黄雀躲在后面手痒了，他们先动手，我们冲过去弄跑那几个蒙面的家伙……"漠可他们早就编好个谎言来挡黎译宏的话，他不想让黎译宏说他想吃独食或者说不守信说话不算数。

"哦哦……"黎译宏没说什么，黎译宏只哦着。

"我还以为你们的人等不及了哟……"

黎译宏说："不是我们的人不是……"

"哦！"漠可说。

"不过什么也没有，我们冲过去把那两孔窑掘了，什么也没有……"漠可说。

"你看你还说我吃独食，我是吃独食的人？我拿我家祖宗先人打赌，我漠可从不做那种吃独食的事……"

黎译宏笑了下："我没那么想过……我来是告诉你，那财宝的事现在弄清楚了，是他们弄的假象，东西没放在那儿……"他没说实话，他这么说也是给漠可弄个假象。他想他得从另一处着手，他坚信红军把财富就藏在那一片山里的什么地方。

"我说吧，我说人家能那么蠢？……来来，吃狗肉……"

黎译宏阻止了他教唆怂恿的漠可及喽啰的"寻宝"行动，其实不阻止那些山匪也不再去做那件事情，他们根本不相信那么个事实。但黎译宏坚信，他当然相信那些财宝还在那一带的某个地方，但他决定放弃寻找，他需要那些金银首饰和银洋好好地待在那儿。他想过了，会有更好的办法让其自己现形。如果红军不动那些东西，情形当会更糟，他们将面对一场混乱，他们将要在经济上遭到沉重打击，还可能引发军心不稳，甚至暴乱……他很兴奋，蒋委员长说得不错，三分军事，七分政治。

政治是个好东西，政治五花八门。战争无非是为了政治，但政治有时候比战争好用。他这么想。

"来来！喝酒，一醉方休……"他听到漠可几个在他耳边说。

他没喝醉，他也不能喝醉，他要想法尽早通知李铭铎韩丰有他们中止寻宝行动，他们得有新的任务。

那时候，黎译宏脑子里充满了花花绿绿的东西，他觉得那个计划触手可得，对赤匪，那可是出其不意的重重一击。有些事，就是一层纸，灵光一现时那层纸就破了，破了就豁然开朗云开日出。

他跟李铭铎韩丰有说，走走，我们去崇义。

两个手下不知道要他们去那地方干什么，那是自己人控制的地方，那是山区，山高林密。他们去过一回，那是陪长官们打猎，那儿没红军，也不见有赤化，去那里就是游玩。那地方麂子多野猪多，当然也有豺狗金钱豹什么的，弄不好还能猎着只老虎。乡绅和官员常常去那地方打猎逛风景，可这种时候头儿叫他们来肯定无关风景和打猎的事。他们问方小，头儿怎么想起去那地方？方小手语告诉他们黎译宏去那里的目的，他们看不懂手语，他们笑着说，你那两只手翻来覆去的像发鸡爪疯我们哪弄得懂哟。

黎译宏说："去了你们就知道了。"

李铭铎说："我感觉到差点要摸到红军宝藏的秘密了，你把我叫了回来……"

韩丰有说："就是就是，我也感觉到那秘密触手可得了，就差一层纸的事……"

"对，就是一层纸，捅破就敞亮了……"李铭铎说。

"关键时候你把我们叫了回来……"韩丰有说。

黎译宏说:"就是纸,对对,是纸!"

李铭铎韩丰有有些丈二和尚摸不着头脑,他们互相那么看了一眼,一脸的茫然。

后来他们知道确实是因为纸,不是一层纸,是大堆的纸。

四　发现了假币

汤有赞每天都要耍练飞镖,一有空他就玩那个。

苦楝树上那一年长了许多甲虫,有金龟子和锹形虫。有赞没事时就站在三米五米远的地方飞镖,树干上满是镖眼。有赞一飞镖就扎中只甲虫,他走过去拔镖,那只虫虫就掉在树荫里。一些蚂蚁亢奋着,爬满了甲虫的尸体,它们试图将这些死去的虫虫运到它们的洞穴里去。

有赞注意到了那些蚂蚁,他蹲了下来。我帮你们送一程吧。他小心地拈起那些虫虫的尸体,放在蚂蚁的洞口。

然后,他蹲身又回手抛出一枚镖,镖稳准地扎在一只金龟子上。

有人拍着巴掌。有赞抬头,不知道什么时候,吴昌义出现在篱笆扉门那儿。

"飞镖的要诀在于须扎在重要地方。"有赞有些得意,他跟吴昌义说。

"扎甲虫就是练那一手,你看这虫虫比人眼还小吧?就是就是,关键时候向敌人出镖就是要扎对方的眼睛。"有赞说。

"那一刹那他看不见了,那一刹那他双手捂眼,对手几乎就没反抗能力了,就由着你收拾了……"有赞说。

吴昌义说:"我有事找你。"

有赞站了起来,他觉得吴昌义怪怪的。

吴昌义把有赞扯进屋里。吴昌义那几天沉迷于算盘,他从第一天起就被大家夸赞,说他对数字很那个,就是说他对数字反应奇快。他能很快记住数字。他记得在铺子里做学徒时的事,他对数字很敏感,掌柜的嘴里才跳出个数来,他就记住了,就能很快加了减了。所以,在铺子里,很快吴昌义就弄起了算盘。哈,原来算盘是这么打的,我先前看见账房先生拨弄算盘珠还觉得他们神仙样了不起,原来没什么的哟。

他算盘打得好,俞启岳就让他每天算账。每天都有新钞发出去,然后,也有人兑换成银元,就又有大把的纸钞回笼。还有人来存储借贷,每天吴起昌都埋头在屋里敲算盘,他不烦不腻。把活儿干成了娱乐,这还真是很那个。

可他走出门来突然对有赞说:"我有事找你。"然后把他扯进屋。他本来想找俞启岳或者彭铭耀的,但他们都不在,只有有赞和他在这地方。

"我本来想等等,等老俞和眼镜客回来,可我等不及了我等得心上发毛……"吴昌义说。

"什么事你这么急,你打算盘好好的你急什么,错账了?"

"账没错……可我觉得不对头……"

"对不上数呀,那还是错账了哟……"

"对得上数,只是觉得不对头。"

"你看你这人,数对上了账没错,有什么不对头的?"

有赞没觉得会有什么事,他想是吴昌义累了,想放松下,没事找事拉他到屋里说会儿话。可吴昌义拎起那只布袋。

"这是从横岗兑回的纸钞。"吴昌义说。

"哦。"

"这两天突然多起来。"

"什么?"

"我说横岗兑的纸钞这几天多了起来……"

第八章

"他们当集，买卖多起来的缘故……"

"我也那么想，可我后来找出几张，看着看着就发现不对……"吴昌义说着，拿起一张纸钞，是张一元的纸币。他指着那上面的签名："你看，这里有问题……你拿另一张比较一下……"

汤有赞把两张纸钞放在一起看了看，确实看出细微差异。他举了对着光亮又细细看了一回，千真万确是那么回事。

"呀！这怎么可能？"汤有赞说。

"你是说有人造了假币？"汤有赞脸沉下来，急急地那么说。

"不是我说的，事实就是那样，是有人造假币。"吴昌义说。

事情有点紧急，汤有赞火速去找俞启岳。俞启岳一时没反应过来，喃喃地说："有这事有这事？"他也那么验看了好几张怀疑是假币的纸钞，看着看着，额头上汗就大起来，起先是些小小水珠，后来就黄豆般大往下滴。

俞启岳说我也得火速去找首长。他心急火燎的正要走，首长却来了。

俞启岳把那几张假币塞在首长手里。

首长说："边贸局的和合作社的同志都发现了这个问题，已经反映到我那儿去了，我正是为此事而来。"

发现了假币，这很严重，有人悄悄地制造假币。俞启岳都有些慌乱，就不要说有赞他们了。马拱八一直骂骂咧咧，彭铭耀脸长了有半尺，哎呀呀哎呀呀……他那么一直叨叨着。首长很镇定，首长说大家来研究一下，我们迅速采取应对的办法。

"这种情形我们先前应该想到，应该有所考虑有所准备，可是……我们没有，我们没想到……"首长说。

"这不能怪大家，打仗好办，有好的战术有勇气和谋略就能打好仗。但办银行不一样，这里面学问多，大家都没搞过，难免出问题。"首长说。

"还好，问题出来得早，我们想办法解决。"

首长的话让大家轻松了一些。首长说我们开个会合计一下。他说先把假币来源查清楚，予以彻底捣毁。他说这事提醒了我们，纸钞防伪是关键哟。

横岗是个大镇，一条溪河从镇中流过，屋楼街子就在溪河的两边，中间有一座石桥、两座木桥。横岗的街很有意思，街挨着河，号称半边街，一边是河一边是街，也称为"河街"。其实就是河边那条石垒的堤，既是街又是堤，只是堤边挨着的是铺子。据说过去逢墟日溪中也有些竹排小舟什么的沿着两岸整齐地排了，竹排小舟上全是货什。一边是舟排一边是铺子，两厢就那么吃喝着做生意，情形很独特也很有意思。但现在没了，现在白军实行经济封锁，就是有货偷运了来也不敢堂而皇之地在光天化日下买卖。现在看见的是那些门面冷清的铺子和三两个来去的乡民。河里没舟排了，只有流水。

但有一家铺子却很热闹，人来人往的生意好得很。

俞启岳几个找到这家铺子。他们一切都按首长布置的进行。那天的会开了很久，他们把当前该应对的事情都想了个周到。事情紧急，我们不能急，我们要沉着应对。这是首长说的。总结是首长做的，他们记住了首长说的话。

首长说，假币的出现有两种可能，一是白军特务蓄意破坏苏维埃的经济，制造假币扰乱我方市场。另一种可能是不法商人或者我们内部的枉法者所为，以谋私利。

首长说，你们说得很对，从现在掌握的情况看不像敌人所为，如果真是敌人干的，数量肯定不止这么一点。所以，我们从横岗入手，应该很容易找到线索。

首长说，做出了假币总要换成东西吧，换了东西再将其转换成银洋或别的什么。就是不转换，那东西也应该不是吃的用的是能长久保留的。

所以，首长说了"所以"。

他说，所以，现在有两个紧急任务，一是要赶紧找到假币的出处，二是要赶紧研制出防伪印钞纸，印出新币，回收现在发行的旧币。

十万火急！首长说。

第八章

他不说大家也知道,事情紧急,火烧眉毛。

彭铭耀被首长留了下来,他说秀才——首长不叫彭耀铭眼镜客叫他秀才,首长说:"秀才,你待在我这儿。"

其余的几个人火速来到横岗。

很快他们就找到一点线索。东街上的那家店铺,门面不大,据说是接手别人的,开张没有多久,但进出的人很多。

为什么别家铺子门可罗雀,他那儿就偏偏热火朝天?

俞启岳没贸然行动,他们担心打草惊蛇,他们决定先从外围了解下情况。他们找到乡苏主席,俞启岳问乡苏主席:"恒源杂货铺生意怎么这么好?"

乡苏主席是个胖人,他说:"恒源的掌柜是吉水过来的。以前铺子生意不怎么样,可说去了趟永宁寺,高香烧了一回,回来就不一样了,说是财神爷现形了……"

他们还是不敢草率,用了几天调查,可调查的结果好像和白军那边挨不上边。

"我们现在该怎么办?"俞启岳问大家。

"首长说了,这交给你,你决定吧。"

"我想跟首长汇报下。"俞启岳觉得捉摸不定,他觉得还是让上头决定的好。

"可是……"

"可是什么?"

"难说机会就失去了,难说事情就耽误了。"有赞说。

俞启岳想想,说:"有赞,如果是你,你会怎么样?"

"还能怎么样?上门呀,把那家伙抓了呀。"

"可如果时机不对那可就打草惊蛇了……"

"你看你,明显不是探子弄的事嘛……"

"说说……"

有赞有点疑惑地看了俞启岳一眼,但还是说了出来。

"敌人的探子有那么蠢呀,散假币在一个地方散?还开了店子铺子?还会守在那儿等着让我们来抓?"

"哈,你这脑壳不是树蔸了哟。"

"你教的呀,眼镜客教的呀,识了字就不一样……"

"那是……"俞启岳说。他想确如汤有赞所说,那家伙肯定只是个利欲熏心的不法商人。"好吧,我们找杜恒源去。"

五　人为财死鸟为食亡

他们去了一趟恒源杂货铺,铺子很小,俞启岳进门时朝那个光头男人笑了一下,说:"生意上门了。"

那天恒源杂货铺的掌柜杜恒源才从上里回来,正一头的汗在打算盘。去了一趟上里,又进了些钨砂,他心上又灌了一层蜜。他没想到会有人找上门来。他以为是来找他收货的,他从小喜欢画那么几笔,本来是要跟了漆匠师傅学手艺的,可他沾不得生漆,一沾就脸肿手脚肿,他生漆疮。他没想到那天描了张画就引来了"财神"。

杜恒源画得一手好画,生意不好,闲了就手痒想画画,那天不知为什么心血来潮,信手就画了张纸钞。好像也并不是什么难事情,描描就描出个惟妙惟肖。

杜恒源兴奋了。他想,好玩哩好玩,就又把那两行洋码子字也描了上去。

他拿出自己所画的和那张真钱看了又看,连自己也看不出什么破绽。

他起初并没想利用自己这过人本事弄个什么,只是寻开心。

他去茶馆喝茶,把跑堂的小伙计叫了来。你来你过来。

第八章

杜恒源递上那张画作。哎哎，帮我去买个糯米糖。卖糖的老倌就在楼下，透过茶馆木窗能看个清清楚楚。

杜恒源看着跑堂把那假钱递给老倌，换回一板糯米糖。他跟茶馆那些食客说："哎哎见者有份吃糖吃糖。"弄得座中客个个挤眉眨眼地看着他。

有人说："恒源掌柜你有什么喜事，不声不响请大家吃糖？"

杜恒源说："清早有人拍门，打开门，你猜见着哪个了？"

"哪个？"

"财神爷哟。"

当然没人信他。大家笑，没想太多。吃糖就吃糖有糖吃有什么不好？不吃白不吃。

杜恒源没再管他们，他看街景。他其实不是看风景，醉翁之意不在酒，他看糖摊老倌的动静。果然，那老倌起身去了身后不远的篾铺，他用那张"钱"换了一担篾箩，也找回了几枚毫子。

杜恒源一直看着那间篾铺，有几个人过去买篾器，后来篾匠也出了门，在巷角和那个锁匠嘀咕着什么。也许是买锁修锁，也许又用了那张"钱"。当然，用不用已经无所谓了，看来那张"钱"过了三个人的手也没人识破，杜恒源就觉得就是过个十人百人的也没人能识破。

杜恒源觉得心里有什么痒痒的，后来知道是那张"纸钞"惹的。

他去了趟山里，弄回来几扎纸，然后关了门，鬼知道他怎么弄的，他一直亢奋着，脸上总是一种灿烂的样子。然后，他心满意足地做出了一大把"票子"，又悄悄去街子上用了几张，没人识破。

他很得意，他想，他做些日子就收手，见好就收。他已经想好了，他跟吃水上饭的那些朋友说好了，等局势好一点，就用几条船把他和他的"财富"悄悄运出去。他不愁达不到目的，他手上有钱了，有钱能使鬼推磨嘛。

后来就来了这几个陌生客人。

"生意上门了。"杜恒源听到那个人对他说。

"哦哦,大家发财。"他说。

"听说掌柜的前天收了一副虎骨?"

他觉得有些诧异,怎么这消息这么快被外人知道了?虎骨是好东西,还有那虎皮,这种时候更是紧俏。当然,那东西谁出的价钱高就归谁,他杜恒源出得起价。

"有这么回事,但我不卖。"

来人指着货架上的那些麻绳和麻丝:"我们全要了!"

"全要?"

"我们给你钱就是,又不少你钱!"

几个男人真把货架上的麻绳和麻丝扒了下来,然后,有人递上一把票子。他没认出那些"钱"。

那个笑笑的男人说:"你看看,你仔细看看,最好是往光亮处看看。"

他心上一惊,认真地举着看了看,他认出了那些"钱"。

"认得那钱吗?"其中的一个男人对他说。

"你要跟我们说不认得是吧。"对方笑着,那么一笑,把杜恒源笑软了,他知道对方是些什么人,为着什么事来找他的。

他们把他带走了,他看着他们在他的铺子里搜出那些还没及时运出去的货,几担钨砂,还有那虎皮虎骨。

"人为财死鸟为食亡……"他嘀咕了一声。

他很快把自己做的事原原本本都说了出来。他说他做了大概三千张"票子",有五百还没花出去。他说他准备花了那五百就"金盆洗手"的,可没想到会出事。他说君子爱财取之有道不义之财必遭天谴。

他跟他们去了一趟保卫局,他笑着跟那些审问他的人一五一十把实情都说了。

然后,他在关他的小屋子里用一根细绳把自己一了百了啦。

第九章

一 人急了就把个木脑壳逼成了个诸葛亮

那几天首长也有些忧烦。

纸币造出来了,竟然有人造假币。我们早该想到这些的,居然没想到。这是一个严重的失误。

他在屋里踱着步子,妻子坐在床沿打着毛线。那盏油灯忽闪着,为了省油,灯芯小小的。首长往那边看了一眼,看见自己巨大的影子在土砖老墙上晃。

好在事实证明是个不法商人的个人行为,如果是敌人大批量地造假,那后果就不堪设想了。他想。

也许敌人正在造着,也许他们想到了,狡猾的敌人无孔不入,只是我们没想到。这事有点那个,必须迅速地造出有效防伪的纸钞。他想。

他苦恼的就是这事,进口印钞纸显然不可能,一来敌人封锁严密,二来,外来的印钞纸如果被敌人利用,那不是更麻烦,没法辨别真假。从这点来说,自己造纸印钞占有主动。可防伪需要技术,这种地方,这么多的困难,要大家做到这一点,有点难。

得想办法。

他踱来踱去,就是在挖空心思想办法。

他听到妻子哎哟了一声。

"怎么了?"

"额头叫火燎了下。"

首长吸了吸鼻子,闻到那股毛发烧过后的焦臭味。

"你把灯芯挑大点。"

"那夜里油就不够了……算了,我不织了,我睡去……"

首长却好像想起什么,他跟女人说:"你把毛线给我!"

女人愣住,她想不出男人要毛线做什么,但她还是把毛线递了过去。她看见她的男人把那根毛线放在灯火上烧。她不知道那是出于什么目的,有些奇怪让人不解。男人把烧过的那头凑近鼻子,他闻了闻。

"是纯羊毛,上好的毛线……"女人说。

首长似乎想到点什么:"你先睡,我出去下。"

"这么晚你去哪儿?"

他没去哪儿,首长去了彭铭耀那里。

彭铭耀正想睡觉,听得有人敲门。"要睡了要睡了!"他说。

"有事明天再说。"彭铭耀说。

敲门声很固执。

彭铭耀嘀咕着开了门,看见是首长,着实吃了一惊:"没十万火急的事你不会这时候找我。"

"嗯嗯,当然急,十万火急。"

"俞启岳他们回来了……是个不法商人搞的鬼……"彭铭耀说。

"我知道了……我听他们汇报了一下午,讲得很详细,他们做事有板有眼……很好……"

"他们的事有了眉目,我们的事还没个头绪……"

"你别急,我倒是想出个办法……我急着来找你就是和你商量看那办法行得通不。"首长说。

第九章

首长拿出了那束毛线。

"我想不出你弄些毛线来做什么……"彭铭耀说。

首长没说话,他把那束毛线凑近油灯燎了一下,那股焦臭又弥漫了彭铭耀那间小屋。彭铭耀看了几眼首长,首长却不看他。首长闭着眼,有模有样地吸了几下鼻子,弄得彭铭耀更是云里雾里。

后来首长说话了,首长说:"我想了几天快把脑壳想成一块铁了也没想出个所以然,可你家嫂子出了点意外,她打毛线,灯火燎着她头发了,一股焦臭味……"

首长说:"闻着那股气味我就灵机一动,脑壳里闪了那么一下,然后,我就想应该到你这儿来下……"

首长说:"我只是读了四年私塾,要说学问,还是你彭秀才多,所以我来找你嘛。你说说你说说,要是在纸里掺上些细小绒毛,烧了,是不是能闻出焦臭来?"

彭铭耀猛拍了一下膝盖,他恍然大悟,首长想的还是纸钞防伪的事。"怎么不行?完全可以!"

"就是就是……还有,纸里加上绒毛不仅防伪了还防水耐磨耐折……"

"到底是首长呀,你那脑壳好使。"

"逼的,狗急了还跳墙,人急了就把个木脑壳逼成了个诸葛亮。"

"首长你看你这么说?"

"要是行,我看明天一早我们就开始试制……"

"好的,首长你早点休息……"

首长走到门边,又折返身来对彭铭耀说:"这事要绝对保密。"

"我明白我明白。"

彭铭耀没等到第二天,他送走首长就关了门开始试制那种纸。他养了只猫,那些日子红军发动大家养猫,因为鼠患猖獗,老鼠和人争食。本来就遭白军封锁,偏又老天不作美,旱呀涝的来过那么几场,粮食就更成了紧俏东西，更糟的是老鼠还和人抢粮食，那还了得，所以就号召养猫。每家都养一只两只，银行也养了三只猫。这正合彭铭耀心意，他喜欢猫。他把那三只猫养得肥肥的。俞启岳跟彭铭耀说，你要把猫当儿子宠那猫就废了。他还真怕猫儿废了不捉老鼠了，就收敛了那份宠。

他朝猫招着手，他学了几声猫叫。

三只猫都从不同的地方蹿跳了过来。

他把那只小点的猫抱在怀里，然后捋着猫的毛。猫很安静，很快彭铭耀就攒了一撮细细绒毛。然后，他弄了点纸浆，把那些细细绒毛搅在浆里。

他把那张"纸"做出来了。

二　世上万事以诚为本

第二天一早有人来敲门，不是首长是俞启岳。俞启岳把门捶得山响。彭铭耀睡得沉沉的，很久才被捶门声惊醒。

"你个眼镜客哟，你从来早起的，今天瞌睡鬼上身了？"俞启岳说。

彭铭耀揉着眼睛："我正要去找你哩，走走，我们去首长那儿！"

"噢，说好今天一早去砍柴岗的。"

"不去了不去了！"

"咦？"

"去首长那儿去首长那儿……你们有眉目了，我们也有了头绪……"

彭铭耀把俞启岳扯到首长那儿，他拿出了那张"纸"。

首长说："呀呀，你个秀才哟，你一晚上没睡吧？"

"我睡不着，我弄了一晚上，弄出来了，我看行。"

首长拉扯了一下那纸，举着，对着光亮看了好一会儿，然后划了根火柴点了又掐灭，凑到鼻尖闻了闻。

第九章

"行!"首长说。"很好!"他说。

"你从哪儿弄的毛?"

"从猫身上。"

"哦哦……"

"只是试试,当然不能从猫身上弄毛,没那么多的猫,再说猫也会有意见,它们要是耍性子不捉老鼠了就完了……"彭铭耀笑着说。

"我都想好了,不用猫毛,也不用狗毛,我们用鼠毛……"彭铭耀说。

"鼠毛?"

"就是就是!"

"鼠毛细,取之不尽……再说也消灭了老鼠,一举两得……"

"你个秀才哟,你脑壳也成诸葛亮了……"

首长和彭铭耀都笑了,笑出一脸的灿烂,笑得俞启岳云里雾里的。俞启岳捏起那张纸,看了又看,看不出个什么来。

"你们搞个什么名堂嘛?"俞启岳说。

彭铭耀说:"首长让我保密,我不能说。"

首长说:"启岳哟,你别看了,我告诉你吧,保密也不能跟老俞团长保呀。"就把关于毛线的事告诉了俞启岳。

后来,就有了一次声势浩大的灭鼠行动,村村镇镇家家户户都发动起来了。主要是老人和孩童,他们很亢奋,他们天生是鼠类的天敌,他们觉得那是一个节日,他们加入了这场狂欢。但他们不解的是,那几个男人为什么收老鼠?他们想不出老鼠能有什么用处,他们觉得红军是恨老鼠跟大家抢粮。白军封锁,老天也不给红军好脸色,今年一会儿天旱一会儿地涝,粮食稀缺了,可老鼠却来跟红军和百姓抢粮。红军当然痛恨这些鼠类,恨之入骨,要将这些鼠类斩尽杀绝。

很快就有了足够的鼠毛。

他们又去了那家纸坊。一切都是在保密的状态下进行的。一批新的印钞纸造出来了，表面看与先前并没有多大区别。

他们赶印了新的纸钞，没有了签名，完全用了新的防伪技术。然后，他们用最快的速度将旧币回了笼。

当然，他们也遇到了些问题。

比如，有人就拿了假币来兑换。

给人换还是不换，这事有点那个。换嘛，明明是张假币。杜恒源说造了三千张"票子"，有五百没花出去，就是说在外面还有两千五。这不是个小数目。不换呢，对方也是受害者，是被杜恒源骗了，这钱可能是人家家里一年的收入也难说，不换叫这家人这一年吃什么？更重要的是，拒绝兑换会直接影响到苏维埃国家银行的声誉。

"要换！"首长说。

"一分一厘也不能少。"首长说。

"是我们工作上的疏忽，不能让群众为我们承担损失。"他说。

俞启岳几个就真的每分每厘都兑换了，那两千五百元的损失银行担下了。马拱八说："我算了一笔账，其实也没损失。"

有赞眨巴着眼。

"刀币，你别朝我眨眼，我算了给你听……"马拱八说。

"我来这里别的没学到，跟大家学会了算账，肚子里一本账本，你看我弄得像个账房先生了。"他说。

"杜恒源不是用了两千五百块钱假钱吗？他用来干什么了？购货，都是些硬货，比如钨砂麻线还有山货。他想弄得差不多了，装上船偷运出去，这不是没偷运成吗？货让我们收了。"

"收了是收了，没收了。"有赞说。

"那就是了，东西抵两千块不止吧，他囤货的这些日子，有些货什还涨价了哩……"马拱八说。

"哎呀哎呀，你个拱八哟，你这么算账的呀？"有赞说。

马拱八说:"不这么算你说怎么算?"

首长说:"很好,非常好。不管怎么算,做我们这工作就是要学会算账。"

"就算是我们现在损失一点钱财,可换回的是信誉,办银行最重要的是信誉,是诚信。不仅是办银行,干革命也靠的是这个,世上万事以诚为本,失去这个,什么都弄不成。"首长说。

"走哟走哟,下馆子去,今天我请大家吃一顿。"首长说。

他们真就去了河边那家馆子,厨子上来几盘菜,都是炒的肉,很香。

有赞夹了块放嘴里:"哟哟!鸡肉呀,子鸡肉!"他们有日子没沾荤腥了,他觉得这肉香得没法说。

彭耀铭笑,首长也笑,大家都那么笑。

大家都知道是怎么回事,但都瞒着有赞。

有一天马拱八提到鼠肉,说老鼠肉其实比鸡肉还香。有人就提议炒一盘试试。汤有赞极力反对,他说:"亏你们想得出来,老鼠垃圾粪堆里什么地方不去,恶心死了。"

大家知道有赞不吃鼠肉,却瞒着他叫馆子里那胖厨用鼠肉做了几样菜。有赞不知道,那东西香得让他忘乎所以。

"哟哟!鸡肉呀,子鸡肉!"有赞说,那神情看去有些傻不拉叽的样样。

不知道是因为有赞的那么句话还是表情,也许是因为大家的好心情,几个男人痛快地笑了一场。

三 有人却笑也不是哭也不是

有人却笑也不是哭也不是,那是黎译宏他们。

首长估计得不错,其实对手早就想到造假这一点,黎译宏停下寻宝想出那么一个毒招,也和这事有紧密关系——制造通胀和金融混乱,意图逼迫红军自己暴露藏宝之处……

黎译宏的手下李铭铎韩丰有满怀希望地去了那个地方，他们造纸，他们也印出了"匪区票"，还煞有介事地把那两行洋码子字签名有模有样地弄在每张纸钞上。他们在那儿努力了几天，看到一大堆的花花绿绿"票子"，感觉胜利就像数不清的孔雀在身边扑打着翅膀，脸上的笑容就像蝴蝶，一会儿放飞了一大群，一会儿又放飞了一大群。他们想他们要双喜临门了或者说一箭双雕。很快，他们将看到匪区的混乱，混乱中他们还会赚些钱得些利，他们手上握着的就是"钱"呀！他们有些按捺不住内心的喜悦。你想就是，那么多的"货币"投放匪区，肯定会造成"通胀"肯定会造成混乱。

那天黎译宏散步，往林子那边走，看见一蓬蚁穴。他蹲了下来，往蚁穴那里看去。他从衣兜里摸出那盒万金油，用指头沾了那么一点，然后，他往蚁穴边那些来去的蚁群里抹了一下。蚁群骚动起来。那天的阳光很好，他坐在那株老樟树的虬根上，看着那些蚂蚁四散狂奔，他知道那些疯狂了的蚂蚁被万金油那药液刺激，现在疯了癫了。有人说疯了的蚂蚁会乱了分寸，在蚁穴里疯咬同类。他希望看到红军也这样。

他觉得他们手里的"匪区票"，一旦投入匪区，效果无疑也是这样。他好像看见乱了分寸的那些人，像困在泥潭里的蛮牛，越想挣出来越是陷得深，越是往死里去。那些蚁虫，想着疯着可却是一个劲往死里去。

多好。黎译宏想。

越想他越亢奋，得意忘形。

他把行动布置了下去，他们刚想进行下一步的行动，可情报来了。

情报是他们的探子从匪区那边弄来的，说是紧急，被火速送到了特工总部。

不是好消息，那情报，让黎译宏蔫软了下来。

"他们把旧币全兑换了……"黎译宏跟李铭铎韩丰有说。

"什么？"两个手下眼睛就大了，现在他们眼睛睁得老大，塞得进孔雀蛋。

"他们能掐呀?"李铭铎说。

"他们会算呀?"韩丰有说。

"他们不会掐也不会算,他们不是神仙,可他们千真万确把纸钞换了……"黎译宏说。

他把手里那张探子们带回的新的苏区纸币举了起来。

"现在他们用了新纸,我看不出这纸有什么不一样。他们放弃了签名,这不是更容易被人造假?"

"怎么办呢?难道我们前功尽弃?"李铭铎说。

"他们不是神仙可他们确有高手是难对付的对手……"黎译宏说。

"我找徐主任去,我们要尽快找技术部门分析出共匪这新钞纸的原料,弄清他们在搞什么名堂。"黎译宏说。

四 到底是祸不单行还是只是个意外?

祸不单行。

等待着黎译宏的又是一个坏消息:九塘的刘亘五被人抢了。

这事很严重,黎译宏一到徐恩曾那儿,有人就把这消息告诉了他,他想祸不单行呀。徐恩曾说:"译宏,你有要紧事赶紧跟我说,我得去趟南京。委员长急令火速前往,不知道有什么重大事情,我想可能跟这个有关。"说着,徐恩曾把桌上的报纸递给黎译宏。

黎译宏注意到报上那个头条:

日本关东军司令官驻满全权大使武藤信义,和伪满洲国"总理"郑考胥在长春签订《日满议定书》,日本正式承认伪满洲国……"

黎译宏不说话了,他知道上头的事多。他想,他的事上头也没法帮他,他汇报给上头就行了,他得自己解决。他跟徐恩曾说:"老师,你去吧,那事重要。这边的事你放心,我自己能解决。"

然后,他去了九塘。

刘亘五被放了回来,但人被折磨得不轻,头上裹着纱布,脸上一块块的红肿。他一见黎译宏眼里就湿湿的:"我没说,我什么也没说……他们打我,灌辣椒水,变着法子折磨我……他们没问我什么,我也没说……"

"他们什么也没问,你说怪不?"刘亘五说。

"我回家种田去。"刘亘五跟黎译宏说。

"哎哎,事情还没个眉目,事情不该就这么完怎么说回家种田的事?"黎译宏说。

"你说说,怎么回事?"他说。

"他们把我那些货都抄了去,那些票子。他们没过问,说你们弄这么一堆废纸,你们真蠢。"

"他们说蠢?"

"是说蠢。"

"是些什么人?"

"不知道。"

黎译宏在那儿找了一天的线索,没找出眉目。他想着,会是谁呢?红军干的?好像不是。

这些日子来,刘亘五一直按照黎译宏的指示在和红军做着生意。他们利用特殊身份,把生意做得还算红火。就算是红军明知道九塘的这家店铺掌柜是特工总部的人,他们也只会尽可能控制和小心应对,不会予以摧毁。他们没那么蠢。这种时候,他们往往利用敌方的一些特殊部门进行边贸,想方设法进口大量的急需物资,他们不会自己断了自己的路。即使要动,也不是这种时候动,红军鬼得很,他们不会这么做。

那只有两种可能,一是复兴社那帮家伙下的手;二呢,是粤军守军里

第九章

那帮黑心人干的龌龊事。

"我想是复兴社他们搞的鬼。"刘亘五对黎译宏说。

"不会吧？我看这可能性不大。"黎译宏想了想，不相信会是复兴社的人。党国的利益为大，不可因个人间社团间的恩怨利益随意伤害国家利益，不管怎么样，复兴社那帮家伙还是深知这一点的。近来调查科特工总部在情报及诸方面都占了上风，他们心怀嫉妒和不满这可想而知，但他们还不至于蠢到采取这种行动。一来风险很大，上峰知道了他们难脱严惩；二来特工总部的情报，对他们来说也有帮助。情报有时候是互通有无的，尤其上峰，总要综合了来分析利用。因此，就是复兴社和特工总部暗地里闹得再怎么凶，但这一点大家心知肚明。

而粤军呢，粤军就很难说了。陈济棠本来就和蒋委员长面和心不和，围剿江西赤匪，粤军蹲守的是匪区的东南大门，但陈济棠一直对上头的指令阳奉阴违。粤军上下都以私利为重，至于剿共，他们只要求红军不对他们形成实质性的威胁。他们为保存实力，对进剿总是睁只眼闭只眼，光出工不出力。何况红军还以利益相诱，红军掌握了钨矿，红军还有些别的好东西可以与之做生意。陈济棠需要大笔的钱以扩充自己的势力。

老蒋你们打红军你们打去，我没违抗中央命令我围着匪区哩，你看我围得水泄不通……陈济棠这么想。

但叫我们往前冲，我陈济棠才没那么蠢，谁也没那么蠢。

灭了红军，接下来就收拾我们？老蒋是个心狠手辣的角儿，他什么事都做得出来。有红军存在，老蒋分不了身，红军就是粤军的一道防护墙，有红军挡着碍着老蒋，天下就太平。陈济棠这么想的。

封锁很必要，围而不打。打就假打，只要红军不主动扰我粤境，反正红军的存在对粤军有百利而无一害。围了困了，东西就稀缺了，生意就好做了。从粤闽弄东西进去，红军会给个好价钱，从红军那里弄钨砂出来，下家也得开出个可观价钱。不是很好吗？陈济棠和手下一定是偷偷地乐哩。

黎译宏当然知道这一切。

"这帮祸国殃民的王八蛋，国家就是亡在这帮贪腐家伙的手上。"黎译宏狠狠骂了一句。

"我看是粤军。"他说。

"何以见得？"

"怪，怪，真怪，你不觉得怪？"

"什么？"

"守军就在不远，离亘五商号也不过半里地吧？不是一点点人马，是一个师。守军为什么不动？哪有劫匪胆大包天敢在大军眼皮底下劫掠的？我看就是粤军所为。"黎译宏说。

他很清楚，这些日子来他一直在秘密调查粤军与红军走私的事，尤其是他们竟然敢和红军走私军火。特工总部的线人曾传来情报，说一直以来粤军就往匪区偷运枪支弹药以牟取暴利。他从五月开始就秘密进行这项调查。当然，也同时在暗中探究粤军往匪区走私的通道、联络形式和具体运输方式等等，尤其是他们和什么人接头，他得弄到证据。也许粤军方面听到了什么风声，再机密，纸也难包住火的。想想也不对，这一切都是绝密中进行的，粤军方面哪来的消息？是我们自己的人靠不住？不可能！他手下这几个都是他和徐恩曾反复挑选也经多次考验筛选出来的绝对忠诚于党国的精英。可能是另外一回事，九塘刘亘五和特工总部所设的几个交通站也涉足做生意，因为特工总部的特殊身份，生意自然做得顺利，财运滚滚。是不是九塘亘五商号的生意招人嫉妒了，有人要坏刘亘五生意上的事？

有这可能当然有这种可能。

黎译宏希望是第三种情况，这样，他就多少有点放心。而前两种，无论沾了哪种，他和他的手下都没法将工作继续了。复兴社把他们视作眼中钉，要真下手了，不置你于死地他们不会罢休。他们要下手，肯定也掌握了点什么。粤军呢，要知道亘五商号的真实身份，他们就不是小劫一场的事了，他们肯定欲置你于死地，他们明白一旦让特工总部的人知道他们与红军走私的勾当，一定要灭口。可要只是生意上招人怨恨，被人施了点"颜色"，亘五商号以后做生意"收敛"点，还可以继续他们的"工作"。

现在他想明白了，树大招风。以前黎译宏没想到这一点，他觉得亘五商号要把生意做大，信誉和口碑就在外了，就好打开局面。一是生意更好做，红的白的都会找上门来，控制的点面多而广，各路情报好得手。更何况生意好做了他们也能顺手牵羊发点财，何乐而不为？可他疏忽了许多事情，生意好了，就抢人家财路了惹人嫉恨。生意好了，还引人怀疑了。反正招人耳目，容易暴露。

"你不能回家种田，我也不会把你调回总部！"黎译宏跟他的这个手下说。

"你想让我怎么样？"

"继续开你的亘五商号。"

"啊？"

"不管是何种情况，你要撤了，就暴露亘五商号的真实身份了……做我们这行的，有时候就是要稳住。有时候对方只是投石问路，一点小动静你就收手，这不明显中了人家的计了？我想我们并没有彻底暴露，可能只是一个意外……"

"我听你的。"刘亘五说，他知道不听也不行，他知道这个顶头上司脑子好使，他说的也有些道理。到底是祸不单行还是只是个意外？他想了许久，觉得可能只是个意外，红军还没有察觉。

五 红军走的一步棋

他们想错了，这回出手恰恰是红军走的一步棋。

刘丙和给苏维埃国家银行送过几回铜,首长就注意到这个虽然脚有残疾但却机灵过人的男人。他跟边贸局的老吴说:"丙和同志就给了我吧,我们那儿需要一个采办。"

吴局长说:"他给不给你这些日子人都在给银行办货,还不都是为你们做事?"

"那不一样,是我们的人就得服我们管,他不在我们这儿我若管人家,名不正言不顺……"

"哦哦……"

"在你们那儿,我总不能使唤来使唤去的吧?"

"哈,在我这里我也使唤不了他,你喜欢他就给你吧。"

首长很高兴,他跟老吴说:"是我们这里需要刘丙和同志。"

刘丙和就这么成了俞启岳几个人的同事。他还是做他的生意,表面和在边贸局一样,和各色人等打交道,但首长给了刘丙和一个非常重要的任务。首长说,银行得有个人随时了解市场的动向,还有商界的一些情况……刘丙和说明白明白,眼镜客讲过,金融和市场密切相关嘛,虽然文绉绉的可道理我懂。首长说不仅这哩,商贩里不少敌人的探子,不少各色人等,你多留心。

刘丙和跟刘亘五交上了朋友,刘亘五当然不会向刘丙和透露什么,但刘丙和可以经常出入亘五商号,尤其是和刘亘五做生意。刘丙和就注意到了亘五商号。

"反正我觉得那个铺子不一般。"他跟俞启岳说。

"哦哦,说说……"

"刘掌柜有很多钱,也很有办法……"

"人家就是有办法嘛,又怎么样?"

"他好打听……"

"会做生意的人都好打听……"

第九章

"我总觉得他神情鬼鬼的,有时候……"

"现在白的来红的地盘做生意在那边是犯法的事,哪个到这儿来的商贩不鬼鬼的?"

"刘亘五初看像个商贩,但处久了,就觉得他先前不是弄这个的,先前他肯定不是做这个,可他说他家几代人都开商号过活……"

"这也不稀奇,现在能跟我们把生意做得风生水起的人,哪一个不是那边有背景的哪一个来路一般?"

刘丙和就直着眼看俞启岳了:"哎哎,我在跟你说我的看法哩,是你们派我去做这事的,你们摊派的任务。"

"现在我一点一滴地跟你说,你老跟我作对似的……"他说。

俞启岳笑了:"我没跟你作对,我跟首长学的。首长说遇事常常反着想想问题,一想就想穿了……"

"你想你肚子里自己想呀,你说出来,说出来好像跟我对着来似的好像是怀疑我好像是说我刘丙和无能似的……"

"哎呀呀哎呀呀,你怎么能那么想哩……对对,我该在肚子里想,我不该说出来。"俞启岳说。

"我把嘴贴上封条了,你说你说……"俞启岳说。

刘丙和就把他了解的情况和他的看法一五一十全说了。

"我看亘五商号是敌人在九塘的钉子,敌方暗探的一个据点……"刘丙和说。

俞启岳把彭铭耀汤有赞几个都叫来了。"你再说一遍给大家听听,然后我们认真地分析分析,然后想想对策。"

刘丙和又把先前的那些话说了一遍。

他们又很认真地分析了一遍,觉得刘丙和的怀疑是对的。但下一步该怎么做,他们有些犯难。有人说应该想法把这个敌特的据点摧毁,这么个钉子就插在我们边界上,说不定会给我们带来很大麻烦。有人说还是留着,也许对我们有用。刘丙和不是已经接触到他们了吗，让他们蒙在鼓里，有时候传些假情报也搅乱他们视线什么的，留着比打掉好，反正已经在我们的视野控制中了。也有人说留当然可以，但得想办法让他们收敛一些，敲山震震虎。再说亘五商号不是搅乱了我们边贸局的一些部署吗，至少在客观上从长远的角度讲对苏维埃的经济有破坏作用，敲一下也是必要的。

交给首长去决定吧。有人说。

俞启岳说："不要什么都往上推，叫我们来是干什么的？首长已经说过，有些事让我们先动脑子，自己不想办法永远没主意没办法。这是首长说的，我觉得他说得对。"

然后就有了他们的研究。

俞启岳带着他的手下认真把事情研究了一下，觉得第三种意见比较好。亘五商号要真是敌特的据点，我们可以利用它，但确实应该让他们收敛收敛。

然后，他们讨论了很久，拿出了一个方案。

再然后，亘五商号莫名地就叫几个蒙面人劫了。

刘丙和和况大胡子喝酒，他刚跟况掌柜做完一笔钨砂生意，他们每做完一笔生意就吃喝一次。况大胡子喝了五盅，醉意就上来了，口无遮拦起来。

"你娘的破×！"况大胡子骂了一句难听的话。

刘丙和愣愣地看了况大胡子一眼："你骂我？"

况大胡子说："你不是东西，说好六担钨的，你只给老子四担……"

刘丙和嘿嘿笑了两声。

"我知道你他娘的见钱眼开，见利忘义……我知道……"况大胡子说。

刘丙和还是笑，他就这样，天生个笑模样，他这副永远的笑脸让他在外朋友多小人少，很容易掩盖掉很多东西，使其人缘好。人缘好，就八面玲珑，八面玲珑生意就好做。

"做生意的谁不见钱眼开见利忘义？……你跟我说的，你说了不止一次。"刘丙和说。

"我……我说什么了?"

"你说亲兄弟明算账,你说的……"

"嗯,是我说的。"

"那就是了,亲兄弟都那样……朋友间更是明算账了……亘五给的价高嘛……我还留了四担给你,你看福成他们连一颗砂都没给你留。"

况大胡子又喝了一杯酒,他眼睛红红的,有怒火和酒气搅和着。

"刘亘五他胡抬价……"刘丙和说。

"他还到处打听我和谁做生意。"刘丙和说。

"这个鬼!"况大胡子吼出三个字。

"我看他来路不正,也是有来头的,像是红军里的人?"刘丙和说。

况大胡子摇了摇头:"红军跟我们做生意做得好好的有必要节外生枝?"

"我酒喝多了权当我胡说喔……"刘丙和说。

"你说你说……酒后吐真言嘛……"

刘丙和说:"我看是南京方面的人,我看是派了来盯你们的……"

"老子废了他……老子把他像只虫虫样捏了。"

"千万别,万一捅了马蜂窝呢?红军好对付,南京方面就复杂了,他们不是一直暗中和你们陈长官作对吗?出口气就行了,给他点颜色就行了……"

就有了那次蒙面人的抢劫。

十几天后,九塘的亘五商号重又挂上新制的招牌,尺寸比先前的小多了,也没先前那块颜色张扬。但鞭炮放了串五千响,在九塘爆响了好长时间。

"我弄响点驱驱晦气。"刘亘五对人说。

当然还请了大仙,风水先生叫人在铺子前门后门放了几响铳,嘴里咿呀着往角落里撒了些细碎米粒,然后用网前前后后兜捞了那么几下,说行了行了,妖邪往东南去了。你们看不见我看得见的,烟似的贴地来,你们看你们看。说得周边人脸都白了。

亘五摆了八桌酒,把该请的方方面面重要人物都请了来。黎译宏来了。他不知道刘丙和、况大胡子也在席间,他们笑着喝着茶抽着烟说着话,然后他们喝酒。

黎译宏在盅来盏去的喧嚣里朝四下看了看。

难说有姓红的姓粤的坐在其间。他想。

也许劫店的家伙就在这些人里。他想。

我不能便宜了这帮家伙。他想,

谁笑到最后,谁笑得最好。他想。

第十章

一 她没想到一块石头会让她又留了下来

有时候有些事像做梦样,谁也说不清。谁能说洪慧瑛那天不是这样呢?

洪慧瑛是肩负家族使命来寻财宝的,她女扮男装做着骟猪阉鸡的营生。她竟然做得挺好挺自在,体验到一种从未感觉到的新鲜和欣慰。她想,也许是山水,也许是民俗人情,也许是特有的文化背景或者说纷争动乱的这种环境……也许是女扮男装和她的阉割手艺?这里面有什么让她乐此不疲,开心得像什么似的。就像抽鸦片,我没抽过鸦片但抽过的人说上了瘾万事都没了兴趣,我没抽过鸦片但我觉得在这地方游走开心得让我对万事都没了兴趣你说像不像抽鸦片?

我不想了,我想不清楚。她想。

她游走了许多地方,这一天她觉得她该回了。要没新鲜感了她就回。她一直是这么想的,也是这么个性格。可她一直亢奋着,一直有新鲜感。她想了想,也该回了。一来自己出来得太久了些,家里总归不放心的;二来既然像抽鸦片,这事就不得不警惕了,什么事上瘾了都不好。

她没想到一块石头会让她又留了下来。

九塘当墟,九塘那地方三县交界红白交界,一当墟尤其热闹,什么人都有。当然洪慧瑛不知道这些,洪慧瑛只是图热闹,据说有商号冲晦气请流水桌。四乡八邻的人都说到那个亘五商号。洪慧瑛想，九塘是热闹地方，我去去又能糊弄些钱。那些日子洪慧瑛骗猪骗出了瘾头，几天不阉鸡骗猪手就痒痒。她喜欢墟集上那些闲人围着她看她骗猪的神情，他们看戏样围着她看，眼里神情很微妙。

那边一个老倌又挑了一只猪来，两只筐，一边是只小猪，另一头是块石头。一只猪当然没法挑，必须用一块石头平衡。

洪慧瑛就是那时呆住的。

老倌哎哎了两声："哎哎，后生，你帮我把这畜生收拾了……"

洪慧瑛还是没动，她没看那只猪也没看老倌。

"哎哎，后生，跟你说话哩。"老倌说。

"你看你不看我也不看猪你呆呆地看块石头？"老倌说。

"你哪里弄的石头？"洪慧瑛终于说话了，她没问老倌别的事只问那块石头。

"山里……压担子，路边随手捡的。"

洪慧瑛三下两下把那只猪阉了，她把阉刀在裤脚上蹭了几下，收拾了那些器具。她没接老倌递过来的毫子，她说我不要你的钱你把这块石头给我另外带我去你捡石头的地方。

他们觉得这阉猪师傅鬼上了身，看上一块石头？走走，我带你去就是！山里要找个宫殿那是没有，要找这种石头那不有的是？到处是这种石头哟。

洪慧瑛就留了下来，跟着那老倌往山里去。老倌得了便宜，心里热热烫烫的话多，一路就说着闲言碎语。偏偏洪慧瑛爱听。老倌说的是山里的事情，一点一滴在洪慧瑛听来都很新鲜。

"走路你得穿草鞋，底软，走在碎石头上也不碍事……"老倌说。

"没事，布鞋也不碍事。"洪慧瑛想，我当然不能穿皮鞋，那也不像个阉鸡骗猪的师傅呀。

"你看你，我挑了东西也比你走得快，你看去像个少爷。"

第十章

洪慧瑛愣了一下。

"我去那边一下。"她说。她觉得小腹胀胀的,她得放放。"我屙屎去,我屎急了。"

"哦哦,我歇歇,抽口烟。"老倌说。

那边洪慧瑛隐进林子里。

洪慧瑛回来时老倌笑笑的:"你这后生,屙个屎像生崽样呀?这么久?"

"我走到山那边去了。"

"屙个屎你走那么老远?那有近两里路了……你看你这人,把块石头当宝?屙个屎走两里路?你以为你身上那坨肉是什么宝呀?"

"走!走喔,再不走天就黑了。"老倌说。

他们赶到那个叫麻坑的地方,天果然就黑下来。

"你看不是?你看不是?好在你只屙一泡屎,你要再多屙泡屎我们就回不来了。"老倌说。

老倌带了洪慧瑛走进那间茅棚,点了根松明,又拨开灶膛里的余火往里丢了几颗薯,很快就煨熟了。他拨出来,那几坨东西烫,老倌不停在手里倒着,然后丢了几团给洪慧瑛。

"山里没好东西待客,就这了。"他说。

洪慧瑛笑笑,接过,剥了一块黑糊的薯皮,一股香气就冒了出来。

"你说的那些石头在哪儿?"

"天都黑了,明天我带你去。就离这儿不远哟,你看你急得。"

"你现在带我去!"

老倌笑笑:"你个后生哟……"

他们点了松明火把,火光很亮。老倌带洪慧瑛到了茅屋后面的溪滩上,那有条溪子,有许多各种各样的石头从山里冲来被冲到这地方。

"就这儿,你看。"老倌说。

"我没骗你吧,你看……到处是……"

洪慧瑛亢奋起来，她拾石头，看着哪块都好，可最终她一块也没捡成。没捡成是因为突然发生了意外，有人从黑暗里跳出来。

"哈哈！我就知道你来捡宝，哈，我就知道会有名堂！"有个声音冒了出来，然后看见几个人影。

突然而至的是漠可的手下。

九塘亘五商号被人劫了，有传言说是漠可干的。漠可跟黎译宏说："你信吗？我跑到官兵眼皮底下去弄那事？我漠可那么蠢？"黎译宏没说话，那意思似乎是信也可不信也可。漠可对这事有点那个。

亘五商号要驱晦气，排流水席。漠可跟手下说你们去那儿看看，九塘是个好地方，你们别惹事，看看去，就当下山走走赶个墟散散心。

几个喽啰真就去了九塘。他们喝了些酒，然后在街子上转悠。一堆人吸引了他们，他们也挤在人堆里看那个后生阉猪。

没想到那后生会和老倌说到石头，他们看到了那后生凑近石头时那双眼睛，眼里有什么闪呀闪的。他们也听到了那后生说我不要你的钱你把这块石头给我另外带我去你捡石头的地方。

他们想，这后生疯了？看着不像。

他们很好奇，好奇之后是怀疑，他们觉得肯定有什么非同一般的事情。

是不是石头不是一般的石头？他们想。

不是一般的石头那会是什么？他们想。

肯定是好东西难说是什么宝贝哩，跟着我们跟着看看去！他们商量了一下决定悄悄跟踪，反正墟已经赶过了热闹也看过了酒也喝了肉也吃了正没个什么新鲜事哩，悄悄跟着！

然后，他们就突然出现在老倌和洪慧瑛的面前。

"哈哈，果然哟，果然来找宝贝。"火把还燃着，火把映着几张狞笑着的脸。

洪慧瑛说："你们想干什么？"她想跑，没跑成，来人中的一个把她按住了。

他们还那么笑:"没想干什么,只是想弄清楚一个阉猪的手艺人怎么会看上一块石头。"

"好了,现在你跟我们走,"他们说。

他们没走成,没走成也是因为突然发生了意外。又有人从黑暗里跳出来:"哈哈!原来是这么回事,都想弄清一个阉猪的手艺人怎么会看上一块石头!"

漠可的喽啰知道事情不妙,螳螂捕蝉,黄雀在后。他们把手里火把丢到溪水里,三十六计走为上计。喽啰们占山为王,应付各种突发情况总是以走为上策。

二　他感觉到那石头有名堂

"黄雀"不是别人,是汤有赞和马拱八。

刘丙和要从九塘弄一批货回瑞金,东西很重要,要做到万无一失。这种时候,刘丙和就会叫上有赞。他跟俞启岳说:"我得让有赞和我去一趟。"他一说这话,俞启岳就知道有重要东西运过来。

"刀币,你跟我走一趟。"他这么喊着有赞。不过这回不仅叫了刀币,俞启岳还派上了马拱八。押运的东西肯定更不一般。

有赞和拱八来到九塘。

他们没能如期回来。况大胡子说货在路上出了点小意外,耽误了几天,你们就在九塘玩玩。九塘亘五商号弄事情哩,我们也去贺贺,喝个酒。

他们就留了下来,他们也真吃了亘五商号的流水席。九塘是个极特别的地方,红的白的官家匪盗商贾工匠艺人优妓……

一切都让有赞觉得新鲜,他说留两天好,歇歇玩玩。

然后,他们去街子上逛,然后就看见那儿有堆人,他们挤入人群。他们也被那个阉猪人的手艺吸引,后来就也看到那一幕。

他们也觉得很诧异,怎么那个阉猪匠就看上一块石头?然后他们商量了一下,决定跟过去看个究竟。但他们没想到,也有人跟他们想的一样,想看个究竟。就有了螳螂捕蝉黄雀在后的事情。

不过,黄雀得手了。

他们把人带回了瑞金。

有赞对俞启岳说:"我看是探子,反正这事有点那个,一个阉猪的看上一块石头?"

马拱八说:"我们觉得事情蹊跷就跟着了,没想到还有人跟……"

俞启岳手里捏着那块石头,他已经琢磨了一晚上了,也没想出个所以然来。"我们会会那个阉猪匠去。"

他把那块石头放在八仙桌上,桌是新桌,漆很亮很黑。一缕阳光从天井口透进来,不浓不淡地照在石头上,让那硬物异常显眼。

"我看不出这有什么,一块石头你把它当宝?"他跟洪慧瑛说。

洪慧瑛眨了几下眼睛,她想,她落入匪徒之手了,不是山匪就是赤匪,都是心狠手辣之徒。虽然看到的"匪区"和外面听到的不一样,但洪慧瑛从没直接跟红军打过交道,她心里没底。在那边听的都是血盆大口三头六臂之类传言,她当然不信那传言,但红军到底是些什么人,她不知道。

谁知道呢?既然落在人家手里,信命吧。她想。

"那不是石头,那是宝贝。"她平静地说。

"看不出,真还看不出……"那个男人也很平静,甚至脸上还带了淡淡笑容。

"你真是阉猪匠?"那男人说。

"我不是!我是个找宝的人,我本来是来找回我们洪家的宝的,但我在日本学的是地质,就是跟找矿有点挨边的学问……"

第十章

男人觉得这个人在耍他们。他们当然不相信。他们摇着头。

"我甚至不是男人,我原本是个妹子家。"洪慧瑛笑着说。

她看见那个长脸子后生愤怒了:"你严肃点,不要胡说!你说实话!"

"我说的全是实话……我本来可以说点假话,可后来想,说真说假现在已经无所谓了,落在你们手里,九死一生。我不能说假话了,我得还我女儿身,要死也堂堂正正死!"洪慧瑛说。

三个男人你看看我,我看看你。

"怎么?你们不信?"

三个男人脸上有几分尴尬,按说他们当然不信。这个后生说他不是阉猪匠,现在他又说他不是男儿身是女人,听上去全像信口诌出来的。但前者可以不信,后者信或不信他们现在都束手无策,总不能验明正身吧。要验证也得请女人来帮忙,边上不远就是被服厂,也有蓝衫剧社的姑娘在不远的地方搭台子准备晚上慰问演出……就是请了女人来也不是个事呀,万一这个人说了假话呢,万一他还真是个男身呢,谁知道?

"好吧好吧,就算我们信,你说说你为什么要冒充个阉猪匠到处游走?我们有人怀疑你是那边派来的探子……"俞启岳说。他只有这么说,他觉得这么说才比较合适。

"跟你们说过我是来找宝的……"洪慧瑛说。

"你说说……"

洪慧瑛就把关于洪家祠堂的事说了出来,她说得很详细。

"你们在漳州弄了一笔财宝,有这事吧?"洪慧瑛说。

"我们那是打土豪,没收不法劣绅的财产,向中小商户动员借贷得来的……"

"祠堂里不那么看……祠堂里的族老要找回来……"

"找回了没有?"

"很多人都在找,漳州不少家族都派人来找……我想,那东西你们藏得天衣无缝,不是那么容易找的,我也只是找找……"

"你这句听上去像实话。"俞启岳说。

"我说过我每句都是实话。"洪慧瑛不看那些男人,她看着天井,天井的麻石上长满了苔藓,有几只小虫虫在那儿攀爬。

"你说说石头。"俞启岳说。

"我想喝口水……"洪慧瑛说。

俞启岳自己去厢屋里沏了杯茶,他感觉到那石头有名堂,如果这个人说的是实话,如果他真的看出石头是个宝,这里面一定有大名堂。他觉得这个人不像在说谎,虽然每句话听去都有些荒唐,但那眼神能看出来,他不像在说谎。

他把茶端到洪慧瑛的面前,看着对方把茶喝完。

洪慧瑛说:"我看着老倌那猪崽好玩,我想去山里看看,所以就说要那块石头,那就是一块普通的石头……不信你看看……"

俞启岳真就拿出那块石头看了看,其实他已经看了很多回了,他确没看出什么来。

"石头就是石头,还能看出花来?"洪慧瑛说。

洪慧瑛就这事上没说真话,她不想说。她知道那块石头的价值,可这些矿产不能落到这帮人手里。她不能说实话,她可以舍弃生命,但不能让国家的矿产落入坏人之手。

"你撒谎……"马拱八说。

"我没有,我骗你们做什么?落在你们手里,九死一生,我怕个什么?"洪慧瑛说。

有赞拍了一下膝盖:"我想起来了,看来确实是一般的石头,这家伙是去接头的,当时有两个男人跟在这家伙的后面……我看这家伙是白军的探子……"

马拱八说:"看来是这样。"

俞启岳觉得这事确有点那个，不是探子，女扮男装做什么？说是替家族找宝，这事说得通吗？别说找不到，找到了你单枪匹马的怎么弄回去？

越想就越觉得像。

他们真叫了蓝衫剧社的两个妹子来完成一个"特殊任务"，两个妹子从屋里出来，脸红红地朝俞启岳点了点头。

三　我不想就这么死

他们把洪慧瑛当做探子抓了起来。他们觉得这事很快就过去了，一个探子，这事好处理。抓着白军的探子，一般都是交给保卫局，探子再冥顽不化硬成茅坑里的石头也没关系，保卫局有办法让他们开口说话。

"知道吗，送你去保卫局你就死翘翘了。"

洪慧瑛觉得落入虎口里在劫难逃。她很镇定，淡定从容。

"我不想就这么死。"

"你看你，你如实说了也许能免你一死……"

"我说的全是实话……我是说我得回归女儿身，我不能这么个样子去死。"

有赞觉得这个妹子有些那个，那话让他心里漫起一阵莫名其妙的什么，惶惶的。

他真的叫人去弄了一套女人的衣服。

"还有还有！"洪慧瑛说。

"什么？"

"你得帮我弄点茶枯，我得洗个头洗个澡的吧，我得干干净净走……"

"你这妹子哟。"

有赞帮她把茶枯拿了来。

"头绳就不必了，我剃过了，留了个后生头，头发没长起来……我想你们会找得到些胭脂吧？"洪慧瑛对他说。

"这东西上哪儿找去？你看这东西上哪儿找？"

"你不是说有什么剧社？他们那儿肯定有这东西。"

"好好，我给你弄去……你是去见阎王你以为你是去见新郎的呀？"

有赞颠颠地跑去蓝衫剧社，他真的弄了点胭脂来。

"你得给我找面镜子吧？我得对镜梳妆……"

"你这妹子真是烦人，你把我当长工使唤哟。"

"好好，不去也成，我去潭边了，潭水是面镜……死囚赴黄泉也有口酒肉吃吧？我不吃酒肉我还个女人身。"

有赞没让洪慧瑛去潭边，上头要他守着这"探子"，他怎么能那么做？不过他还是去找了面镜子来。

"你不要跟我玩什么名堂哟。"他跟洪慧瑛说。

"你看这个。"他手一抛，掌心的那枚镖飞过去，窗框上才扑打着羽翼的一只蛾子，现在被镖钉在了窗框上。

有赞很高兴，有赞看见洪慧瑛的脸上现出一丝诧异，她甚至很认真地挤眉眨眼地盯了有赞好一会儿。

有赞把屋门关上了，他警惕地看着门和窗。他想，我看你玩个什么名堂，你再玩名堂也插翅难飞。

后来，门砰地响了一下，吱呀地开了，有赞就呆住了，这一回傻傻盯着对方的是汤有赞自己。

那个"后生"不见了，站在有赞面前的是一个标致水灵的妹子。他心里有什么突突地跳着，他强蛮地让自己把目光移开。

要是你不是个探子多好，要是……他突然那么想。

很多人都呆住了，很多人都那么想。俞启岳说："看来这妹子说的话还是有部分是实话。"

"那怎么办？"

"首长今天从闽西回来，等他的决定吧。"

他们突然觉得送保卫局不是最好的办法，其实那时候他们都不太想把这个"探子"送保卫局。有人说等首长回来，这建议很好。

四　许多人都挖空心思

别人觉得彭铭耀应当高兴，毕竟制出了鼠毛纸。

可并不是那么回事。印出了新币，彭铭耀亢奋高兴了几天，很快眉头就打起了结。他愁眉不展，有什么让彭铭耀忧心忡忡。

他找到首长。

"有鼠毛掺入印币纸里，但防伪也并不十分有把握呀……"彭铭耀跟首长说。

首长愣了下，首长那些天也有什么一直揪心，没想到彭铭耀也在焦心着这件事。

"你说下去！"

"敌人也不是傻瓜，他们会请专家他们会找行家，他们用不了多少时间就能弄清苏区纸钞的成分，然后迅速地仿制出来，然后就印假币。"

"铭耀，你说得很对。要想办法，未雨绸缪，或者说防患于未然。"

可是办法在哪儿？这事有些那个。

最好的办法是用银和铜，银铸铜铸，用银铸"袁大头"、"孙小头"及墨西哥"鹰洋"；用铜铸毫子。袁大头孙小头鹰洋还有铜钱，这些红白两边通用，不会被敌人造假，造假没意义哟。

可是银和铜从何而来？他们挖空心思，把办法都想绝了。

基本也就那么几种办法切实可行。

一是打土豪筹银子，但土豪也有限，打打就打没了。还有些土豪闻风就把银子拿坛子罐子装了，埋到地里藏到山里，你打也打不出个名堂来。要银子没有，要命有一条，死猪不怕开水烫。

二是动员群众献银子，当然不是捐献，是以物易物。红色革命，移风易俗，客家女子佩戴的各种首饰就成了动员的目标了。墙上标语，街头演说。蓝衫剧社演各种节目，有歌舞也唱戏，做着动员。男人是动员了当红军，女人呢，女人则动员了去动员家里男人戴花上前线，也被动员了拿出银饰铜饰支援前线。

最后一种办法是用钨换银，这办法最稳妥也最稳定。和粤军用钨打交道，不仅换来银洋，还多少缓解了苏区东北面的压力。有钨这块肥肉在，总能吊着粤军的胃口。粤军第一军第一师把守梅关等闽赣粤的通道，仗打得少，生意却做得火热。师长李振球，经营钨砂出口，成立了"双田公司"，然后团长营长什么的都在那公司里有股份。你想就是，他们能舍得这块肥肉？所以，苏区的钨出去得很顺畅，红军能用钨换回枪支弹药粮米百货，当然也能换回银洋。

还有没有别的渠道弄来银子？首长挖空心思，俞启岳他们也挖空心思，许多人都挖空心思。

他们听人说过，太平天国时就有人来这地方找矿，当然有人找到了钨。当然也找到了煤，还有铁矿也被人找了出来。一直就有传言，有钨有铁有煤难道就没有铜和银？一定有，不仅有铜和银，肯定还有金子。

谁都觉得这话有道理，但谁也没找到过。当然，他们知道那些东西难找，容易找那还值什么钱？自古来金银都是稀罕东西哟。

上哪儿找？

首长回来时俞启岳跟首长说到洪慧瑛，起初首长没觉得有什么，女扮男装，乔装打扮，那肯定是有名堂。交保卫局交保卫局吧。可他们说到那块石头，首长就支棱着耳朵了。

"石头?"

"嗯,石头,就是那块石头才引起我们注意。"

"我得见见这个人。"首长说。

于是首长和洪慧瑛见了一面,洪慧瑛还是说着那些重复的话。

首长跟俞启岳说:"把这个人留下来,不要送去保卫局。"

第十一章

一　中间地带

　　季节像个汉子，晃荡晃荡就到十月了。正是金秋，田里禾黄了，山上枫红了，路边和田埂山坡坡上那些草，草尖泛起了微黄。松竹还依然执著地绿。晨起，往日淡淡的山岚不再，但云低风静，那些炊烟难散去，贴了草尖漫走，就弥漫在溪边那些竹梢树梢了，看去与雾无异，其实也是雾，淡淡烟雾哟。

　　偶尔感觉到霜寒，有些萧萧的凉意了。

　　亘五商号重又挂上新制的招牌，黎译宏的心上也像过了场大雨，万象更新。他心情很好，流水席间，他留意那每一张脸，觉得很那个。这些人里，肯定什么人都有，红军的人粤军的人复兴社的人，匪盗三教九流……

　　九塘是个奇怪而神秘的地方，一条河从山里流来，到这地方就岔开了，流不多远却又合上。中间就高起一大片地方，自古就有人在这里筑屋建舍，后来就成了水上来往舟排歇脚的地方，也是南来北往商贾聚集之地，开始了买卖，就渐有了集市，然后就有了码头，货物都由舟排从各处送来。这儿成了个货品集散地，生意人往来的地方。

　　两座木桥连通了外界，一座走东，一座面西。往东是白区，粤军把守；西边就是苏维埃辖地了，红军驻着军队。红白开战后，九塘就成了个敏感微妙的地方。双方仗打得激烈，攻城略地，你死我活，偏到了九塘这儿就没事了。双方需要个缓冲地带，九塘就成了这么个独特地方。

那是个中间地带，你说是红吧，白的人黑的人各类杂色的人在这里来来去去。你说是白吧，红的人却敢在这儿招摇了上上下下……几方都像约好了似的，没人在这里惹事，都相安无事。红的没过界在这里打过土豪劫过浮财，白的也没越境在这里弄过清剿。驻军也都不驻在镇上，隔河而驻。要是有个什么纠葛冲突，似乎都会找到另外一个去处去较量，弄得刀光剑影，拼得血流成河。但在这地方不，在这地方你来我去窄巷里照面打一个招呼抛个笑脸的事常有，甚至会递上根烟唠上几句家常……

节日里，九塘来戏班子。桥东的桥西的，都各自脱了那身灰灰军服，穿着百姓服装混杂了坐在戏台下。开场锣鼓未响，台下嬉笑怒骂，讥言浪语一片喧沸如过年般热闹。戏一开场，就都安静下来随着角色唱词去了远古，此刻没了战事和杀戮，那时候你分不出谁红谁白，说一样的话，抽一样的烟，拿同样一些话题说笑……彼此相安无事就像乡里的邻舍同一祠堂里的族人。

那种情形你很难想象。

二　这个老师真不简单

黎译宏依然抱了大堆的报纸回家。南昌筷子巷尾的那处宅院里，黎译宏坐在自家的院子里。秋里的葡萄架最为丰富，悬缀了些果实，碧绿透亮。小风吹来，那些碧绿东西微微晃摆，越发显出一种宁静。

黎译宏情绪很好，有很长时间没有过这么好的情绪了。南京来了消息，南京方面对特工总部关于"匪币"所做出的工作深表欣赏。对特工总部关于"匪币"的工作满意就是对他黎译宏满意。南京方面已专门委派制纸造币专家入赣,徐恩曾对其已专门作了安排。工作神速且有条不紊,一行人已到宜黄境内。他们到那儿的目的很明确,那里亦多纸坊,且原料相同,他们自信能做出那种纸。

黎译宏知道他们很快就会仿制出与赤匪完全相同的印钞纸。

亏那些赤色分子想得出。黎译宏想。

居然掺入鼠毛。古今中外,闻所未闻哟。他想。

不过也算得他们中有奇才,没奇才想得出这种高招?他想。

但他们没想到道高一尺魔高一丈。这回惊动南京了,这回专家出手了。专家出手,那真好。专家造出的"匪币"肯定难分真假,能以假乱真当然好,特工总部负责派钱花钱,多潇洒的事?你就是财神。他跟徐恩曾说,特别行动小组就用"财神"做代号吧。徐恩曾说,财神,好好,这代号好!若有什么纰漏,那是专家的事。他们只管"花钱",多好的事?人说天上掉不了馅饼,可这不是吗,是天上掉下来的一块大馅饼。有钱花还出业绩,一箭双雕哟。

他们真就给小组定名"财神"。

黎译宏眼下真就有做财神的感觉,他想他歇几天,彻底放松一下。

他叫下人把太师椅搬到小院里。金秋时节,天不冷不热,日头偏斜,光照也不强不弱。黎译宏抱了一大堆报纸,沏了一壶狗骨脑——这茶好,这茶产地就那么方圆一公里地方。本来就是珍稀东西且是红白拉锯地段,一会儿白一会儿红的,那茶就更珍稀了。有人给黎译宏弄了点来,他想,这茶也只有这种时候喝喝。好天气好心情喝好茶。

然后,他聚精会神看报,报上也尽是好消息。

报载:

……据情报,共匪中央局指责毛泽东犯有"狭隘的经验主义"、"极严重的一贯右倾机会主义"错误,撤销红一方面军总政委职务……

……中共广西匪首韦拔群被身边亲信所杀……

第十一章

……由总司令蒋中正亲自指挥的三十万大军向鄂豫皖之匪张国焘部开始新一轮进剿，迫使其残部越过京汉铁路向西逃窜……

……日本武装移民东三省，首批移民四百人出发……

……东北民众抗日义勇军袭击南满铁路十家堡车站，打死日军五人捣毁车站……

……国府因一·二八事变突发迁至洛阳，经中常委决议决定迁回南京……

……东北义勇军收复通辽……日军悬赏十万大洋通缉辽宁义勇军首领朱霁青……

他歇了几天，把什么都放下了，歇得很休闲很惬意。他真想就这么歇下去，人生有时间清闲一把享受一把其实很好。

但他没歇成，假期结束第一天，徐恩曾就找来了。

"我们去趟庐山。"徐恩曾跟他说。

然后，他陪徐恩曾去了趟庐山。秋里的庐山已经透着凉意了，他在牯岭走了一遭，去了特训班那所老房子。

晚上，徐恩曾和他进行了一次重要谈话。

他知道徐恩曾有重要事情和他谈，他是主任的心腹。徐恩曾不仅是他老师，也是棵大树，现在在国民党里混事，没棵大树做靠山不行。他对徐恩曾知根知底，他的这个上司家是浙江有名的大家族，其亲戚是浙江财阀中赫赫有名的徐新六。徐恩曾是靠着钱往上爬的，他知道钱的重要。有钱能使鬼推磨，徐恩曾的许多事都是钱促成的，比如靠大量的钱买通各类眼线，才抓住赤匪要员顾顺章，从而又捕获共党总书记向忠发等大量中共要员，彻底摧毁共党在上海的老巢，顾老板在党国在蒋委员长面前是有功劳的。这哪样不是钱在让鬼推着磨？但成也萧何败也萧何，徐恩曾和黎译宏都不知道，在其后的某天里，也是钱毁了徐恩曾的前途——九年后徐恩曾竟然为钱参与中印缅边境交通线走私案，被死对头戴笠抓住把柄，戴笠向蒋介石告密，从此徐恩曾一蹶不振。

那是其后发生的事,现在不是那样,现在徐恩曾如日中天,不仅是棵大树,简直就是一座大山。背靠大树只是好乘凉,但背靠大山呢,说不定就能青云直上。黎译宏当然清楚这些。

"我要回南京了。"徐恩曾对黎译宏说。

黎译宏想起离新街口不远的正元实业社,三楼一间屋子里,也有他的办公桌。

"现在校长的心思放在鄂豫皖方面,收拾闽赣赤匪看来要来年了。"徐恩曾说。

黎译宏知道徐恩曾的心思,国府迁回南京了,委员长一心扑在鄂豫皖剿共前线,徐恩曾是担心有人背后玩特工总部的名堂。人不在南京,就难说有人有动作。人坐镇那地方,且不说那些人会收敛些,就是真有事,也是火起灭火,水起阻水。在那地方坐镇要迅捷便利得多。

黎译宏说:"您是得去南京,那边的事得您在才压得住阵……"

"你听到什么消息了?"徐恩曾问。

"没有……复兴社那帮人不是一刻也没停歇吗?"

"明枪易挡,暗箭难防……译宏你在这边要多留点心。"

"上次复兴社在漳州失了手,如今又把粤军的财路断了几条,和粤军那边结下了梁子。红军就更不用说了,掐掉了红军的几个交通站,还杀了他们不少人……"

徐恩曾说:"自以为是,事情都让他们这帮家伙搅乱了……"

"就是。"

"译宏,你小心……我走后这里一切就靠你了,不要像复兴社那帮人,急着邀功请赏。我们还是那原则,功当然要立,但利害关系要弄个明明白白,有些事情要讲究动脑子……一箭双雕甚至多雕……"

"老师,我明白……"

他们谈到很晚,黎译宏知道,徐恩曾这一走,可能很长时间不会来江西,南京那边事态也纷呈杂乱,够他应对的了。鄂豫皖战事正酣,特工总部在那边也得有所作为,方方面面,主任也是激流里行舟,一刻也松懈不得。主任所说的"利害关系要弄个明明白白,有些事情要讲究动脑子",黎译宏是心领神会的。红军也许是棵摇钱树,很多人都利用了这树摇下许多的钱来。徐恩曾当然也不会轻易就放过这么一棵"树",不仅不放过,且要摇出水准,尽可能地摇下金银来。

"译宏呀,知道我为什么要带你来庐山?"

黎译宏觉得有些诧异,他想不出徐恩曾为什么突然问他这么个问题。

"你带我来也不是一次两次了……"

"是呀,很多次……你说说为什么我带你来?"

黎译宏想了想:"是蒋委员长来的缘故……"

"那校长为什么爱上这里来?"

黎译宏说:"凉快呀,风光好呀,清静呀……"

"你看你就看表面那点东西,你就不会往深里想想?"徐恩曾笑着说。

"往深里想?"

"庐山是奇山呀,大江、大湖、大山浑然一体,雄奇险秀,刚柔并济……"

"嗯嗯……"

"你看这山川,崛起于平地,巍巍峨峨……你读过关于庐山的书没有?"

"学生才疏学浅,未曾涉猎……"

"你要读过你就知道……庐山的形成经过了漫长复杂的地质运动:先是震旦纪在浅海底开始沉积,经过'吕梁运动'又慢慢升出水面受到锉磨,其后下沉淹没于汪洋继续得以洗礼……"

"哦!"

"直至白垩纪时发生'燕山运动',掀起'褶皱'重新露出水面,断块续升,定型山的骨架,又经长期积雪覆盖,到四世纪末地球变暖,再经更强烈的冰川剥蚀,因而造就了其崔嵬孤突,峥嵘潇洒,雄俊诡异,刻切剧烈……"

"真不容易……"

"译宏,你说对了,就是这'不容易'让校长器重这山……"

黎译宏觉得徐恩曾真是了不得,能从这里看出领袖常来庐山的意图,难怪蒋委员长那么信任他,看来是有道理的。

这个老师真不简单。他想。他身上的东西够我学的了。他想。

这棵大树当然也不是普通的大树。黎译宏想。

"我明白老师的教诲……不会让你失望的。"黎译宏跟徐恩曾说。

他下山后没耽搁,立马去了宜黄。

三 国家总不能像城头的塔

洪慧瑛又回归了女人装束和扮相,她很开心,她没想到是在这么个地方和这些一群人里又回到了从前。那天她安静地睡了一晚,什么也没想。

她觉得既然落入虎穴狼窝,害怕也没有用的,大不了是一个"死"字。她把自己的一生都过了一遍,觉得没什么好遗憾的,可是脑壳里出现那块石头时,她心上凉凉地掠过一点什么。她觉得就这让人很遗憾。只有她知道那块石头的价值,她在东京帝国大学的标本室里见过这种石头。她知道那石头里含一种叫铍的东西,铍是种稀有金属。这种叫绿柱石的石头里含铍,而这种石头里可能就会有绿宝石。铍的希腊文原意就是绿宝石的意思,绿宝石是绿柱石矿的变种。你想就是,宝石呀,当然是很有价值的。但更重要的是,有铍的地方往往有其他矿石共生,比如铜锡,甚至可能是金银。

她在日本留学时那个大胡子导师跟她说过,为找这种石头,他走遍了

第十一章

整个非洲。

可老师没找着,老人一生都很遗憾。

她想她导师运气不好。其实有时候人和矿石就跟人和人一样,"众里寻他千百度,蓦然回首,那人却在,灯火阑珊处"。古人的话说得多好!

人和人相遇讲究缘分,人与石头呢?更是一种缘分吧。

怎么就会在个山里老倌的猪笼子里看到那块石头呢?

可古人也说:"乐极生悲,物极必反。"也正是因了那块石头,她才被人抓到这地方,才被他们关不像关禁不像禁地留在这种地方。

还真是乐极生悲哟,世间的事真说不清,才看到晴暖的太阳,立马又掉入黑洞洞的冰窖。

他们把她留在了这地方,还找了个妹子和她做伴。她知道他们的用意,这个叫满秀的标致妹子是他们派来监视自己的。这没什么,有个说话的人也不错,何况这妹子天生一副好嗓子,歌唱得甜美动人,整天喉咙里憋不住。人说无风不起浪,世上真就有那么种人,有事无事有风无风的都要唱,喜也唱忧也唱苦也唱甜也唱。满秀生来就是唱歌的,不唱歌的时候,洪慧瑛就跟她说话。

"我想不出为什么你个清秀单纯的妹子要跟一帮男人为匪为盗?"洪慧瑛说。

满秀看着洪慧瑛说:"姐,看你睁了眼说瞎话哩。"

"我也走了不少地方,到处都是杀气……"

"红军杀的是土豪劣绅。"

"把一些出类拔萃的精英都杀了灭了,国家还有什么希望?"

"咦?姐你这么说呀?国家是谁的?还不是大家的,弄得国家好像是那些少数几个人的一样,有好处有财发就谈国家什么的……"满秀有些激动,她亮了声说。

"国家总不能像城头的塔……富人就尖尖上一点点,压着塔下劳苦大众。塔尖上的人风风光光作威作福，塔底下的受罪受苦做牛做马……"满秀说。

"说国家没希望，外国列强把咱们中国当肥肉一点一点吃了吞了才彻底没希望……"她说。

"日本人都把东三省给吞了占了，还要侵吞我们整个国家，蒋介石放着日本人不打，专打内战打中国人这就有希望了？"

洪慧瑛像看个稀奇东西那样惊诧地看着满秀，眼眸儿一动不动。

"你那么看着我干什么？我是怪物？我说错了？"满秀说。

"真没想到这些话出自你的口哟……"

"我是听来的，我在列宁小学识字班学识字……我听首长们这么说哩，我学舌哩。"满秀说。

"学舌是学舌，但道理是这样的吧？"满秀说。

洪慧瑛摇了摇头。

"你看你摇头，难道我说错了？难道首长说错了？"满秀说。

洪慧瑛沉默着。

"你看你像个学问人，可你不讲道理。"满秀说。

"我不叫你姐了……他们让我叫你姐，让我叫亲切些，我想那么叫的，可你是个不讲道理的人……"满秀说。

"我不叫你姐了。"她说。

"我不想叫你姐……"满秀说。

满秀蔫了，歌唱得也少了，她见着洪慧瑛时脸上也没了笑。不仅没了笑，还挂了些东西，成天绷得紧紧的，像是人家借了她的米还的是糠。

洪慧瑛倒是在心里笑了，这妹子像我，她想。

她没生气，倒是觉得这事有点意思。你不认我做姐，我倒要认你做妹了，洪慧瑛想。

她放松了下来，人一放松就会变得亲切起来。

第十一章

人就这样，满秀开始不满眼前这标致的城里女子时，洪慧瑛却开始喜欢满秀了。

洪慧瑛不让满秀伺候了，什么事她都自己来，有时甚至还帮满秀做点什么。满秀依然对洪慧瑛没笑脸，但洪慧瑛似乎一点也不在意。

满秀找到俞启岳："我回剧社去了喔？"

"什么？"

"那女人什么都做得了，那女人能干得很，用不着我伺候……再说我也不愿意伺候……"

"你看你？你这么说……这是派你的任务，没接到让你回的命令……"

"反正也用不着我什么，我不能在这儿闲着呀。"

"没命令让你离开你不能离开……再说就是不做事，你还得监视呀，人要跑了怎么办？"俞启岳说。

"人要是跑了要是有个三长两短首长要找满秀哟。"他说。

满秀想想也是，她不明白上头为什么要留下这么个人，他们叫她看住这女人，他们好像把这女人当宝贝。满秀和这女人处了好些日子了，她一直留心这事，她看不出这女人有什么重要的，既不能从她嘴里得到情报，也不能从她身上得到钱财。

那图个什么呢？她想了很久想不明白。

后来她不想了，想明白想不明白一回事，她得在这儿待着。这是命令，队伍上讲这个，军令如山，不是儿戏。

后来，她就被洪慧瑛的言行感动了，不，是被那笑脸感动了。

洪慧瑛一直把那笑容挂在脸上，本来就漂亮的一个女人，那笑脸一直就那么灿烂着，如花似玉的一张脸，看去就更是一朵花了。

终于有一天，满秀心上什么地方一下子软了。她蹲在那里，嘤嘤地哭。

"哎哎！满秀妹子，你哭什么？"

满秀不说话，只抹泪。

"有人欺负你了？你受委屈了？"

满秀摇头。

"家里出了什么事了吗？"

满秀摇着头。

"那你哭成这样，你看你哭成这样？"

"我……我又想叫你姐了。"

洪慧瑛笑了起来："这事呀？想叫你就叫呗，这还是个难事？这还有道理哭？"

"笑死我了……你要笑死我呀？"洪慧瑛说。

两个女人，一个捧腹大笑，笑得肆无忌惮；一个嘤嘤地哭，哭得神情蹊跷。远远的似乎有人往这边看。那是有赞，有赞探了下头又探了下头。

洪慧瑛止住了笑："有人看我们哩。一哭一笑，疯了？"

满秀把泪抹干了。"姐！"她响响亮亮地叫了一声。

"哎！"洪慧瑛响响亮亮应了一声。

"我要跟你学认字……"

"其实我也要跟你学……"

"姐你看你说的，你跟我学个什么？"

"学很多……至少山歌你能教我的……"

有人围过来，挤眉眨眼地看着两个女人。

"你们那么看我们做什么哟，眼神怪怪的，看得人心里长秋草。"满秀说。

"你们刚刚怎么了？"有赞问。

"什么怎么了？"

"一个笑，一个哭的？"

"哎哎，哪个笑了哪个哭了哟……你看你这刀币……"满秀说。

那几个男人互相看看，然后大惑不解地摇了摇头。

"有赞你掉进臭虫窝了吧？脑壳里爬满了臭虫哟。"满秀说。

"要不就是踩翻了猪食盆盆，弄一脑壳潲水……"满秀说。

"姐，你说是不？"她笑笑地说。

有赞几个识趣地离开了，他们知道满秀那张嘴，满秀那嘴不仅歌唱得好，斗嘴更是在行，那几个男的加起来也不是她对手。

两个女人又融洽起来，洪慧瑛不只是感觉到融洽，她觉得自己渐渐在被什么融化。这些天洪慧瑛总在想着满秀说的话，人都有自己的追求和念想，这些人追求理想追求平等和幸福生活这并没什么错，错的可能是方式。但她细想想，方式也没个什么错，自古以来国人不都是这样的吗？朝代的更替靠的就是"匪盗"举事。成则王败则寇，从古至今都是这样。他们说赤匪，他们说妖魔，可自己在这里游走这么些时日，感觉却不是那么回事。耳闻目睹，皆与先前所闻不一样，血盆大口，三头六臂，哪有？胡说八道的嘛。虽然她不赞同暴力革命，她不敢苟同革命和造反，但她很同情这些人，也渐渐从熟悉而生出欣赏。她想，至少他们可以做朋友，说不上和这些人志同道合，当然更说不上和他们"同流合污"。她只是和一些有着自己追求有正义感的人在一起，他们是她的朋友，她很愿意帮帮他们。

她知道他们需要她的援手。

比如她教满秀识字，给她讲她不知道的许多事情。

就这样，洪慧瑛很快和这些人融到了一起，

有赞跟俞启岳说："那女人还真有些变化了哩。"

俞启岳说："当然，她头发长长了呀，越发像个女人了……"

"好像不只这吧？好像……"

俞启岳睁大了眼那么看了有赞一下："好你个刁币哟，你成天瞄看妹子家呀？你偷偷地看？"

"你看你老俞这么说？"

首长来过一次，首长是来看洪慧瑛的。他说我来看看我们的客人。首长很和气，首长和洪慧瑛说了很多话。

然后，他们说到那块石头。

"那确是一块非同一般的石头……"

"跟你一样，你也是个非同一般的妹子……"

"有些人和石头是有缘分。"

"有些人和人也是有缘分的。"

"那是……"

接着，洪慧瑛说到石头，她说这是一种矿石，所含的元素很多。她讲了些关于矿石的专业知识，听得几个男人云里雾里。

"知道吗，这一带山里都是宝，有铁、铜、铅、钨、锡、钼、铋、铍、金、银、锂、铷、钽等矿石……"

"我们只知道钨矿还有煤……你说的这些从没听说过……"

"这是学问。"洪慧瑛说。

首长说："对对，这是学问，姑娘是个有学问的人……你们听着没有？学问这东西就是神奇，你不懂你就当做压猪笼的石头了，但你懂你就知道那是稀世之宝……"

首长那天很高兴，他和洪慧瑛谈了很多。

有赞和马拱八都觉得有点那个，就是说他们有点不服气，风头让个妹子家抢了，他们能服气？他们怂恿彭铭耀。他们觉得眼镜客学问大，洪慧瑛说的那些他应该听得懂。有赞把那块石头给彭铭耀，彭铭耀还真拿起那石头看了半天，到底还是摇了摇头。

"我都看过无数次了，我看不出什么来。"彭铭耀说。

"我以为你能看出名堂。"有赞说。

"你镖飞得好，也未必长矛使得利落。"彭铭耀说。

有赞没话说了，他嘴角动了动，想说句什么，没说出来。

他们不知道，那时候彭铭耀正在给自己暗中鼓劲。他要好好研究关于地质学矿物学的知识。地下交通站从香港弄来了关于这方面专业的书,他抱了很多到他的小屋子里。他们更不知道,首长对于洪慧瑛的出现,心里充满了喜悦。真是天助我也,首长想,也许这个人能帮我们解决大问题。

首长想的是铜和银。

四　只有洪慧瑛知道满秀是怎么回事

汤有赞和彭铭耀这些日子有了些变化,那种变化是悄然无声慢慢发生的,可他们两人谁也不承认这种变化。先是有赞,有事没事总往洪慧瑛那儿跑,说是找满秀,但却和洪慧瑛话说得多。彭铭耀倒是用不着往那地方颠,他名正言顺。他研究纸钞,首长交给的任务。洪慧瑛也参与了研究,是自己愿意的,她给这些人作贡献出力气。当然首长很客气,首长说请你帮帮我们,这就算是邀请了。

所以,彭铭耀不必自己上劲动心思,他有机会和洪慧瑛在一起。

他们说话。

"我没想到一个妹子家会去学地质。"

"我喜欢往荒山野地里去……"

"一个妹子家……"

"生我那年,我上头已经有五个姐姐了,我爷觉得我应该是个伢,可却不是。"

"哦哦。"

"可他们把我当伢养。"

"就把你养成这样了?"

"真的。"

"我不信。"

"你不信你不信去,但事实就是这样。"

"哦!"

"你信不信嘛?"

"就算我信吧。"

"你看你说就算?你这人……"

"可你一个妹子家就学了这手艺?"

"也不是手艺,都是命……"洪慧瑛说。她本来不想说的,那些事,也没什么好说的。但彭铭耀说起这事,就顺着话题说开了。

"我们家祠堂送我去学堂,在福州那年说是要送几个人去日本,我去考了,考上了。"

"你怎么就去日本学了这么个手艺?"

"我考上了呀!"洪慧瑛说。

"哦哦!"

"我考了第一名,他们说一个妹子家漂洋过海的,得不偿失。我说这有什么,我偏要去。我就去了。"

"哦哦……"

"你看你老哦。"洪慧瑛笑了起来。

彭铭耀就不哦了,他们研究事情,谈矿石或者印钞纸什么的,有时还去田埂苗圃等地方。当然他们不是去田埂苗圃散步,更不是谈情说爱。他们肚子里有墨水好钻研个事情,附近乡苏的同志就请他们空闲时去看看田里青苗的情况,实则是指导农业生产。他们双双对对地出入,在外人看来一对男女门当户对的样子。但彭铭耀没一点什么想法,就算是洪慧瑛留了长发,着了女人衣衫,在他眼里,似乎一直还是初识的那个后生。

可有赞不这么看,有赞看见彭铭耀和洪慧瑛两个人双双对对,觉得心里长出堆乱草,再看彭铭耀时,有赞眼里分明有某种东西。

这东西让彭铭耀觉得很奇怪。

第十一章

"刀币，你怎么了？"彭铭耀问。

有赞说："眼镜客，你不记得你是怎么从单坎出来的了？"

彭铭耀没想太多，他以为有赞想到单坎那地方的险峻："我走出来的呀，那地方路是难走，但我是和大家一样走进去走出来的。"

"你以为你能飞进去飞出来呀！"

"就是，我又不是鸟，我也不是神仙……"

"你不是鸟不是神仙你也不是人！"

彭铭耀没想到有赞会这么说他，有些诧异："你骂我？好好的你骂我？"

"我骂你，你不是人，是黄眼狗……不是我跟他们举荐，你还在那儿挖矿……"有赞有些激愤地那么说。

彭铭耀大感不解，他眨巴着眼睛。

"当然，没你举荐，别说离开单坎，别说还在挖矿，也许我早没了，也许一块大石头落下来把我砸了压了……"

"知道就好！"

"我一直感激你的呀，我一直把你当兄弟看。"彭铭耀说。

"鬼！"

"你看你说鬼？"

他们莫名地吵了起来，然后，很快又和好如初。旁人觉得莫名其妙，但满秀看出了端倪。满秀不跟洪慧瑛说，满秀不跟任何人说。满秀那脸也阴沉了，嘴撅起来，满秀这副样子同样有些莫名其妙。

她黑了脸走到彭铭耀的跟前："不错！你哪只是黄眼狗喔，你是只瞎眼狗！"她丢给彭铭耀这么一句。

彭铭耀愣愣地看了满秀好一会儿，脑壳里琢磨着这话的由来，突然他一拍脑壳——对对，满秀和刀币是不是两个人有意思了？你看刀币一说话，满秀就黑了脸来帮腔。好事呀，好事。他那么想。这么想，他就没了气恼，脸上倒是笑笑的。

"哦哦,是瞎了糊了,看不到对面两只鸟儿鸣春。"彭铭耀说。

满秀愣了,有赞也愣了,什么乱七八糟的?对面两只鸟儿鸣春?这深秋天气,鸟儿都早早归了巢,哪有鸟儿成双成对鸣春?想想,满秀突然悟到彭铭耀话里意味,脸先是飞上一片红云,继而又黑了,怒火中烧的样子。

"你个眼镜客哟!你真是臭狗屎蛆虫猪狗……"她号哭着,突然地大骂了起来。

彭铭耀呆了傻了,他不明白好好的这妹子怎么就变成这样?他想问句什么,但满秀没让,满秀的哭声骂声盖过了一切。

满秀把什么难听的话都从肚里倒了出来。哭声和叫声惊动了大家,人们往这边走拢来。他们从没见过满秀这样,一个文文静静的妹子突然变得泼妇样?他们打听着,有人在咬着耳朵。他们互相说着什么。

就这么个事呀?就眼镜客一句话呀?他们想。

那满妹子也有些太过分了。他们想。

人家眼镜客开玩笑哟,人家就是一句说笑的话,你满秀要当真也没什么,用不着发那么大脾气。他们想。

他们大惑不解,他们云里雾里,满秀不是这样的妹子呀,今天怎么了?

他们用眼睛睃洪慧瑛,他们觉得两个女人天天在一起,洪妹子应该知道些什么。

确实也是这样,只有洪慧瑛知道满秀是怎么回事。

洪慧瑛掩口咕咕地那么笑,她笑着,她偷偷那么笑着。她没劝说满秀。她跟大家说你们让满秀哭哭,你们让满秀骂骂。

大家又慢慢地看着洪慧瑛,今天真是个奇怪的日子,怎么那么多让人奇怪的事情?

洪慧瑛记得那天的事,两个女人在山里走着,洪慧瑛说找矿石,满秀陪着她。她们背篓里装着些好看的石头,休息的时候,满秀坐在大石头上把篓子里的石头一块块拈出来看。

第十一章

"姐,你真了不得,你肚子里怎么装那么多学问?"满秀说。

"有学问的人多哩,我不算个什么。"

"看你说的,不算个什么?你要是个男的,我死活要嫁给你。"

"满秀你也到了要谈婚论嫁的年纪了……"

"姐你都不急,我急个什么?"

"我相过亲的哟,但不想早早嫁人,那家人逼着说年内要把婚事办了,我就找了个理由到你们这地方来了……"

"他们不逼你,你也许就不来了。"

"是哟。"

"那我们就不认识了。"

"那当然……"

"缘分。"

"就是,是缘分……人和人有缘分的,说不清……"洪慧瑛说着,她突然想起点什么,"你想找个有学问的?"

满秀脸红红的:"像你一样。"

"远在天边,近在眼前。"

满秀愣了下,她明白洪慧瑛那一句话的意思了,她知道远在天边近在眼前说的是谁,还能有谁?是眼镜客。她确实也佩服那个男人,可钦佩归钦佩,钦佩不是钦慕,现在洪慧瑛这么一说,好像那虚无的什么就突然具体了。那些日子满秀见着彭铭耀心上某个角落就热热地软了,看彭铭耀时眼光就格外不一样。但彭铭耀一直没感觉出来,他还是和满秀那么说话那么无拘无束。

洪慧瑛说:"满秀,我帮你做媒吧,我帮你点透。"

满秀摇了摇头:"我就不信他眼镜客木头人一个!"

洪慧瑛说:"他当然不是木头人,他眼神不大好。"

满秀就当真觉得一切是因为眼镜客眼神不好,她没当回事,她觉得有些事是水到渠成的事情，到时生米就成熟饭了，不急不急。她常那么想。一个妹子家急这事羞死人了。

她没想到彭铭耀会把她和刀币想到一块儿去。她没想到彭铭耀会说什么鸟儿成双成对鸣春。她什么都可以原谅，唯独这让她怒不可遏。

她发飙了，这一次的发飙空前绝后。

好多年后她知道一切都是命，她似乎也知道她和彭铭耀几乎是不可能的。那些日子，她看出眼镜客似乎根本就不往这方面想，他就是那么迂呆的一个人。如果他真要往这方面动心思，看上的也不是她满秀哟。那个眼镜客虽然眼睛离了眼镜就睁眼瞎一个，但有一点他是眼明心亮的——谈婚论嫁，他当然知道谁门当户对。他个书呆子总也离不开学问吧，总得跟人说起那些学问吧，跟她满秀说？笑话，她满秀连字都不认识几个，能谈个什么？当然就是洪慧瑛了。这么想，满秀就安静了下来，想想那天自己发飙的情形，禁不住哑然失笑。

第十二章

一 他想着财神爷降临他家的样子他想着那些钱他睡不着

凡大老倌夜里受了点风寒，起身去茅厕。门外风冷，他犹豫了下，但还是决定出门，他怕婆佬那嘴，拉稀屎臭，他不能在马桶里屙。屙在马桶里会让婆佬叨叨个十天半月，他受不了。

他打开门，门槛边月影里一团东西。老倌想，你个懒猫哟，天寒地冻的你窝在这地方？你不捉老鼠你吓吓它们总行的吧？

老倌跺了一下脚。

那糊影一动不动。

他气恼地踢了那糊影一脚，那团东西滚了几滚，在那地方一动不动的了。

那不是猫，也不是石头，不软也不硬。凡大有些奇怪，他弯腰捡了起来，是些纸东西。他去灶膛里扒了些残火，把些松毛塞到灶膛里弄燃了，灶口有一团火光，就着火光凡大老倌认出那是些什么东西，就愣了傻了。

"呀呀！"他叫出了声。

然后老倌往自己大腿上捏了一把，仍然觉得似梦非梦的，索性就把手伸进灶膛，指尖被火燎了下。不是梦，指头火烧火燎地疼哩，怎么是梦？

那是一捆钱，不是一点钱，是一捆。

他心里钻进只兔子，在那地方跳着蹿着，竟然一度手足无措。他把灶里火弄熄了，在黑暗里站了好一会儿。四下里静静的，天上地下，前后左右，没什么异样的地方。风在屋外不紧不慢地刮着，时不时有狗的吠叫夹在风里四下里蹿了，风和狗叫声，从门缝瓦缝里钻进来。

可凡大老倌觉得奇怪，风一点也不冷。

已经是冬至时候，风怎么一点也不冷的呢？他想。

也许真有财神，也许神仙来了天就不一样了。他想。

管他呢，现在我得把东西放好。他想。

凡大老倌找了个坛子，把那捆钱放进坛里，然后把坛子埋在谷堆里。想想，觉得不对，又拿了出来。

他藏了几个地方都觉得不妥，后来，他在老墙那儿抠出个墙洞，把坛子放了进去。

再躺下去，凡大老倌就睡不着了，不仅睡不着，而且老觉得不安生。他想着财神爷降临他家的样子他想着那些钱他睡不着，他起来了好几回，鬼鬼祟祟的。

婆佬说："你老起身，你看你不让人睡觉。"

"我尿多……"

"你没喝什么汤汤水水，你也没喝酒，哪来那么多的尿水？"

"你没吃话也没喝字，你鬼东西废话不是也这么多？"

"鬼打你脑壳，碰到鬼！"

"碰到的是财神……呵呵……"

"鬼信！"

"你不信你不信去……"

"鬼打你脑壳，想发财想疯了？"

凡大没再理会婆佬，他觉得他该做件事，这事很要紧。

凡大老倌拎了些香烛去上云寺。

第十二章

寺里香火很旺，是突然那么旺起来的。那个守庙的老和尚也觉得有些不解："今天真怪！"

"哦？"

"来庙里敬菩萨的人多起来，说是来还愿的……"

"怪……是有些怪……"凡大老倌说，他没说他也是来还愿的。他点了香燃了烛，在那儿有模有样地跪了，额头挨地磕了好几下，然后匆匆回了家。他以为能好些，可他还是静不下心来，身上真像中了邪，什么东西七上八下地蹿。

蹿蹿，在心上蹿出个念头。

"叫麻伢回家！"他朝着屋门那里说了一声，当然，这话是对着婆佬说的。

婆佬看着男人："好好的你叫麻伢回家？"

"叫他回！"

"麻伢在队伍上好好的，你叫他回？"

凡大老倌眼就鼓了，口气凶凶的："我说叫他回就叫他回！"

"我们分了地，我们也分得了屋，我们得了红军好处……你说叫他回就回了？人不能这样……"

"我说叫回就回，他是我儿子！"

"那地呢？屋呢……家里好多东西都是红军给的……"

"退了去，都退还他们就是，我不要了我们刘家不要了，退了去退了去……"凡大老倌说。

"疯了，疯了哟！"

"你才疯了！"

"你个鬼！"

"你个鬼！鬼鬼鬼……"

婆佬觉得事情不妙，老倌子神情话语全不对。婆佬想了想，她得去找六指神汉，她得叫神汉来驱驱邪。

婆佬离屋去街子上那会儿，凡大老倌关了窗又闩了门，又从墙洞里抠出那捆东西。

一大堆的钱哟，家财万贯了哟。

凡大老倌心上那只兔子又跳蹿了起来，跳出那张老脸一脸的笑。

然后，凡大晃荡到了后龙林子里，他知道后龙山是镇子的龙脉，他想他得找找看，龙脉是什么时候抖颤到了他家屋子。他没看出有什么异样。然后，他就去了山里，他要找那几样草药。他很快就找到了，那几样草药他知道有什么效用，他爷爷当年告诉他的，但他从没用过，这一回凡大老倌要用用了。他想他得用用，那东西能有用。

凡大老倌回家时，婆佬已经召六指来过家里。她看见老倌捏着一把树根草叶什么的，脸上又挂不住了。

"哎哟，你弄根根草草的干什么？"

凡大不吭声，他已经把主意想好了。婆佬絮絮叨叨的让她废话去，我不理她，我决心已下，九头牛也拉不回。

他点着了炭炉，然后把那些树根草叶剁个细细放进药罐里熬了，熬出些黑水水来。

"我头痛，我熬些草药。"凡大老倌跟婆佬说。

"喝了睡一觉就好了，没事的。"他跟婆佬说。

他睡了一觉，但没像他说的那样第二天就活蹦乱跳的。凡大老倌脸黑了，人蔫得像冬霜打过的草。婆佬急了，她说："老倌子你怎么了哟？"

凡大老倌说："我迷糊着见着阎王了，阎王召我去哩。"

婆佬说："呀呀，你鬼打脑壳你说胡话……"

凡大老倌说："我怕是真不行了，我没几天了……你把麻伢叫回来吧。"

婆佬呜哇一声号哭起来，她找到乡苏主席。

"我家老倌子那个了……我家老倌子要归天了……"

乡苏主席刘予年说:"怪了怪了,镇子上好几个老倌突然就都摊尸在床了,都说病得不轻,出鬼了呀?"

婆佬说:"是哟是哟,前天夜里就碰着鬼了,六指先生去过也是没用。"

乡苏刘予年度眉头就皱了。天爷哟,这边扩红的指标任务还没个着落,那边老倌们都病倒了要把儿子从队伍上叫回来。

二 怕是天要变了

刘麻有接到家里捎来的口信,觉得事情很紧急。一般娘不会这么捎口信的,人家说你家爷横在床上了,你娘说看样子没几天了。

"我爸病了。"刘麻有眼里红红的跟连长说。

连长说:"我们也接到乡苏的信了,你别急,上头会作安排。"

师部当然要考虑这个问题,这不是个小问题。从井冈山上下来,开辟赣南闽西根据地已经三年,仗打了无数,反击白军大的围剿有过四次。别的不缺,人都英勇,客家人自古多骁勇善战,勇气不缺。但你想就是,就这么大点地方,就这么些人口,红军缺的是兵源。白的不愁这,白的在全国那么大地方征兵拉夫,他不愁。红军呢,就那么大一点地盘,人口就那么多,打仗年年有伤亡,就得有兵源补充。哪儿去征哪儿去召?

扩红的事一直困扰着红军上上下下,也困扰着各级乡苏。现在却突然遇到这么一档子事,队伍里有很多士兵家里横生了事情,家里都十万火急。不让回吧,红军为工农,于情于理说不过去;让大家回,可敌人新的围剿在即,本来就敌强我弱的形势就更加恶化。

上头开了个会,决定很快就下了。不管怎么样,让士兵回去。军心重要,人不回,心早回了,心不在队伍上人在也是空的。队伍上决定让大家回去,回去看个究竟,真有事就留下解决事情,没事就速回队伍上。

刘麻有就回了曲洋,同他一起回的还有几个后生。他们都觉得奇怪,好好的就同时家里出了事情。

怪哟。他们想。

刘麻有跟娘说:"你看我爸早不病晚不病,这时候蹊跷地病倒了……"

"鬼打了他,那天还好好的,过了一夜就这样了。"婆佬说。

"我想不穿……"

"别说你,你娘跟你爸过了几十年,你娘我也想不穿。"

母子两个在灶间说着话,凡大老倌侧着耳朵听着。他想,你们想不穿想不穿去,世事有些就是想不穿的,就是诸葛亮再生,我看他也想不穿。朋庆财主多少代都是曲洋的首户,汤朋庆家在曲洋几百年了,哪一代的老爷不是呼风唤雨?大屋场上好肥田那都是他们家的。可红军来了,一夜间几百年的积攒都烟消云散,说没就没了,说分就分了。前几天才有传闻说那边准备了几十万人马,从德国还是什么地方运来了洋炮,要对红军地盘全面进剿。四下里都人心惶惶的,可我刘凡大不是有财神半夜里临门送喜送来金元宝吗?人说马无夜草不肥,人无横财不富,这也不是横财吧?要说横财那是天外飞来的横财哟。

后来凡大老倌想,管他什么财,横竖我是发财了,我凡大成有钱人了。他伸手到荷包里,那里有几张他从那捆东西里抽出的纸钞。他揉了揉,又往黑糊的角落里把崭新票子蹭了几下。

儿子和婆佬细细碎碎地在灶间说话,凡大老倌咳了一声又咳了一声,看着没动静,又一阵急促喘咳。

婆佬慌急着进来:"哎哎,老倌子你……"

"我没事……喊麻伢进来。"

刘麻有走了进来。

"你帮爸去买点东西来。"

婆佬说:"我去哟,伢才回,让伢歇歇。"

凡大老倌说:"让麻伢去,他得尽尽孝心哟。"

刘麻有不想去,但父亲说到尽孝心,想想也是,离家一年多,也没给家里给爷娘做一点点什么事,现在回来了,按情理他该给爷娘出点力气。可他觉得脸上有些那个,在街子上走,人家眼里怎么看心里怎么想?刘麻有不知道。要是别人不理解给他脸色呢?他真不知道该怎么办。

但他还是硬着头皮去了。

很快,刘麻有从街子上回来了。

"东西买回来了?"凡大老倌问,他莫名地有点急切。

"就只有烟叶子,运气好,撞到有人打着只麂。"刘麻有买了几扎烟叶,还拎回一只麂子。他那么说。

"你弄那么多烟叶来家做什么?"婆佬说。

"家里种的有烟,你爸抽不完,卖又卖不出去,你倒好,还往家里弄,白花那钱……"

凡大老倌说:"没白花没白花……呵呵……"

"铺子里都空了,他们说这几天怪,买东西的人多。"刘麻有说。

"唉,怕是天要变了哟,现在怪事多。"婆佬说。

"变变去……"凡大老倌不以为然。

刘麻有觉得父亲很那个,他百思不得其解,他觉得这个一起生活过多年的父亲变得奇怪而陌生起来。他想,也许是生病所致,不然,父亲怎么会变得这么怪?

三 "财神"行动计划

匪区内的丁点变化,很快就反映到了九塘。

刘亘五对黎译宏说:"那边过来要货的人多了哟,缺货。"

"要货的人多，急着要货说明那边买东西的人多了哟。"黎译宏说。

黎译宏很得意，这一招看来赤匪根本就没有防范。数日间匪区各地都有"财神"降临，一些穷光蛋一夜间成了财主。那些人有了钱当然购东西，他们有的是钱，为什么不买东西？因为到处都是传言，不把钱换成东西，那些钱不用，难说一天不如一天就不再值钱了。

"这很好，非常好，接下来我们要加紧实施计划的第二步……"黎译宏说。

这个代号"财神"的计划，是黎译宏和徐恩曾亲自制定的。

为了这个计划，徐恩曾亲自去见过蒋介石，他得把这事跟校长呈报。特工总部做的工作，不能埋没在烦琐中，再说这个计划校长肯定会非常重视。蒋介石一直在推行"三分军事七分政治"的剿共计划，但都没有个具体的切实可行的措施。

现在特工总部拿出了一个，徐恩曾觉得有必要在蒋介石面前张扬张扬。

徐恩曾回来那天，黎译宏一直在办公室等着他的上司。远远地看见徐恩曾满面春风地从大门那儿走进来，他知道肯定有戏。

"校长怎么说？"黎译宏问。

"还能怎么说，就三个字：好妙绝……"

黎译宏觉得很亢奋，最高统帅既然说了这三个字，徐恩曾肯定替特工总部在蒋介石那里拿得了上方宝剑。他们要的就是这么一把上方宝剑。上头授权特工总部督察边界哨卡和巡防，计划能否彻底实施，能否达到预期的目的，关键就是这步棋了。徐恩曾和黎译宏很清楚，如果最高统帅不给他们这把上方宝剑，即使计划再严密再天衣无缝，即使特工总部再努力再拼命，一切也都是徒劳无功。

徐恩曾被蒋介石召去见过一回，那时候对鄂豫皖的战事已经近尾声，鄂豫皖匪区张国焘部已经全线溃退。徐恩曾看得出校长神情愉悦，这是个机会。他把特工总部制定的"财神"行动计划亲自呈报蒋介石。

蒋介石听后说了那三个字。

于是，行动计划理所当然得到批准，徐恩曾拿到了校长的手谕。那就是上方宝剑，特工总部总算有了个扬眉吐气的机会。他们终于可以趾高气扬名正言顺地跟各路驻军大了喉咙说话了。你们得严防死守，不可懈怠，更不能徇私舞弊。以往诸事可以既往不咎，但这一回绝不迁就放纵。若发现有人对边卡松懈，被赤匪或不法商贩钻了空子在匪区进行边贸活动，为一己私利放纵禁运物资出入关者，甚至利用职权对匪区走私者，一旦查获，绝不手软。该撤者撤，该抓者抓，该杀者杀。

特工总部不仅要利用这机会把住这个闸，更重要的是要利用这好机会树特工总部的权威，得对一些人来点厉害的杀其威风。对这点，黎译宏心知肚明，他觉得时来运转了，这一回绝不能失手也不会失手。他得好好利用这个机会，一来体现自己对党国尽忠尽力，二来借此清除一些绊手缚脚的东西。贪腐误军，贪腐误党，贪腐误国，不清之，所谓大业伟业宏业全要毁于一旦。黎译宏是这么想的，但黎译宏内心深处还有另一些想法，他不会公之于众。那些东西不能说，国之大业党之伟业军之宏业或者说霸业什么业也好，个人的事业呢？其实就个人来说前程事业最最重要，而前程和事业没钱便一切皆空。黎译宏深谙这个道理，所以还得有个人的事业，事业要钱，贪腐只能是对别人而言，对自己，那是积累，不择手段积累。有积累就有台阶，有台阶才能登高而跃远，才谈得上前程。

现在"财神"来了，他觉得他时来运转了，那几天，他很得意。

四　花钱竟然成了一个任务

韩丰有自加入特工总部起，从没想到会接受这么个任务，谁也不会想到会摊派这么个任务在身。你想就是，先是造钱，制造出大堆的花花绿绿的票子，然后上司对你说，你们拿了去，拿去花，只要能花出去就尽你能力花，花得越多越好，给大家记功。

这和那边的人不一样，红的那帮人也造钱，造这种纸钞，图案色彩材质全一样，搁手上两相对比，没有人能看出区别。但红的那边上司下的命令却完全不一样：你们造的钱，一分一厘皆属苏维埃，谁要是视其为己有，当以重罪论处。

韩丰有他们去了九塘，把那些崭新的"票子"，用手揉皱了，然后丢在黑灰里用脚肆意踏踩了一通，各自拿到手里。

"我看更是以假乱真了，谁看得出？"有人说。

"没人看得出……他火眼金睛呀？"另一个说。

有人弄了张钱钞撕开一角，点火烧了一下，凑近鼻子闻了闻。

"一股怪怪的味儿……你们闻闻？一股怪味……"他说。

"早闻过了，烧毛发的焦臭……有鼠毛哩……"有人说。

"老鼠是脏毛就是臭，比鸡毛要臭……"

"那是那是……"

"你管他，现在那东西再脏再臭也是钱了，钱是好东西……"

"就是就是！"

他们兴高采烈，他们说着话，声高声低的。

然后，他们去了街子上。

黎译宏对手下说："这几天你们个个是阔佬了，你们在九塘放开来玩，这些日子，你们也憋坏了，你们上窑子下馆子要小心，其余都可以放开了玩。"

李铭铎说："上窑子下馆子那有什么哟，不去那种地方叫什么放开了玩？"

黎译宏说："特工总部的人去窑子那种地方丢身份……再说，难说那些婊子里有红军的眼线，她们套了你的话传给红军。"

"那下馆子呢?"

"下馆子怕你们喝醉了胡言乱语呀……"

"你是怕我们花不出钱吧?"

黎译宏笑了,说:"还是下赌场豪赌一把的好,赢了输了横竖都是你们赚……"

"那是那是!"

这些天九塘的场子上来了些客人,这些客人很豪气。他们不吭声,他们下赌注却下得狠,大把的钱出手,眉不动眼不眨。

韩丰有很开心,他们都不算是赌徒,但他们也好赌。平常做着那么一种工作,压力很大,一直想放松一下甚至放纵一下,但他们也因了所从事的工作从没有过那种机会。常常执行任务,到赌场这种地方,他们几乎没有什么时间和合适的身份。可这一回不一样了,这一回下赌场竟然成了一个任务,他们做梦也没想到这也会是一种任务。做他们这一行的,任务常常伴了危险。像韩有丰他们,就是军人了,军人的任务多是攻城拔寨,哪一回不是九死一生?当然,他们大多是特殊任务,也多是深入敌方纵深,脑壳吊在裤腰带上,与虎狼为伴。就算有那么种特殊情况有必要去赌场,也不会让你揣了大把的钱下场子吧?也不会把花钱当任务吧?

可这回却是,花钱竟然成了一个任务。你想就是,这任务多爽?

韩丰有祖上几代都做着发财梦,但不知道是祖坟风水不好,还是韩家注定了没有发财的时运,自韩丰有爷爷起就拼搏乡里,起早摸黑披星戴月,可无论怎么拼命,却家业平平。爷爷死时眼闭不上,断气前还叨叨着什么,韩丰有的父亲知道那齿缝里挤出的那一句话。弥留之际,那老人留在世上的最后一句话和到阴间和第一句话是,崽咄……韩家要做大户会做大户……

韩父手上,韩家还是没起色,也就在城里做点小生意。到婆娘肚子大起来,韩父就把心思放在婆娘肚子里那块肉上。他请八字先生给儿子起名,人家在纸上写了十几个名，韩父都摇头，说："算了算了，我自己来吧。"

他给儿子取名丰有。

韩丰有生了下来，天庭饱满，眼眸放亮，看着就和别家的伢崽不一样。韩父心里就有什么鼓胀起来，他想，韩家的希望就在这根苗身上了。

从伢起，韩父就把儿子放在自家那不大的铺子里，听的是算盘嗒嗒，看的是货来钱往，就是闻的，也免不了那种铺子里特有的气味。韩父说铺子里的气味好，那是财气，让儿子天天熏着总能熏造出个生意奇才来。

但丰有越长越大，家里却未见"丰有"起来。十岁时，韩父把儿子送到外面读书，这一读，韩丰有就不愿意回来了。其实他根本不喜欢街市铺子里那些声音和气味。再过些日子，就听说他端上了官府的饭碗。邻家都说韩家出了个人物，但韩父暗暗叹气，韩父摇摇头，韩父没说什么，他也说不了什么，心上却有一抹一抹的灰。

韩丰有自己却觉得很好，他自小打算盘和生意诸事上才华一般，但却有个超人本事，见过的人去过的地方不论人名地名都刀刻样在脑壳里，且地形地貌人形长相过目不忘。官府在省城搜罗人才，就把韩丰有搜罗了去。

韩丰有新鲜亢奋了几天，但很快就失去了热情。他们说是进党部调查科谋职，其实做的却是危险工作，来这里除了任务还是任务，也看不出有什么升官发财迹象。要往上爬，是擒了脑壳爬。他动过离开的念头，但那不可能。这种地方，进得来出不去，他也就死了心。三天两头地进匪区，那是龙潭虎穴，他们天天与虎狼为伴，稍有不慎，不要说发财，连小命也说不定什么时候丢了。

这些年来，韩丰有从未做过发财的指望，做阔佬一掷千金的场面连梦里也没出现过。

但这回不一般了，这回他们成了阔佬，个个都是财神。韩丰有知道，虽然上司把行动代号取名为"财神"和他们的行动改天换地有关，但上司取这名心里也是有另一番用意的。上司说，一旦"财神"计划顺利实施取得胜利，你们个个都是功臣。

五　他们做财神

　　赌场在镇子东头。场子不大，玩法却齐全，各种玩法都有。九塘既然是商埠，南来北往的生意人也就多。白天做生意，晚上呢？晚上有大把的空闲时间，总得有个去处吧，总得有打发这些时间的地方吧？窑子和赌场就应运而生。尤其赌场，赚钱的没赚钱的，生意人都想到这地方来试试手气。窑子呢，男人想去，但生意人总是有些忌讳。当然，常常只是生意做定后上窑子那种地方，生意赚了，不怕沾什么晦气。所以，赌场常常比窑子热闹，来这里的人，玩得都不算大，输赢都在那么个数目间。赢了，不喜不狂，今天手气好，明天生意敢下大本钱；输了，不怨不悔，愿赌服输，走桃花运却背赌运，明天生意上小心为之，做得就做，做不得不做，省得蚀本。

　　韩丰有他们不必有这许多的心思和牵扯。这一回他们比谁都要潇洒，他们腰缠万贯，他们的任务是输钱。他们做财神。

　　九塘的赌场来了几个新客，那些赌客眨眼看了这几个人好一会儿。一盏汽灯放着亮，光照在那几个生客的脸上，他们脸上流光溢彩。赌客们琢磨着，这几个人来者不善哟。果然，一落桌他们出手慷慨利索，注都下得大。怎么个来头呢？赌客们心里没底。你看，他们坐下来，样子看去像些新手，几轮下来都输。但他们不动声色，他们也毫不在乎，这么看去，他们又像些老练的高手。

　　但很快，赌客们脸上也流光溢彩了。几场赌下来，几个新客都输多胜少。赌客们发现那几个人神秘归神秘，但对他们来说没坏处。几个人手气看不出好坏，但赌技却一般般。输了脸上也波平浪静的，看来他们似乎要豪赌一把。

哈哈，几个财神爷哟，几个傻帽赌徒。赌客们想。

挥金如土，好喔，妙喔。赌客们想。

那几天晚上韩丰有他们在那大屋子里输了很多钱。他们疯了，他们做了一回豪放赌徒。那种感觉真好，空前绝后哟。

韩丰有几个那天喝着酒说着话。

"做阔佬真好，挥金如土。"李铭铎说。

"做阔佬也不能这样，做阔佬这么个样子是个败家子哟……"韩丰有说。

"那是，要那钱真是我的我哪舍得，要那钱是自己的谁舍得？"陈六达说。

"我哪舍得，你也舍不得，大家都舍不得……"

"过几天怎么办哟，哈……"

"你说什么？"

"我指头痒痒的，我屁股也痒痒的……"

"什么哟什么哟？"

"我说勾起我赌瘾了，指头痒痒想着牌，屁股痒痒想坐在那张赌桌前哟……"

"哦哦……你这么说，我指头屁股也痒痒了哟……"

"做有钱人的感觉真好……"

"那是！"

门口有个影儿晃了一下，黎译宏走了进来。

"我听到你们说话了……"黎译宏说。

"哈，老大……我们说笑哩……"

"说笑不说笑不要紧，关了门嘛大家说说也不是个什么事……重要的是'财神'计划要圆满成功。"

韩丰有说："这是板上钉钉的事，我想不出赤匪能有什么高招对策来应对我们这步棋。"

"是呀是呀，到底还是老大你棋高一着，没人能破这一招的。"李铭铎说。

黎译宏没有吭声，现在说什么都还早，现在还没有看到最后的结果，他不能说更不能笑。不到最后，他就不能笑，谁笑到最后，谁笑得最好。

他咳了一声，然后对大家说："你们早点睡觉，明天开始实施计划的第二步。"

大家点着头，有人说："老大，你放心，明天的事好办。"

韩丰有没有睡，他在琢磨着一些事情。对于"财神"计划，他要想得周密而再周密，每个细处每个细节每一步可能出现的结果和应对的办法，他都细细想到了。

第十三章

一 鬼影一样的传言就像一阵风

传言是突然之间在四乡里漫布的,鬼影一样的传言就像一阵风,人不知鬼不晓,突然吹到了每个角落。

街头巷尾都在传着一句话:财神来过了,财神每个村子都去过,功德多的有福人家都被财神送了钱去。

传言里还夹着另一句话:钱多了,东西少,钱要不值钱了。

这么一些传言本来也没个什么,有人信有人不信。不信的人抿个嘴角笑了那么几下。鬼信,平白的门槛边窗角屋檐下甚至茅厕里都突然有了大捆的票子?他们说。但信的人脸上都惶惶的。他们回到家里,他们从墙角屋后那些隐蔽地方找出那些"票子",揣了,飙去了街子上。

凡大老倌当然也是信的那些人中的一个,但他没立马飙。他想,他得稳住,万一是个什么阴谋呢,张扬了出去轻易地就进了人家的套子。

凡大老倌小时跟爷打过几年猎,身边总有几条猎狗。打野鸡时,这几条狗能起大作用。它们弄动静,在树丛草丛里蹿跑,隐蔽地方藏着的野鸡就蹿飞起来。一起来就有铳响,总能打着几只肥硕美味。经不住猎狗惊扰的往往成了枪口下的猎物,经得住的呢就没事。

所以,凡大老倌没立马惊慌,他得看看风头。

可事情没像他想的那样很快就安静下来。他往街子上去，各地街上的铺子都成了烟熏火燎后的蜂巢蚁穴，人们像蚂蚁一样在那儿行色匆匆出出进进，空手进去，出来时却背着拎着大堆的东西。

凡大老倌坐不住了。

他跟儿子说："你出去。"

儿子刘麻有看了父亲一眼，说："好好的你让我出去？"

"你出去你出去！"凡大老倌黑着一张脸。

婆佬看不过去了，婆佬从灶间蹿了过来，说："鬼打你脑壳哟，好好的叫伢出去？外面天寒地冻的！"

"出去出去，你们都出去！"凡大老倌操起了条凳。

婆佬吓坏了，几十年从没见过自己男人这样。婆佬扯了扯儿子的衣角，刘麻有没有动。

"出去！"

刘麻有一动不动，他甚至连头也不回。

凡大老倌举起了条凳，刘麻有还是一动不动。条凳终于从凡大老倌手里落了下来，在他脚边砸出一个坑。

"好吧好吧……不出去不出去吧……"凡大老倌说。

"到这一步我也不瞒你们了……"他说。

他走到那面墙边，他把墙上那砖弄了下来，一边的母子两个这才看出原来那是块活动的砖。

后来，他们看见凡大老倌从墙洞里掏出油布裹着的一团东西。

"是什么？"婆佬问。

老倌子不说话，他一层层打开油布包，母子两个眼就直了。

那是一大扎票子。

"我也不瞒你们了，到现在也没必要瞒你们了，横竖你们很快也会知道……"凡大老倌说。

"财神爷到过我们家,财神爷送的……"凡大老倌指了那扎票子说。

"我们有钱了,我们刘家是有钱人家了……"他说。

凡大老倌把那天夜里的事说了。

婆佬说:"呀呀,那你不早说,你瞒我像瞒贼样?"

刘麻有拿过那扎票子看了看,直了眼睛问父亲:"你为这把我从队伍上叫回来?"

"就是就是,咱有钱了呀,咱不必卖命了……"

"我不是卖命。"

"吔吔?你说的,是你自己说的……那时我不想你去队伍上,你说去了能得田得屋上有瓦下有地穷人过上好日子……"

"那是呀,入队伍打江山,穷人得天下……"

"有钱了要江山天下做什么?"

"工农得政权当家做主呀!"

"我不跟你说了,你脑壳里东西乱乱的,你入队伍两年,脑壳里尽装奇奇怪怪东西……"凡大老倌确是那么想的,他觉得儿子变了,变得很陌生。我不理你,我干我的。凡大老倌那么想。

他没想到儿子却不依不饶。"这钱咱们不能要!"他听到儿子刘麻有对他说。

凡大老倌诧异地看着儿子:"你说鬼话,人家要得我们要不得?不是抢的偷的你说不能要?"

"这钱来路不明……"

"是财神送的。"

"哪有那种事哪有?你活了几十岁了你见过有这种事?"刘麻有伸长脖子跟他父亲说出这么一句。

凡大老倌愣了下,但很快他找到了回击儿子的话。

"我活几十岁也没见过红军,这红军不是也来了吗?什么事也不是你见过没见过的,是时运,时运到了它就来了……"

"我不信,真有财神好好的给你家送钱,大把的钱?"

"那你说是什么?我是信了,古话说:马无夜草不肥,人无横财不富。"

"你信你信去,反正这钱来路不地道,不该拿……"

"你鬼神不敬了,你父母也不敬了哟……"凡大老倌愤愤地骂道。

"你敢把你老子的钱拿走,我就一头撞墙上死给你看!"

刘麻有当然不能来蛮的,他蔫软了,嘴里嘟哝着什么。婆佬扯着儿子到一边去,她拿瓢往缸里舀了一瓢水递给儿子。

"你喝点冷水消下火,你别理那老倌就是,他疯了样你理他?"婆佬对儿子说。

凡大老倌确是疯了样,他管不得那许多了,他揣了那扎票子疯了似的跑出屋子跑到街子上,汇入那些抢购的人流里。

人们发疯般地买东西,好像有一只奇怪的大手,突然间就把那些铺子一个一个掏空了。

二　他们知道事情的严重性

抢购风就这么在苏区刮着,从北到南,从东到西。

事情很紧急,十万火急,很快就被急报到瑞金。

俞启岳在第一时间从各地收了些纸钞样品来,他们怀疑有假钞,但又觉得这有些不可能,假钞仿制能这么快?他们一张一张对比没看出有什么异常地方,事实似乎也证明他们的怀疑好像没有根据,仅从验钞的结果来看是不存在什么假币的。

"到底会是什么原因呢?"首长说。

俞启岳说:"非常奇怪,上田那么偏远,上田也是个穷地方,平常那里也没墟没集,先前那里动员群众买债券都是个难事。可就这么个地方,那些人家交易似乎出现了异常。"

"可能有谣传,群众信了谣言……"汤有赞说。

他们想来想去,也觉得只有这种可能。从鄂豫皖根据地得到确切消息,红四方面军已经进行战略大转移,眼见白军围剿的重点会往闽赣中央红军根据地方面来。从各地来的情报得知,白军在调动兵马,并有大量的辎重和相关物资也屯集在了边境上。

他们在那儿分析了很久,觉得十有八九这是敌人在进剿前的政治攻势。凭以往的经验看,每到白军要大举进剿之际,他们总是先散布很多谣言,以搅乱苏区军心民心。

但关于财神的传言也到了俞启岳几个人耳朵里。

"他们说曲洋的蛮三遇着财神了,晚上睡觉睡在一捆钱上。"有赞说。

"有这种事?"马拱八说。

"蛮三那人的话还能信?"吴昌义更没当个事。

俞启岳说:"不能不信哟。"

"怎么?"

"蛮三拿出那扎钱了,他给大家看了那扎钱!"

众人脸就变了颜色,他们知道事情的严重性。

怎么办?他们最后还是想着这三个字。

他们商量的结果,只有这一句话:"动用一切手段不惜一切代价组织货源保障苏区的供给和市场的稳定!"

马拱八和汤有赞又被派去了九塘,他们的任务是筹集物资。他们找到刘丙和,刘丙和一脸的愁容,眉头紧皱。

"你从不这样的哟,你说再难再难也难不倒如来佛的,你把自己比作如来……你说过的……"有赞对刘丙和说。

刘丙和说:"谁知道怎么突然来这一手了,谁知道会有股无形的风,把街子上铺子里柜子里东西一扫而空……"

马拱八急了，他眼红红的，看刘丙和像看个仇人。

"你呀，那么看我？"

马拱八说："我和有赞带了任务来，总不能空手回去！"

"我这就不是任务？看你说的！"刘丙和说。

"我急得看见什么都想擂一拳头狠踢一脚哩……"刘丙和说。

"想想办法想想办法……"有赞给刘丙和切着烟，他把细细烟丝撮了一撮塞进刘丙和烟斗里，叶子是有赞从那边带过来的。上等好叶子也难出手了，只有分给大家抽。有赞不抽烟，但也要了几挂，他挑了一挂最好的叶子带给刘丙和。有赞从炭盆里挟了块炭火给刘丙和点了，刘丙和抽了两口。

"你好些了吧？你要想擂拳头想踢东西你擂我踢我……"有赞说。

"只要你能想个办法，一直以来没事情能难住你……"有赞说。

刘丙和一脸的哭相，他已经绞尽脑汁挖空心思了，可他觉得自己黔驴技穷无计可施了。他甚至冒险去找过李振球。

李振球是粤军第一军第一师师长，他统领着手下驻守在东南面这条漫长的边界上。先前，别人都不愿意干那活，李振球也不愿意。长官陈济棠找他密谈了一次，李师长态度就急转弯了。我去我去！军人以服从为天职。陈大人待我不薄，我当赴汤蹈火在所不辞。同事们都知晓李振球这个人，人背后送他外号"真球"。他们觉得这事有点怪，这个向来偷奸耍滑惯了的李振球竟然心甘情愿去兵刃相向的最前线？他们百思不得其解。那是个险地方，与红军一河相望一山之隔，有的地方甚至接着壤连一河一山也没隔哟，难说就常有擦枪走火的事情。其实擦枪走火弄点摩擦事小，怕就怕一开仗就首当其冲。红的呢，当成了目标，白的呢，当人家挡箭牌牌。

可后来大家发现事情并不是他们想的那样。红的多不从这里进攻，甚至井水不犯河水。白的呢？当然也相安无事，这是粤军自己的地盘，蒋的嫡系也不可能越境从这里攻打红军。上面有硬性的命令下来,军令如山,粤军也象征性地进剿一番,但他们不会真刀真枪地和红军干。似乎双方有约在先,也就朝天互相开枪,在双方的地盘上你来我去地"厮杀"一番。南京方面对这一切心知肚明,可蒋委员长也没办法,谁拿这也没办法。上头也派员督战,甚至派飞机在半空监视,可督战你督战就是,任你督任你看,放眼望去,两军对垒,刀光剑影,硝烟火海,杀声震天……你能看出个什么名堂?双方的枪可能是朝天开的,甚至在林子里点了爆竹放在洋铁桶里弄出的声音,难道你能到近前去查?

你去就是,长官,欢迎你随军一起作战。

没人愿去也没人敢去。

枪子儿不认人哟。

红军跟粤军说:蒋介石蛇蝎心肠心狠手辣,他收拾了红军就会接着收拾你粤军。

红军说的确有道理,收拾了红军肯定第一个步其后的就是粤军了。他们当然不能坐以待毙。

粤军和红军暗地里有协议,不到万不得已,不会真刀真枪拼杀。

李振球从陈济棠长官嘴里早得知这一切。他是陈长官心腹,陈长官让他镇守边境绝对不会让他吃亏的。

事实证明,不仅不吃亏,李振球不是真球,他比谁都活得滋润。他得意死了,这混球因此而大得好处。

那些"同仁"嫉妒得脸儿发青,眼里长钩钩。

他们对李振球所做的一切心知肚明,委员长剿共,三分军事七分政治,封锁了匪区的边境,旨在困死饿死赤匪不战而亡之。可两年多下来,赤匪没见困着饿着,盐有布有紧俏的东西应有尽有,哪来的?多半是从粤军的地盘上过境的。李振球当然不会让那些东西轻易过境,他和红军讲价钱。封锁越紧,价钱就越高。红军虽然没那么多钱,但红军有钨砂呀,上好的钨砂，在香港转手就能得几倍的好价。他们就这么和红军做着交易，生意越做越大，胆也越做越大，他们甚至向红军出售枪支弹药。

这就是李振球。

可这回情况不一样了，这一回李振球也不敢那么猖狂了。不管怎么样，他至少是暂时收敛了。

其实刘丙和不知道，这回李振球被人抓了把柄，有人把一些证据送到南京去了，当然是黎译宏他们特工总部弄的事。黎译宏知道，没杀手锏治不住粤军这帮油子。

陈济棠跟李振球说，暂时收收手。

李振球说，看着金子化成水哟。

陈济棠说，金子化成水总比人变成蛆的好，你要敢在风头上动，他们就敢下黑手的，你的命就没了。

李振球说，我听陈长官的。

刘丙和跟汤有赞和马拱八说："我去找过李振球了，他这么跟我说的。"

"我还能有什么办法呢？我都跟李振球说了，请他想想办法。李振球对我说你胆大包天竟然敢上门来！我没有拿你是问你还要我给你想办法你想想我李振球看着金子化成水我愿意？"刘丙和说。

"他就是这么跟我说的！"他说。

三 天没塌下来就好办

洪慧瑛做回女人之后，她的事情就多起来。早起要对镜梳妆，头发渐长了许多，一对镜，洪慧瑛自己也要看上许久，眉眼儿也比先前秀气。其实眉眼儿没变什么，眉毛还是那眉毛，眼眸也依然是那眼眸，但眼里有什么变了，神清气朗的样子，还有一种热东西。她知道不是自己表面的变化，而是心里的,越接触这些人,就越觉得心上那东西清流似的漾着。

不过做回女人后,她也有许多省事省心的时候。先前总要小心着,比如睡觉,比如屙屎撒尿,这些事一直是她的麻烦。这让自己总是独来独往的像个独行侠,独来独往就会让人感觉孤独。洪慧瑛不怕苦不怕难,但有些怕孤独,那种孤独常常让人心上起毛,渐又黏糊起来。不错,就是那种感觉,心上黏黏糊糊的不好受。

那种黏糊好几次差点让她动摇,放弃在这地方的行走。

现在那种东西没有了,她做回了女人,这很好。她心上不黏糊了,她放开了性子做自己想做的事情。

每回出门,那几个男人都要惊惊诧诧地看上她好一会儿。

"你们那么看我做什么?"洪慧瑛大大方方地说。

"我脸上有花呀?"她说。

"你脸上没花,但比花好看。"有人说。

"好看你就多看会儿,又看不坏我。"洪慧瑛说。

"头发又长了一点哟。"有赞说。

"那见识又短了一些……"洪慧瑛笑着说,她爱跟这些男人开玩笑。来这里有些日子了,她觉得这些人真了不得,她简直不相信这么的几个人能主持一家银行。那天,她见过那个他们称之为首长的人,那男人很和气,他说他们在做着为工农的事,他们在主持工农的一家银行。她觉得这事有点玄乎,没相信。其后,她了解了更多的情况,相信他们说的是事实。她觉得那是奇迹,他们创造了一个奇迹。

洪慧瑛百思不得其解,凭些什么他们做出了奇迹?就凭了那么点激情热情,就凭了一种信仰?她不相信凭了那么点东西就能弄出奇迹来。这坚定了她想待下去的决心,她想他们也许就跟山里的石头一样,看去都是些普通的石头,但说不定那是块珍贵矿石。

她对这里的一切充满了好奇,尤其对这些人充满了好奇。她和他们交往起来,满秀带她去了很多地方,当然都是些可以去的地方。有些地方是不允许外人去的。但那些不能去的地方洪慧瑛偏就想去,比如那些纸币是如何造出来的?要先造纸吧,跟平常造纸一个样?还得印上图案吧,也跟平常油印东西一个样?她很想知道个究竟,她很想去那地方看看。

满秀说:"那地方一般人是不能去的。"

洪慧瑛说:"我知道我知道,我只是好奇,想看看。"

洪慧瑛没想到那个男人会专门来看她,他们叫他首长,可她知道那个男人是银行的行长。那张脸不是洪慧瑛想象中的银行行长的样。她曾悄悄跟满秀说,他不像个银行行长。满秀说银行行长怎么个样样?洪慧瑛想了想,是哟,银行行长该是个什么样样?洪慧瑛问自己。她回答不了满秀的问题,就说,反正不是这么个样子。惹得满秀咯咯咯的一大串银铃笑声,不是这样子是个什么样子嘛总不会是三头六臂的吧?满秀说。

"看看去,我们去他那儿看看去。"满秀就是那么个疯妹子,疯劲上来了就随心所欲。

洪慧瑛说:"你还说上那儿去,这里还有大堆的衣服要洗哟。"

满妹啊呀叫了一声,从角落里拽出那两只筐。那时候,蓝衫剧社晚上演出,白天排练之余就帮着医院洗衣洗绷带。近来前面又拼了几场大仗恶仗,伤员比往常多起来,医院里更是忙不过来。

洪慧瑛说:"满妹子我们一起去。"

满秀说:"你就不要逞强了,你身上起疹子还不知道是个什么病哩。你在家里待着吧外面天冷。"

满秀挑了那担衣服去了河边,开门的时候,一股冷风蹿进屋来。洪慧瑛起了个寒战,她关上门,可一松手门又被风掀开了。她用上力气了,拈了块石头压在门脚。她想,风不会有那么大力气吧,可一转身,门还是被掀开了。

门开着,门口站着两个男人,是俞启岳和那个他们叫他首长的男人。

"咄咄？"洪慧瑛惊得叫出了声。

"我把你吓着了吧？你一定觉得我很失礼，我才要敲门，可风却帮我把门给打开了……"男人笑着说。

"我是说才和满秀说到你，说曹操曹操到喔，我吃惊的是这个。"洪慧瑛说。

"我们来看看你，听说你病了。"

"没什么，就是身上起了疹子。"

"眼看要过年了，你想回去的话，我们可以派人送你安全出境……"

洪慧瑛笑了："我没想过要回去，在这里不好吗？我觉得在这儿过年挺好……怎么你们不欢迎我？"

俞启岳说："怎么不欢迎哟？说真的，首长来找你，还有事想请你帮忙……"

"真的？"洪慧瑛看着那男人，男人朝他点了点头，神情有些严肃。她想了想，想不出有什么他们要她帮忙，看去还像一桩很重要的事情。

确实是很重要的事情。来之前首长把俞启岳叫了去。首长说："你想没想过，要是我们这批纸钞又被人盯上了呢？"

"不怕贼偷就怕贼惦记……"首长说。

"我想过……不仅我，大家都想过……"俞启岳说。

"说说你们的想法。"

"想法我就不说了我知道首长你想得比我们多。其实大家都担心假币会出现，这是注定的他们盯上了他们会挖空心思，所以假币的出现只是迟早的事情……"

"就这些？"

"不止不止，想到了假币迟早会出现，大家心里急大家都想办法，大家吃饭想睡觉想走路也想无时无刻不在想着，挖空心思绞尽脑汁……"

"想出点什么来没有？"

俞启岳摇着头："没有，那么容易想出眉目的呀？我们认为这一回防伪的技艺已经很妙很绝的了，要再想出个更好的，难哟……"

是难，所以，他们决定来找洪慧瑛。

首长告诉俞启岳，关于这个问题他考虑了很久，觉得还是银洋铜板更靠得住，在目前防伪技术欠缺制币纸张缺乏的情况下，少印纸币多铸银洋铜钱是上策。可银和铜哪儿来？指望从苏区以外弄来，是不大可能，那是白军重点封锁的物资。就是能弄来，也得花很大的代价。

"不到外面弄，难道种庄稼样能从地里种出来？"俞启岳说。

首长说："就是，可铜和银是从哪里来的哩？"

"地里，但不是种在地里结的果子是地下的矿藏。"俞启岳说。

"那就是了，既然是地里，别处的地里有，我们脚底下这地里就没有？谁都知道赣南这地方矿产丰富，银矿铜矿肯定有就是藏着个大金矿也难说哩。"首长说。

首长说到洪慧瑛，那个妹子学的就是探矿哟，也许她能给我们想点办法，也许她能帮上我们。

俞启岳一拍膝盖，对呀对呀！我怎么就没想到哩。

他们就一起来找洪慧瑛。

他们说到探矿，洪慧瑛挤眉眨眼地看了他们几下。然后他们说到采银挖铜，洪慧瑛又挤眉眨眼地看了他们几下。

"这不可能是吧？你是说这里根本就没那种矿脉？"首长问洪慧瑛。

"不是那么回事。"洪慧瑛说。

"你表示出了惊奇。"

"我是说开矿不是那么简单的事……"

"哦，你是惊奇这个呀，应该说我们什么都能做到。这么些年来，很多人认为我们做不到的事情我们都做到了，不仅做到而且做得很好。

"革命本身就是奇迹，革命也创造奇迹，你来这里这么些日子是亲眼目睹了的……"男人说。

洪慧瑛感觉到那男人的话说得自信而有力，很有煽动性，她奇怪这里的人都能说出这种令人激动的语言来。这是为什么呢？她百思不得其解。这里每天都在煽动，墙上的标语和告示，街头的演说，蓝衫剧社的演出，还有日常的言谈和说笑，都充满了煽动，煽动着一些人对另一些人的仇恨，煽动着热情和一种忘我的状态……

"行长的意思是我们得尽快找到银和铜，现在我们流通的纸币，很容易被人仿制，我们得提防。"俞启岳跟洪慧瑛说。

"哦哦。"

"你答应了？"

"找矿的事我很乐意做。"

"那就好！"

"还有，只要有矿，我一定能找到！我不管你们用来做什么，我帮你们找矿！"

事情太意外了，几乎没做什么工作，对方就爽快地答应了。俞启岳来时还觉得这事有些玄，一是一个富家小姐，真能帮红军做事？二来，嘴上说说找矿那不是个事，地底下的东西她一个妹子家火眼金睛能看出哪儿有铜哪儿有银？

他觉得这是很玄乎的事，他想跟这妹子说说这事。

他们没说成，彭铭耀一脸的慌急嘴里喊着叫着颠颠地跑了过来。

"首长……首长在不在……哎哟喂……"彭铭耀急喘着。

"天塌下来了？你看你眼镜客这么个样样……"

"天没塌下来……但事态很严重……"彭铭耀跟首长说。

"我到处找你，他们说你在这儿，我一刻也不敢耽搁就跑来了……"他说。

"你慢慢说……天没塌下来就好办。"首长说。

"天没塌,可事情比塌天还要那个哟……"彭铭耀说。

首长给彭铭耀倒了一杯水:"你先喝口水,慢慢说。"

彭铭耀没喝水,他把事情说了出来。

四 这挤兑来得有些突然

事情确实很严重,更严重的事情在那个清早出现了。

有人拿着纸钞找到兑换点要求兑换,不是一个两个,是一大群。

那时候彭铭耀正在曲洋兑换点清点账目。苏维埃国家银行在每个县都设有几个兑换点,方便群众兑钱。前几天首长跟他们说过,货物奇缺,物价猛涨,根据他的经验,很可能有人想把纸钞兑成银洋。

彭铭耀拨打着算盘,噼啪响着。彭铭耀打着打着觉得指尖的噼啪声有点不对,虽然也是噼啪声,但纷杂而厚重。抬头,看见巷子那头一群人和那柱阳光一起拥进了巷子,一直往这边拥来。

"兑钱!哎哎!我们要兑钱!"那些人朝彭铭耀喊。

带头的是凡大老倌,凡大老倌那扎票子没花出去多少,因为街子都被掏空了,没东西可买了。现在他揣着那叠钱来到这地方。

我不能真看着金子化成水。为了这些票子,我崽都快成我仇人了,化成了水我会悔黑肠子。凡大老倌想。

凡大老倌想到兑换点。我兑钱去,兑成银洋更好。很多人都想兑换成银洋,但碍于钱来得不明不白,去红军那里把纸钞兑成银洋,脸面上过不去。他们集在街头巷角,就等着有人出头。

"红军票要不值钱了,我要换成银洋,那靠得住。"凡大老倌对他们说。

凡大老倌一呼百应,他们跟了凡大老倌往兑换点走去。

凡大老倌对彭铭耀说:"我要兑钱。"

"对对，我们要兑钱！"那些人喊着。

"你们有言在先的，你们有承诺的……你们说红军讲信誉，票子随时可以兑换银洋。"他们说。

"你们不能食言哟！"他们说。

红军当然不能食言，红军当然要守信用。这个在此前苏维埃银行有着严格的规定。

彭铭耀朝兑换点的工作人员点了点头，保证兑换点做着兑换的事情。他想这没什么，人家要兑换点银洋是常有的事。可后来就发现不对劲，来兑换银洋的人越来越多。

彭铭耀就皱眉头了。怎么回事呢？这挤兑来得有些突然，他深知，挤兑风潮对于银行来说十分可怕。

"怎么办？"兑换点的那个人问彭铭耀。

"我得回瑞金一趟，不去不行。"

是呀，不去不行了，没银洋可兑了。

彭铭耀有点急了，其实他不知道，那时候每个兑换点银元都告急。他心急火燎地往瑞金赶。

五　如数兑现

首长比彭铭耀更急，消息传到他耳里时，他心里咯噔了好几下。这一点让他始料不及，当然，谁都有点始料不及。先前是抢购，现在是挤兑，显然，存在假钞不可否认。原来也估计到可能会出现假币，但没想到会这么快就被仿制。总有个过程吧，没有，短时间里就出手了，且如此逼真，逼真到真假难辨的程度。而且从目前的情况可以断定，这批假币投入的数量不在少数。这就是说，假币不是一般的不法之徒为牟利所为，而是有组织有规模大批量的行动。后面有只黑手，这里面有着更大的阴谋。

一切都像是安排好的，不是有只黑手恶意在操纵又是什么？而且是只老谋深算的黑手，漫不经心，却来者不善。目的当然再明白不过——制造通货膨胀引发经济危机搅乱苏区经济秩序以乱民心军心。不是有人从前线脱红回了家？不是一个两个。不是有人整天脑壳热热东跑西颠的吗？也不是一个两个。不是有人被财神的事搅得神魂颠倒六神无主的了吗？更不是一个两个。

土墙上那挂烟叶，几天间就被首长揪扯了大半。这几天，首长烟斗没离过手，烦忧像些浊浪，在首长心上翻腾了又翻腾。

情报在黄昏降临之前送到首长的手上，情报显示，敌人确实在往苏区边境调动兵力。本月的二日，蒋介石在南昌召集剿共参战部队师长参谋长以上级会议，提出所谓战略要点为"严密封锁，稳扎稳打"，战术要点为"以静制动，以拙制巧，以实制虚"等。五日，南昌行营重颁封锁令，加大了对"匪区"的严密封锁。然后，白军兵力约六十一个师外加空军五个大队，分北路军西路军南路军及浙赣闽边区进剿部队四路往边境开拨。黑云压阵，来势汹汹。

这一切可以断定是敌人整个战略部署中的一部分，他们已经先行实施这重要的一步了。

首长把这重要情况向上头详细作了汇报。

"经济方面的工作我们相信你能做好。"他们跟他说。

"兵来将挡，水来土掩，我们相信你能有办法。"他们说。

他没有说什么，他知道上头正为军事上的受挫有些纠结，他也想不出上头能给他什么帮助。他只想提请上头谨慎有效地控制纸币的发行数量。扩红征粮，上头强令开足马力多印票子，一切服从前线。可这不是服从不服从的事，经济有经济的规律，不是你想怎么样就怎么样的，你多印了，那物价也就上去了。更不要说现在敌人使了个毒招，让年轻的苏维埃共和国复杂的经济形势雪上加霜。

处理这种局面，当然不是兵来将挡水来土掩那么简单。

首长想了几个晚上，脸上愁云却是有增无减。

俞启岳和彭铭耀来找首长。

"你说让我们等三天的，三天时间到了。"彭铭耀说。

"嗯，我说过的，三天……"首长说。

"怎么办？"俞启岳说。

"什么？"

"挤兑的事呀……我们跟大家说等三天，今天到期了。"

"这个呀……本来就不应该让人家等三天，我们有言在先，我们应该讲诚信……"

"你是说继续兑现？"彭铭耀有点吃惊，他以为首长能有什么别的灵丹妙药。他一直很钦佩首长，首长总能在大家最纠结的时候想出好办法。可这回没有，这回只是命令如数兑现，这算什么办法？

"是！如数兑现！"俞启岳听到首长很坚定地说出这么一句。

"可是……哪来那么多银洋？"彭铭耀说。

"再说，那些票子里分明掺有假币，而且我们根本不知道假币的具体数量……"彭铭耀说。

首长说："你说的这些情况我都知道，我也想过了，确实是这样。就是无底洞，我们也只有想别的办法去堵，我想会有办法的……"

"不管付出多大代价，我们必须维护苏维埃国家银行的信誉，维护了苏维埃国家银行的信誉，就是维护了红军的信誉，这种信誉一旦没有了，那什么也都没有了。"首长说。

"还有……"俞启岳说。

"你说吧，你们都说出来！"

"就是说……我们得动用秘密金库了……"俞启岳说。

"该动用就得动用,那就是用来应急的……只是你们路上千万小心,敌人肯定想到这一招……"

"投石问路?"

"不仅仅这么简单吧?"

"一箭双雕一石二鸟。"彭铭耀说。

"那是结果……我们在说过程……应该是螳螂捕蝉,黄雀在后。"

他们很快研究出了个方案,得从烂泥坑运回一些财宝,要做到万无一失,确实不是件容易的事。

第十四章

一 她看出那些人眼里的东西

洪慧瑛觉得周边的人这些日子有些反常，满秀撅着嘴，有赞和那几个男人常常嘀咕着些什么。那时候洪慧瑛暂时放弃了回漳州，想在这多待待多看看，没想到看到的那些东西有了变化，一些笑着的脸这些日子紧绷了。

她想一定发生了什么事，问满秀，满秀不肯说。她想，这有点那个了，按说要是一般的事，满秀一定会跟她说的。满秀不说有赞他们更不会说，更别说彭铭耀了，她也曾试探着从汤有赞或者彭铭耀几个的嘴里抠出点什么来，但他们就是不说，守口如瓶。

不说不说去，我自己看去。洪慧瑛想。

她提出要去墟上走走。

满秀说："都什么时候了，你到处乱走？"

"什么时候了呢？"洪慧瑛漫不经心地说，"不就是霜降才过吗……"

满秀哭不得笑不得，又不能跟洪慧瑛说实情，只好找到俞启岳。

"她说要去曲洋走走我姐说要去曲洋走走……"

"四下里乱乱的，你让她去不是找事情？"

"我也这么说，我说别去，可她上劲了，执意要去！"

"你做工作嘛……"

第十四章

"我做不动,要做你去做。"

俞启岳当然知道自己对此也无能为力,正好首长找他,他跟首长说了这事。首长说:"你让她去呀为什么不让她去?"

"到处乱乱的。"

"她不是没这能力她又不是千金小姐。"

"我还担心……"

首长笑了:"你还担心她看到我们的尴尬看到我们面临的困境?"

俞启岳不得不点了点头。

"这就是你的不对了,我们有什么不能示人的嘛。越是这样,越是要让外人看看,眼见为实……言行言行,虽然是言在先,但重要的是行,让她看看我们所做的事情,对谁都有好处。"

洪慧瑛就带着满秀去了曲洋。

她们看到了那种很特别的情形,一边是冷清的街市,铺子大多都关了门,没关门的货架上也货什寥寥。另一边是挤兑的人群,那地方人群蚁动,人们喊着叫着,听不真谁的说话声,但都在说着,看得出就那么几个字——他们要求将纸钞兑成现洋。

满秀憋着,满秀不愿意来这地方,她一直在心底强忍了些什么。要不是洪慧瑛执意要来,满秀真不愿意看到这一幕。有人认出了她,但那些人的脸在巷角闪现了一下就消失了。她知道他们认出了她,她知道他们没脸见她。满秀在蓝衫剧社里唱歌,常常去队伍上演戏。她人长得标致歌唱得甜美,常常就留印象在那些后生心里了。她不认识人家但人家认得她。她看出那些人眼里的东西,也知道为什么远远地躲了她。

你们羞了愧了?你们也知道羞丑了吗?满秀想。

满秀突然就觉得来此意义非常了,她突然来了劲头。

"姐,我们走!"

洪慧瑛对这妹子突然的变化弄得有些茫然,先前还不愿意来,勉强来了还说咱走走就去茶亭里喝茶，怎么突然来了劲要疯走？

"姐，人都有脸子的吧？"

"那是！"

"麻雀子也有一张脸的哟……"

"那是那是……你看你说起脸子的事？"洪慧瑛疑惑地看着满秀，她以为她什么地方不小心让满秀丢脸子了。

"走，姐我们走！"

满秀拉了洪慧瑛走街串巷，她走得亢奋而张扬。

"你看你秀妹子哟……"

"我怎么了哟，姐？"

"你问我？"

"你别问，走就是。"

洪慧瑛不知道，这妹子正用她的方式给那些"脱红"的士兵一点"教训"，我一个妹子家都好好地在队伍上待着，你们好手好脚的后生跑回来？他们没脸见她，她偏要他们见。男人后生做缩头乌龟你们有脸子呀？戴了花走的，灰着脸回来？她想朝他们说两句话，但那些男人真就躲回了家中，他们不敢看满秀眼睛。

她们走街串巷地浪奔了一回，两个女人走得气喘吁吁。

"你看你秀妹子你来什么疯了你走那么快？"

"我没疯！"

"你哪是走哟，你是小跑，你像一阵风一样小跑，我也不是不善走的人，你看我爬山过水的都不输你，可我这回跑不动了……"洪慧瑛说。

"要走你走吧，我坐在茶铺里歇口气……"洪慧瑛真就喘着气走进茶馆。

二 人无横财不富

满秀没再走了,她也随洪慧瑛进了那扇门。

洪慧瑛选了个靠窗的地方坐了,要了一壶宁都小布岩茶。这是当地名茶,往年倒是喝不上,都被倒去了省城甚至倒去了上海。今年茶商进不来,茶收不走,又不能留,好茶倒是存在地方上,平常人能享用了。不过茶铺依然很冷清,人们都去了坪上热闹处了,没人有心思在这里喝茶。

掌柜是个独眼,但眼力却不输常人。

"妹子很面熟,妹子我们在哪儿见过……"茶铺掌柜看着洪慧瑛那么说。

满秀说:"看你说的,你哪见过我姐,她从漳州才过来。"

"就是见过……我敢肯定见过……"

"你看你掌柜的……"

"你以为我比别人少一只眼呀……"

掌柜人却善谈,叽呱地和洪慧瑛说上了话。

满秀笑了:"人少一只眼又不是少心眼,你一只眼刀一样,我们眼镜客四只眼,哪有掌柜你那一只眼毒?"

"你个妹子家嘴毒。"

洪慧瑛忍不住笑了起来,她笑得什么似的。她一笑,那个独眼掌柜就叫出了声音:"我记起来了我记起来了……"

洪慧瑛不笑了,她等着对方的下文。

"我是没见过你。"

洪慧瑛和满秀都愣愣地看着那个掌柜,觉得他的话有些怪。记起来了却没见过?那记起的该是什么?

"你像个人,像常来这地方的一个挑猪后生……"这下洪慧瑛和满秀忍不住一起笑了。

"两个女人笑得前仰后合，你们笑个什么呢？"独眼掌柜说。

"我没觉得这有什么好笑的呀？"男人说。

洪慧瑛说："那是我弟。"

"就是，那是她弟。"满秀没再笑，她煞有介事地那么说。

"哦哦，我说哩一个模子里出来的，难怪那么像。"独眼掌柜显然真就信了这话。

"你弟好手艺，好些日子没见你弟来曲洋了……"

洪慧瑛说："他说红军的票子不值钱了，就不来这一带了……"

"也是哦……"独眼掌柜说。

"唉……"他叹了一口气。

"你叹气，你看你一个大男人叹气？"满秀说。

"人和人不能比哟，你看我们开店累死累活，也只是小本经营……"独眼掌柜说。

"人家呢？财神降临一下，就成财主了……"他说。

"真有这种事？"满秀说。

"怎么没有？"独眼掌柜往那边指了指，说，"你看看多少人去找乡苏兑换大洋多少人哟……我个开茶铺的天天辛苦也没他们那么多票子，那些票子哪来的？"

"人无横财不富，马无夜草不肥，看来是这个理……"他说。

"你真信这事？"洪慧瑛说。

"你不能不信呀……他们平常都是穷苦人家，怎么一夜间就有那么多票子？"独眼掌柜头对着满秀说，"妹子，你说是吧？"

满秀竟然点了点头，她有些茫然。按说那些人家她了解，是没那么多的票子，平常家里贫穷不说，也都是些安分人家，不偷不抢的，哪来那么多票子兑换？显然是得了"横财"，可这意外的钱财由何而来？她当然弄

第十四章

不清。满秀一直生活在大围屋里，过去做人童养媳，其实是从小就做下人做的苦活。围屋里听到的财神传说很多，她一直信那种说法。

"怎么秀妹子你也信？"洪慧瑛说。

按说满秀会相信，但这一回事情来得太蹊跷。就是财神也不可能满天撒钱的吧？还有，财神要去也是去那些积德从善的人家，你看那边，人群里叫得最凶的是个什么人哟。

人群里叫得喊得声最大最起劲的是个叫蛮三的人。

蛮三是个混混，先前得了麻风，一只手烂了，就索性不把命当命了。他没爹没妈没家没小，做叫花，乞讨捎带偷摸。与人争斗，动不动上拳脚。占了便宜，嬉皮笑脸快活好几天；打不赢，就势倒地，耍赖撒泼。男女老少，富家贫户，凡见蛮三，都避而远之。

红军来了，打土豪什么的倒是积极，什么事走在前冲在前。有原因的，能顺手牵羊弄点东西，也能趁人不留心，在财主姨太身上什么部位抓捏那么一把。可土豪打了浮财分了，没什么热闹亢奋的事了。入队伍蛮三入不了，留乡里他还是那么个不安分样样，还是四处游走混吃混喝。

就这么个人，谁知道那天财神竟然也找到他。破庙里避寒，半夜里翻身，觉得身上有东西硌人，以为是块烂木头，抓起要扔去黑暗里，觉得不像是木头怎么是坨软东西？就枕在头下，觉得比块砖头做枕头舒服。

到天亮，细看，才呀一下叫出声，原来枕着的是坨钱。你想就是，一坨呀一大扎，那是多少钱呀。

只有蛮三没像凡大老倌那些人一样藏着掖着，第三天他就揣了那些钱张扬着上了街。

"我遇着财神了……"

"哦哦？"街子上人不相信，他们那么看着蛮三。

有人话语里带着讥讽："是呀是呀蛮三成大财主了……"

蛮三笑，这就不同寻常，往常有人那么讥笑他会遭蛮三口水。蛮三很从容，从烂袄里摸出那扎"钱"来。

那些人的笑就凝在了脸上，好半天才缓过来。

"是钱哩是红军票哩。"蛮三抽出一张递给那个男人。

男人看了看，又细细摸了摸："是钱！"

那张钱在众人手里传着，大家都点着头："是钱是钱！"

"啧！"有人啧了一声，蛮三听出那一声里的意味，他更是欣喜若狂。

"啧啧啧……"人们啧着。

蛮三很得意，他从没这么开心过，不仅是因为钱，更是因为那些钱带来的别人不一样的目光。这世道，钱就是身份钱就是尊严，蛮三知道这个，蛮三到处张扬，蛮三要的就是这效果，他觉得自己出人头地，很风光。

现在，大家又聚拢了要兑换大洋，蛮三能放过这出头露面的机会？他不完全为了兑换大洋，他要的是风光。他想，这种时候他不风光待等何时？

蛮三的喊叫声很大，那时候，兑换点乡苏那个中年人已经说服了一些人，他说红军会守信用，现在去瑞金取大洋了。他说放心放心，总归会给大家个满意交代的。他还说你们这么聚了叫呀喊的光急有什么用，没东西没大洋你们该不会拿这事跟苏维埃造反吧？他说说好三天的，三天要是没有你们这样还有些道理，已经答应三天后会有结果你们这样就有点不讲道理了。

一些人觉得乡苏那个中年人的话确有道理，聚在这儿热闹是热闹，但大洋还是没有，不如回去等。红军说三天，给了三天时间就等三天吧。

人群就渐散去了。

只有蛮三不甘心，他很扫兴，他觉得不能就这么散。

场坪上只他在那儿喊着叫着了。

那阵阵喊叫被风送过来，穿过茶铺洞开的门户，一直送到掌柜和客人的耳里。独眼掌柜摇着头，另一桌的那个喝茶的男人灰灰地走了。蛮三的声音很不好听，偏风还是不断地把那声音送过来。两个女人因了那声音，心里有什么在慢慢积聚膨胀着。

终于还是满秀忍不住了,她蹿了起来,气冲冲往场坪那边急步走去。

正亢奋着大张了喉咙放肆喊着叫着的蛮三,叫人猛扯了衣领,才要跳出嗓门的那声喊咽了回去。

蛮三回过头,看见满秀那张怒气冲天的脸。

"你看你扯我?"蛮三说。

"我还想撕你的嘴!"

"你看你个妹子家像屠户……你说要打我?"

"你喊什么叫什么,号丧一样叫?"

"我要兑大洋我要兑!"

要不是洪慧瑛拦了,满秀真要撕那混混的嘴了。洪慧瑛说:"你跟这么个人计较,不怕弄脏你的手?"

"我看着就来气。"满秀说。

乡苏的那个男人把蛮三拉走了。蛮三一直嘀咕着,但他确实没再喊了,他怕满秀撕他嘴皮。

三　你不能放着发财的机会让其成过眼烟云

黎译宏又去了一趟高坪,漠可睁大了眼睛看了黎译宏好一会儿。黎译宏迎了那匪首的目光笑着,他总是一副淡定的模样。"财神"计划正一步一步按设想在推进着,那是一步接一步奇招,每一步都是绝杀。

他来高坪也是走的一步棋,这一步也很出奇。

出奇制胜。他一直记着这四个字。

"我以为你不来我这儿了哟……恩人你有好些日子没来高坪了。"漠可说。

黎译宏说:"事情多哟,现在世道这么乱,我事情牛毛样堆在眼前。牛毛还不像乱麻,乱麻你理出个头绪还有指望,牛毛呢,乱乱的理不了头绪……"

"也好也好,到兄弟这儿清静清静。"

漠可又备了一大桌酒,弄了些山珍野味。他们边喝酒边说着话。

黎译宏举了杯碰了一下,喝了个光光,笑笑说:"高坪还真清静呀,难得。"

"那又能怎么样?我只有坐吃山空,你说过的,伺机而行,可好运气总是不来哟……"

黎译宏说:"你没听说山外的事?"

"什么?你说哪方面的事?"

"战事还纷乱不堪,兵荒马乱的,红的白的都在剑拔弩张的能有什么好事?……生意被搅了,收成也没先前好……"

"就是呀……你看都没个好消息。"

"你没听说财神的传闻?说山外很多人家财神都光顾了……"

"听说了……我又没聋没瞎的能不知道?"漠可说。

"弟兄们前些时候出山,回来跟我说起这事,我开始还不大信,你说有这种好事?我自己出了趟山,果然听得到处有人说这事……"漠可说。

"你信了?"

"我还是不大信……说上排的朱老七去猪栏里喂猪,弯腰进猪栏,额头上碰着个东西,晃荡晃荡的。朱老七以为是檐上一只鸟窠蜂巢什么的吊在那儿,拽了要往外丢,发现不对,手里分明抓着的是一扎票子……"

"那句话怎么说来着?人走运门板都拦不住……"黎译宏说。

"那是那是。"

"你到底还是信了哟。"

"……信不信有什么?财神光顾的是人家,财神又没光顾我漠可。"

第十四章

"你看你说的……这话差矣……"黎译宏笑着说。

"你看你说差矣……你还笑……你笑我漠可走背时运呀？"

"看你说的，你走运了你却不知道……"黎译宏很神秘地把门关上了，然后，两个人在小屋里嘀咕了半天，喽啰们以为两个男人在屋里饮酒叙旧。天断黑的时候，门终于打开了，他们看见两个人脸上带着灿烂的一脸笑走了出来。

漠可又一次信了黎译宏的话，他不能不信，对方讲得有理有节丝丝入扣。

也是你漠可发财好时机哩。黎译宏对他说这句话时漠可没觉得有什么，可黎译宏接下去的话就让他不得不那个了。

你漠可天生是做什么的，是劫富济贫的好汉。你守信义这不错，你不打红军也不抢穷人，红的地盘上你是无所作为的了；白的地盘呢？现在官兵在山外剿匪，也断了你们去那边谋财的路。所以你就只有落寞不是？可是现在不一样了，形势变了哟，你漠可的时运来了。你不能放着发财的机会让其成过眼烟云……

漠可说你把我说得云里雾里了，你前面的话对，后面的话就有点那个了。漠可说我时运在哪儿呀？还有烟云什么的我一点都看不见，看都看不见如何过眼呀？

黎译宏朝漠可招招手。

漠可犹豫了下，把头靠近那男人，他听得黎译宏在他耳边说了一句话，顿时，脸上皮肉就松弛了。他跳了起来："你个鬼哟，你说的这个我怎么就没想到哟！"

黎译宏没说什么，黎译宏只说："那些财神光顾的人家就不再是穷人了他们是财主。"

"是财主你漠可就能打，红军打得你打不得？"他说。

漠可真就茅塞顿开，他想，这男人说得对，我不能只看着别人发财。

再说，过去我不抢穷人，可现在那些人不穷了他们成了财主了，我可以出手。我向他们出手也不会得罪红军，红军不是说打土豪分浮财吗？

"财源滚滚。"他对黎译宏说。

"财源滚滚。"黎译宏说。

很快，漠可带着他的弟兄们下山了。

四　就当做了场梦吧

阿汉是黄昏时和大哥漠可分的手。

漠可把人马分了五路，两个人一路。阿汉开始还有点顾虑，担心人少了吃亏。漠可说："又不是打老虎，要那么多人干什么？你以为还像先前的财主呀，养着家丁？"

"他们才暴富，连个高墙都没有。"他说。

阿汉想想也是，后悔把这么一句话说出来。其实就是两个人他也从没胆怯过，也许是久没出山久没出手的缘故，他傻傻地说出那么一句话来。

说实在的阿汉很亢奋，不仅是因为去爬"摇钱树"，晃荡着摇几下能摇出大把的钱，根本原因是他和漠可干草寇生涯已经好些年，久久不出手，人觉得废了。

他和另一个同伴摸黑进了曲洋，目标是早已物色好了的，前些天就专门有弟兄下山"打眼"。"打眼"是山匪的黑话，就是先行探知情况摸准目标。

阿汉的目标是凡大老倌。

"那老倌看样子得了财神不少，怀里就揣了厚厚的一扎……"打眼的兄弟回来说。

"他冲在最前面，嚷嚷着要兑银洋，我看见人家应允了他，他揣着大袋的银洋眼笑成了两根细线。"打眼的兄弟说。

第十四章

"那是块肥肉。"打眼的弟兄说。

"我认识那老倌的崽,叫刘麻有。"漠可说。

"我入红军队伍时他也入了,我们在一个排……"漠可说。

阿汉说:"现在他也不是红军了,他脱红了,怕是回来做有钱人家少爷了……"

"割他家的肉吗?"喽啰说。

"当然……为什么不割?他脱红了,不在队伍上了,我们又不是跟红军作对……"漠可说。

阿汉和那个弟兄藏身在离凡大老倌家不远的那片苎麻地里,那里离屋院也就几丈远的样子。阿汉和那个弟兄时不时朝周边的什么地方扔着泥团。那是惊狗,家家养有看家狗,晚上有动静就叫,这很麻烦。漠可他们有办法——丢泥团,狗持续不停地叫难免就让那家人失去戒心了。

树上什么精怪弄事哩,狗老叫?那家的女人会说。

"是托塔李天王呼气吧,都说李天王一呼气凡间的狗就乱叫……"这家的伢说。

"也许是鬼魅妖邪哩,这些日子怪事多阴气重。"男人说。

女人和伢就起了个瑟缩,"睡去。"女人说。

伢早缩进被窝里。

男人说:"睡,睡!"

狗叫得再凶他们也就不当回事了,甚至听不到,他们睡得沉沉的。阿汉他们就会选择这种时候下手,万无一失。

这回也一样。

阿汉看看时候到了,学了声鸟叫。两个人戴好头套,往屋子那边摸去。

他们没遇到反抗,做这个活他们很老到。他们拨开门闩,轻手轻脚地找到目标,在黑暗中迅速制服了对方。他们的目标是儿子,刘麻有当过红军,身手也不一般的。他们扑了过去,事情有些意外,那个后生没反抗。

他们把父子俩拖到屋角。

"财神来过了，现在我们来了，老倌子你明白的。"阿汉说。

"我没钱，财神没来过我这儿！"凡大老倌说。

喽啰点着了火把，在凡大老倌脸上照了一下。凡大看过去，来的两个人蒙了面，但声音凶神恶煞样。

"有人看见你去兑银洋了，不是一点点……"

"我没钱！"

刘麻有说："爸，你还是拿出来交给他们吧……"刘麻有这是心里话，他想，那些钱来路不明，那些钱使他离了队伍。他想，不义之财毕竟不能占为己有，交了好，一了百了。他们又能回到从前，一切又都归于平静。自从他到了队伍后，生生死死都不放在心上了，他明白了一个事：人活不是为了钱，人活是为着一个信仰所活。刘麻有的信仰就是红军的信仰。

"我不！凭什么？"

喽啰挥动一下手里的火把，说："凭这个，信不信我一把火烧了这屋子。"

婆佬号哭起来："天爷，你把大洋交出来吧，他会烧死我们全家人的！"

阿汉说："她说得对，我们会点着这屋子的……不过你这么哭叫可不好。"

阿汉从灶上抓过团抹布塞进了婆佬的嘴里。

凡大老倌绝望了，他想，碰到财神有时也会遇着恶煞，人走鸿运也难免走背时运哟。他咬了咬牙，抠开了那个墙洞。银洋在袋里当啷的响声像刀子样绞着凡大老倌的心。他把那袋子往阿汉脚下一扔。

做梦样。他想。

"就当做了一场梦。"他冲阿汉说。

阿汉笑着："人一世就是一场梦哟，你以为呀？"

他拎起那袋子银洋，从中抓了几把扔在地上，那些银洋发出脆亮的响声在地上滚着。"留点给你们吧，有饭大家吃。"他说。

凡大老倌突然叫了起来:"我知道你是谁了,你个天杀的!"

阿汉吓了一大跳,说:"你闭嘴!"

那个喽啰惶恐不安起来。

阿汉很镇定,他拉了喽啰,抓起那只袋子,消失在黑暗里。那儿还有一小叠纸钞,阿汉他们没要,他们要的是现洋。

凡大老倌确实没认出来人是谁,一直蒙着脸,他怎么知道那帽子遮住的脸是谁?凡大老倌觉得这事有些可疑,他呆坐在那儿一直坐到天亮。婆佬说,你说过的做梦样就当做了一场梦吧睡去!

凡大老倌没理会他的婆娘,他就那么坐着。

婆佬睡了一觉起来,看见老倌子还坐在那儿一动不动的像截木墩。儿子刘麻有在那儿拾捡着东西。

"做梦样……"凡大老倌嘀咕了一声。

"就当做了场梦吧……"

"又回到从前了。"

婆佬说:"本来就是鸡的命,偏想着要做凤凰……"

儿子刘麻有收拾好了,他走了过来:"又回到从前了……就当什么事也没发生过吧,我回队伍上去了。"

婆佬拿眼睛睃老倌,凡大老倌面无表情。

儿子刘麻有说:"我走了喔。"

"走吧走吧……"凡大老倌终于吐出几个字。

儿子刘麻有的身影在门口光亮处晃了一下,消失在那地方。婆佬歪身追出门去,看见儿子刘麻有在石板路上坚实地走着,没有回头。婆佬以为儿子会回头,但一直没有。

婆佬回过身,发现屋里的那截"木墩"没了踪影,她往后门看去,那小木门开了,门板在风里晃荡着。

"疯了?这老倌……"婆佬嘀咕着,循迹而去。

凡大老倌没上哪儿，他揣了把菜刀，但目标好像不是找谁要砍人，因为他同时还拎着个砧板，这看上去更像是去什么地方切菜。

他找到老戏台一角，那里对着一大片的屋脊和墙。他盘脚坐了下来，那时候，街子上已经有三三两两的行人来往。他们停下步子侧身看着凡大老倌，眼里一大片的诧异。

凡大老倌想了一晚上，他觉得想出点眉目了，摸进家门的不是什么强人匪盗，而是那片屋脊下的什么人家的男人。不然狗怎么不咬他们？不然怎么就熟门熟路地弄开我的家门？不然怎么蒙了面捏了嗓子说话怪怪的声音？还有，匪盗抢了钱会抓上几把留下来吗？不会吧？可有的人却会，他们怕遭报应，他们就抓几把银洋哄鬼骗神……

他们嫉妒我哩，我知道他们嫉妒。他们一个个穷命，看不得我凡大发财。我知道，我都知道，就是你们这帮人搞的鬼。

凡大老倌夜里想的就是这个。他认定是邻里谁家作祟，但他不能断定是谁。他却咽不下这口气，他揣了菜刀拎了砧板，他不能就这么便宜了那些人家。

他挥动菜刀剁着砧板，那厚实的一截木墩在菜刀的斩剁下发出浑厚的声音。凡大老倌似乎要引起更多人的注意，他把那种斩剁弄出一种变幻着的节奏，然后，他在这种声音里开始他的诅咒。

"你个天杀的狗嚼的你黑了心霉了肝你三更半夜的到我家来抢东西呀……"凡大老倌挣着大喉咙咒着。

"你不要以为我不知道你是谁，天收你全家的……我不知道天会知道，天收你们……"他朝着那个方向号叫。

"你个倒灶的火板子装的粪箕盛的哟……我真想千刀剁你，万刀灭你哟……"他说。

风把他的声音卷去很远，又招来了更多的人。凡大老倌不管人多人少，他没看那些人，他还看着那个方向，嘴里依然发出愤怒的诅咒话语。

第十四章

他们到底听出了点名堂,但没人理凡大老倌。凡大老倌想有个什么人跟他说句什么,不管说什么话题他都准备借故把话接过来,然后好好诉说一通。但没人跟他说话。他们似乎没觉得凡大老倌这一切有什么新鲜的,他们淡然地看着凡大老倌。

婆佬终于看不下去了,她过来拉她男人。

"走吧!你又骂不回钱来。"她说。

许是凡大老倌累了,骂干了喉咙,他顺着婆佬的拉扯往家的方向走去。

别处也发生了几起类似的事件,不过那些人可没有凡大老倌那么"务虚",他们很"务实",他们也跟凡大老倌样对夜里的抢劫心存"怀疑",但很快他们就把"怀疑"弄成了"确信"。他们觉得指桑骂槐毒咒恶言那没有什么切实的意义,不解恨更不解决什么问题。他们很干脆,天还没亮就冲进了邻居家搜找。邻居家没人受得了这种诬陷冤枉,愤而相斥,打斗的事就在所难免了,棍棒拳脚几人打作一团。

这些事搅在一起,使本来就不平静的生活更是被搅得纷乱杂呈。

第十五章

一　我得去高坪一趟

消息很快就在四处传开了，这一带暴发的人家都遇着蒙面的强人，而第二天还因此引发出许多纠纷，甚至斗殴。而且，这种事情还在持续发生着。

保卫局来过人找到俞启岳他们。

"这一切和红军票子有关，你们没觉察出一点什么？"保卫局的人问。

俞启岳皱着眉头想了很久，还是摇了摇头。

"是不是感觉很意外，也很奇怪？"保卫局的人说。

"当然！"

"为什么呢？"

"这是谁干的呢？谁会这么干呢？"保卫局的同志说。

"这也是我们想弄清楚的问题，你问我，我又问谁去？"

他们研究了很久，敌特吗？可能。但他们一般不会冒这个险。一般进入苏区的敌人探子没有这种公开的行动。他们不会惹火烧身，再说他们也没这么老练。

是漠可那些山匪？

好像也不可能，漠可和红军有过约定的，不在苏区弄事情，不给红军添乱。

可分析来分析去，好像没个头绪。

俞启岳说，这么看只有一种可能性了，漠可出山了。

马拱八说："不可能，我们和他有协议的呀。漠可是个重义气的人，这种事他不会去干的。"

俞启岳说："我得去高坪一趟。"

肯定不是凡大老倌他们猜想的那样，是遭遇了小人嫉妒，难道那么些"小人"都约好了同一天动手？在这一带，做这种事做得如此利落，除了漠可，还能有谁？居然还留点银洋给对方。如果是别的什么人的话，可能就不是这么个样子。俞启岳在心里这么想。

漠可没想到俞启岳会来找他，他们是老相识了。漠可入红军队伍那些日子，俞启岳做他的连长。

喽啰通报漠可说有个叫嚷咛的要找他。

"什么？嚷咛？"

"他这么说的，他说他外号叫嚷咛，他说你跟漠可说就是，漠可知道……"

漠可当时就从条凳上惊得跳了起来，手里的茶杯掉在地上。

漠可当时正和黎译宏喝茶，黎译宏那些日子一直待在漠可这儿，他在等待下一步的行动。他觉得漠可这儿是个好地方，风景不错，且很安全。他不想去省城，担心上司节外生枝。找个执行任务的理由，就可以将在外军令有所不受。他总不能老待在九塘，他感到九塘不安全，威胁不是来自红军，而是自家兄弟粤军，这一回，"财神"行动把粤军的经营伤得不轻。他也不愿意在苏区的什么地方，在等待的阶段，最后不要在虎狼群里晃荡，难说横生意外。

所以，他待在高坪，这里很好，很适合他，风景不错，众爷们也很不错，主要是安全。

漠可的怪异举止让黎译宏十分吃惊。肯定不是害怕，漠可那种人天不怕地不怕，他会怕谁？只有一种可能，来人出乎他的意料。

黎译宏职业的敏感，让他警觉到来人属红，肯定是红的中的一个重要的人物。

漠可愣了好一会儿还没法拿定主意，那个喽啰一直站在那里等漠可的话。

嚷咛是当地方言对蝉的一种叫法，蝉一天到晚吵吵嚷嚷地叫，所以客家人叫它嚷咛。俞启岳当连长那会儿，漠可带了人才到队伍上，俞启岳管不住他们，也不能过于那个，毕竟上头有过交代，对待漠可他们这样由土匪而当红军的士兵，要有耐心。俞启岳那些日子心里憋着团东西，心耐得住，嘴却耐不住。他不停地朝漠可他们叨叨，他想说说，说说舒服点。所以给漠可他们叨叨的印象，他们给他起了个绰号叫嚷咛。

谁叫他没完没了地叨叨？他们说。

他们背后就那么叫他，后来就人前人后都那么叫。

后来漠可他们脱了红离了队伍，他们像是把嚷咛这外号也带走了，再也没人那么叫过俞启岳。

"是他！可是他怎么来了？"漠可跟黎译宏说。

"谁？"

"我的一位老朋友，过去做过我的连长……我看你是不是回避一下？"

黎译宏摇了摇头："没必要，我只是个来收皮货的……再说，认识一下也好，多个朋友多条路……"

"只是我不想让他看见你们在我的地盘上……"

"怎么会？放心，绝不会有那种事……"

于是，漠可放心地朝那个喽啰点了一下头，但很快漠可就叫住了喽啰。

"我亲自迎他去。"他说。

漠可不可能拒绝见俞启岳，在队伍初时，漠可和他的弟兄们对俞启岳不以为然。他想，这个长官肯定要给他们小鞋穿。后来，队伍就往前开了，有了战事。他们这个连在第一线,奉命打阻击。这是个险活儿,布置了两道防线。漠可那时想,嚷咛要报复他们了。可没想到连长对他说,漠排长,你带着你的手下在第二防线。嚷咛竟然把危险让自己担了。

漠可还是和嚷咛较上劲了,他一张脸黑了下来:"怎么,把我和我的弟兄当怕死鬼呀?养兵千日,用兵一时……不用我们呀?为什么不用我们?"

漠可就是那种人,什么叫血性?他这种人身上容易见到。内心深处永远是胜者,天下无敌勇猛无畏。你要是关键时候对他们稍有不屑,他们便激愤,即使是对他们善意的保护,他们也会当做一种轻视。

"我不在二线,我怎么能在二线?"他说。

"嚷咛……哦不……连长,你瞧不起我和我的弟兄?"他说。

"这是我们入队伍的第一场仗,你让我们在二线?"漠可说。

漠可不停地嚷嚷,这回他成了一只奇怪的知了,他成了嚷咛了。俞启岳没办法了,他说:"好好,依你,你不要叨叨了,这回你成嚷咛了。"俞启岳只好把三排调到第二条防线上做预备。漠可满意了,说:"这还差不多,这样你就算叫我狗屁也没事,何况嚷咛?"

仗打得很激烈,连长俞启岳叫子弹击中了膀子,连副也牺牲了。

老漠说嚷咛,你下去,我来!

俞启岳不肯下火线。

漠可又一次发火了,你不信任我老漠?你再这样血流光了你永远不能嚷咛了!

俞启岳只好叫漠可代理连长指挥战斗。阻击的对方并不是不堪一击,但俞启岳他们连出色地完成了任务。

俞启岳见人就说,漠可虽然人粗鲁,但打仗是把好手,不怕死,是好佬。

可没多久,就听到漠可他们脱红的消息。

俞启岳说,这鬼,一个猛张飞的料儿,却似乎注定做李逵的命。

漠可回了高坪，俞启岳就很少有他的消息了。俞启岳一直在前线，后来被调到苏维埃银行工作，漠可这个名字在他心里渐淡起来。他没想到现在会为这事去找漠可。

二 是"财神"更是瘟神

俞启岳走进了那间屋子，漠可迎了上来。哦嗬哦嗬，他们寒暄了一通，老友久违重见的很实在的热情。后来，俞启岳就瞥见坐在八仙桌边的黎译宏了。他淡定地看了对方一眼，对方神情也很淡定。

"我来介绍下。"他听到漠可跟他说。

"这是上杭来的皮货商霍掌柜……"漠可跟俞启岳说。然后又把俞启岳介绍给对方，"我把兄弟……嚷咛，哦嗬，外号叫嚷咛……在山里开纸坊。"

俞启岳突然感觉到一点什么，是什么，他说不清。何况他觉得这张脸在哪儿见过，他想了想，没想起漳州的那个码头。当然对方更没认出他来，那倒是有其原因，那时俞启岳一张脸肿着，不是现在的这么个样子。

俞启岳不会想到，坐在他对面的男人就是他们苏维埃银行的祸根和仇人，是"财神"更是瘟神，眼下俞启岳他们的所有麻烦都和对面的这个人脱不了干系。

那时候俞启岳还真没往那方面想，只是觉得那男人的目光中有种别样的东西，那种东西一般皮货商人没有。

他们心照不宣地相互笑了那么一下。

黎译宏也没和俞启岳直接交锋过，但两个对手就这么巧遇在了那个叫高坪的地方。他们各自揣摸着对方，他们不知道他们一直针尖对着麦芒。他们各自感觉到来自对方眼眸里的警觉和莫名的敌视。

"哦哦，霍掌柜进山收货来了？"

"看你……才入秋,山里猎人还没开始忙乎哩,哪有皮货收?再说红的白的闹事情,官府严禁和这边做生意哩。"

"哦。"

"一直说到漠可兄弟这里静住些日子,一直忙生意没得闲空,这回好了,生意做不成,就来这地方住些日子。"黎译宏说。

"先生你不是也想在这风景好的地方住着悠闲几天的吧?"黎译宏说。

漠可突然想到什么:"嚷咛,你找我什么事?"

俞启岳看了一眼黎译宏。

漠可说:"你说你说,不碍事,霍掌柜又不是外人。"

俞启岳一脸的严肃:"山下近来不断有人家被抢,是不是你和你弟兄们干的?"

漠可说:"你问这事呀,你大老远地来就为这事?"

"这不是小事。"

"是我们干的,没错,是我们干的。"

俞启岳眼睛就大了,他大着眼看着漠可。他想到可能是漠可他们干的,但万没想到漠可竟一口承认了。他本来想,就是漠可他们干的,要让对方说出真情也得花些周折,可是没有,漠可漫不经心地就承认了。

"呀!你怎么能这么干?"

"为什么?我做错了?"

"你答应过不在红军地盘上弄这事的。"

"不错,我是答应过红军,我指天发誓不在红军地盘上打家劫舍……"

"你看你……你说话不算数?"

"我答应不在红军地盘上抢穷人……有土豪劣绅抢得不?红军不是鼓动了要大家打土豪分浮财的吗?"

俞启岳噎住了,他没想到漠可会这么说。

漠可说:"没说红军地盘上的财主抢不得是吧?"漠可眯着眼睛,甚至带了点笑意那么说着。

俞启岳说:"他们……他们……也不是土豪财主呀……"

漠可咦了一声:"怎么不是?你没看见他们发疯般兑银洋?他们个个眼都红的……"

"可是……"

"你别可是可是的了嚷咛……我知道他们那帮人,你其实也知道那些人……没钱时缩着脖子低声下气的模样,只要有点点钱,就不一样了,就是老爷样了。"

俞启岳只有摇头。

漠可说:"难道不是?信不,这是在红军的地盘上,要在白的那边,他们早就置田做屋穿金戴银的了……"

俞启岳说不通漠可,他想,我得说通他,这个男人只要说通了,他还是明白事理的。

漠可说:"我们先别扯这事了,我们喝酒,你我有很久没一起喝个够了……"

喝酒就喝酒,吃你的饭喝你的酒我也得说。俞启岳想。

吃了你的喝了你的我不嘴软,看就是。他想。

俞启岳真是有口福,那天漠可的手下打到一只麂子,然后用瓮坛焖炖了一天一夜。那是客家人特有的炖法,不用锅不用灶,用坛子瓦罐装了,荷叶蒙了坛口用湿泥封了,堆了松毛谷壳什么的,让暗火慢慢炖焖。

后来,就热腾腾地成了桌上的美味。

漠可请两位山外来的客人上座,他和他的喽啰要好好和两个男人喝一次酒。场面不大,但场面很热闹。

酒过了三巡,黎译宏就借故不肯喝了。俞启岳倒真还想喝,那肉香酒醇,已经很久没吃上这种好东西了。可他不能喝了。他想,那家伙不喝总归有他的道理,也许他就是那边做我同样工作的人哩。也许他真是个探子。

第十五章

这么想,他更多了几分警觉。

他跟漠可说:"我跟你直说了吧,没什么财神爷,也没什么马得夜草人获横财什么的,是有人制造了大量的假票子到处散……"

漠可愣了一下:"真的?"

"当然是真的。"

"那又图个什么哟?"

"制造混乱呀,外面大军压阵,里面呢,你看看现在那些墟市就知道了,东西被抢购一空,货源又被他们严密封锁……你想想,这仗还怎么打?"俞启岳说。

漠可好像联想到一点什么,他没说话,后来他说:"喝酒喝酒。"他连喝了三大碗。

晚上,漠可找到黎译宏。他和黎译宏说话说到很晚。

"假钱的事是你们干的?"他直截了当地问黎译宏。

"你喝多了……"

"没有,我没喝多……我知道是你们干的,这个我不管,可你不该挑唆我下山去弄事……"漠可说。

"我是为大哥你着想。"

"我早说过,红的白的你们的事我不搅和,我也不帮谁助谁……你不该挑唆我们下山的……"漠可说。

"红军大势已去寿限已到……你要识时务……"黎译宏没想到漠可会跟他这么说。

"我答应过红军的,男人说话要算数。"

"他们时日不多了赤色疯狂将烟消云散。"

"但现在他们还在……"

"我说很快。"

"他们在一天我那话就算数一天。"

· 245 ·

"你倔得像头牛喔。"黎译宏笑了一下说。

"反正男人说话要算数！"漠可说。

"我没有说你说错了。"

第二天漠可派人送俞启岳下山，他把那些银洋都拿了出来："我说服弟兄们了，你把这些银洋带回去。"

俞启岳说："我来你这儿没带这个任务。"

漠可说："知道知道，是我和兄弟要还给你们，我们说过不抢红军的。"

"你们没抢红军。"

"有人拿假票子到红军那里兑换来了银洋，然后弟兄们把这银洋抢了来，你说抢的是红军不是？"

"你们可以留着这些钱，下不为例。"

"不行！我说过说话算数……"漠可说。

"哎，我说你们已经知道他们手里的是假钱，你们还兑给他们？"漠可说。

"也是你刚刚说过的那句话，红军说话要算数……"

"可接下来怎么办？就怕那是个无底洞，你们怎么填？"

"我们正在想办法。"

"你们好自为之……我帮不上你们什么……"

"你已经帮我们很大的忙了。"俞启岳有些感动，那感动是真实的，他没想到漠可会做出如此举动。

三　鬼打了蛮三脑壳

那天人们看见一个人在河堤上浪走。风很大，尘土飞扬，没人看出那是谁，但声音让人知道那是蛮三。

第十五章

蛮三在河堤上走着，河上冷风吹来，有些冷。不是一般的冷，连在河堤上觅食的鸡们鸭们都缩在窠里不出来。蛮三却似乎不惧严寒，他在河堤浪走，嘴上叫着喊着："兑银洋……要兑银洋！"那么几个字在他嘴里来来回回地叫喊出来，和着风中的尘屑漫过来。

"啧！"有人啧着。

"啧啧啧……"人们那么啧着。同样是这么个"啧"，此一时彼一时了，和先前对蛮三的啧声完全不一样了。

那天夜里，漠可的两个手下也摸到蛮三住的那间屋子里。蛮三没屋子住，用几张票子买了许寡妇的那幢屋。许寡妇年前死了老公，不想再在那里住了，要便宜了出让。蛮三说我要了，他没花几个钱就有了不错的屋，他觉得值。有人说屋子闹鬼。蛮三说我坟窖都住过的人怕鬼？蛮三没想到才搬进去几天真就碰着鬼了。

两个蒙面人把蛮三从床上揪了起来。

"哦哦，真来鬼了？"蛮三嘟哝着。他没怕，他觉得有点诧异。

"把票子拿出来！"

"不！"要命可能还成，要那些票子，蛮三不干。

"没有……要命有一条……"蛮三说。

那些钱是蛮三的命根。买那屋子时有人说，蛮三你真不会算账，你为什么不娶了许寡妇呢？连人带屋都有了。蛮三说，你以为我蠢呀，我会那么做？我娶了她那我的钱也归她了，我不干。

那些票子是蛮三的命根。他说要命有一条要钱没有。

那两个蒙面人没要他的命，他们翻找着那些票子，黑夜里看不清，他们竟然点了火把。光亮帮了他们的忙，原来那些票子就缝在蛮三的枕头里。两个山匪笑了，这个鬼，他想夜夜枕了做发财梦哩。两个蒙面人得手，揣了那些票子，打个呼哨，在黑夜里消失得无影无踪。

蛮三那屋子三天没开门开窗。

没人留心那屋子，也没人留心蛮三。

三天后，蛮三竟然出现在河堤上。有几个伢不怕冷，他们跃跃欲试那样。几个老倌说，你们过去看看，回来给你们吃热糍。几个伢从风里钻过去，不久，又从风里飘回来。

"见着蛮三了？"老倌问。

"见着了。"伢们说。

"他说什么呢？"

"他没说什么……"

"那你们跟他说话了吗？"

"说了，蛮三不理人。"伢们说。

"这鬼蛮三哟……"

"他只顾走他的路……"伢们说。

"他往河里丢树叶，他给我们塞树叶……"伢们说。

"哦？树叶？"

"蛮三说是票子，他揣了大把的树叶，边走边喊边往河里扔，他说是扔票子……"

"他干什么呢？"

"谁知道！"伢们说。

"疯了？"

伢们说："不错不错，蛮三像是疯了癫了哟……"

老倌们觉得不妙，他们跟伢们说："在哪儿？带我们看看去。"

伢们又叫嚣着往河堤那边走，可那儿已经没了蛮三身影。

"刚刚还在这儿的。"伢们说。

"你看你看，水里还有蛮三抛的树叶。"他们说。水里，确有几片树叶在打着晃晃顺流漂去。

可就是没看见蛮三身影。

三天后蛮三的尸体从水里漂了起来，他们说是鬼打了蛮三脑壳。说这话和听这话的心头都起了一阵鸡皮粒粒。他们抹了一下脸，他们觉得脸上起了灰灰的一层什么。他们信财神他们当然也信鬼魅。他们觉得这个冬天奇怪的风和风搅起的尘土里，是不是就有鬼魅出没？不是一只两只是一大群哟。这么想，心上就一大片一大片地黑起来，身体有了抖颤。

他们关了门，围了那堆炭火想着些什么。

有些事确要好好想一想。

婆佬也烧了一堆旺火，但凡大老倌偏不往火边坐，这些日子他跟谁都较上了劲。人说人老㤊崽样，可凡大老倌人还没老，但却一副㤊崽样。

"有些事我们要好好想想哟。"婆佬说。

"我不想，有什么可想的？"

"蛮三……"婆佬想说蛮三遭了报应，但凡大老倌没让她说出后面的话，凡大老倌拉了脸。

"蛮三是蛮三，我是我，我不信！"凡大老倌说。

"你信财神你就不信鬼？"

"我没做缺德的事，我没做见不得人的事我怕个什么？"

"你不怕你不怕去……"

"我不怕！"

婆佬不说了，她知道说也没用，凡大老倌倔劲上来了。那老倌是个服不得输的人，倔劲上来八头牛也掰不回。她听到凡大老倌喘粗气的声音。

牛一样。婆佬想。

四 刘丙和觉得这想法或许值得一试

刘丙和带着有赞他们在九塘转悠了几天，依然是两手空空，什么货也没弄到。有人从瑞金带了消息来，说到挤兑愈发严重了。

刘丙和就急火攻心了。他想，我能不急吗？这事关系重大，肯定首长比我们更急。他想象着首长的样子，皱着眉头，手抬起过头，突然地就抓一下头发，然后脸就侧向天空了。首长望着天空，一脸的漫无头绪。首长也会有茫然焦虑时候，首长也是人呀。

刘丙和本来就瘸着的那腿，就觉得越来越重了，像一根铁棍。

刘丙和对汤有赞和马拱八说："你们先回吧，在这里也是瞎逛，回去或许还能帮上点什么。"

"我一个人留这儿，有办法我一个人也办得了，现在不是打老虎要那么多人留在这里干什么？现在是想办法。"他说。

那个灵感就是汤有赞和马拱八走后突然冒出来的。

汤有赞和马拱八神情有点蔫巴地点了点头，立马转身往木桥那边走去。刘丙和看着两人晃荡着的背影，看着他们走上木桥，然后走过桥去消失在对岸河堤的树丛中。就那时刘丙和的脑壳里跳出一点东西，而后就愈显明晰起来。

刘丙和觉得这想法或许值得一试。

他去了亘五商号。铺子很安静，街子也很安静。没什么生意，街子铺子都很安静。大部分铺子都关门闭户，三两家铺子不识时务地洞开门户，像几个被冷落的婊子那样徒劳地卖弄风情。

亘五商号是其中一家，门面大开，但货架上也空空，铺子像被掏空了的怪物一样。掌柜刘亘五就坐在角落里。刘丙和瘸着脚走到商号的铺门边时，他甚至没有抬头。

"哎哎！刘掌柜！"刘丙和重重地敲了一下柜板。

刘亘五抬起头："你个瘸子刘喔，你轻点不行？擂得山响。"

"我以为你睡着了。"

"我都好些日子没好好睡了，大白天的我睡？"

"天塌不下来。"

"天是塌不下来,可亘五商号却难撑住了,我都愁死了……"

刘亘五当然说的是假话,他这铺子没什么撑得住撑不住的事,身后有大来头。

"我刘亘五是流年不吉运交华盖哟,今年的事怎么这么多?先是店铺莫名被抢,后是生意冷淡得空前绝后……"

"大家不都一样吗?"

"我扛不住,我高利贷借了人家的,驴打滚……"

"呀,那不是个小事呀!"刘丙和睁大了眼睛说。

"是不是个小事,把我刘亘五往死路上逼哩。"

刘丙和早知道亘五商号的来路。早在亘五商号创办的第一个年头,红军保卫局就探知了亘五商行的底细,边贸局也摸清了亘五商号的来头。但红军没动亘五商号,不仅没动,且装作浑然不觉,为什么要动?不说九塘那地方特殊,不能轻举妄动,就算是能动,也不动为宜。那显然是敌方暗探的一个据点,他们借此为跳板来来去去,不动,任其活动,但却时常暗中监视,敌方的一些动态不就为红军所掌握了吗?

刘亘五说:"找我有事吗?"

"没得生意做,大家都成了闲人……"刘丙和说。

"没事没事,闲得很,就到处走走,走到亘五商号来了……"刘丙和说。

"坐坐,你坐坐?"

"好,我坐坐,你个亘五掌柜有好烟好茶好酒我晓得……"

他们坐在柜台后面,那儿有只火盆,刘亘五往火盆里挟了几块炭,又拨了几下,火旺起来。

"暖和下……你个瘸佬你狗鼻子呀,你怎么知道我有好酒?"

"我就知道,我鼻子吸吸就吸出来了……"刘丙和觍着脸嬉笑着。

"前天他们才从省城带来了李渡高粱,窖里藏了几十年的……"

"啧啧……"

五　肥水不流外人田

刘丙和喝下那碗热茶,在炭火边烤了下手,身上果然暖和多了。然后跳出铺子,过不久,就兜了一捧东西回来。是些杂碎。他把那些吃食放在小几上。

"我惦着那瓶好酒哩,你不会说是留了给贵客喝的吧?"

刘亘五笑了:"你瘌佬就是贵客呀……来,喝了喝了……"

他们喝起酒来,一边说着话。

"近来生意和天气一样哟,说萧条就萧条起来。"刘丙和说。

"时局动荡呀……"刘亘五摇着头。

"兵荒马乱的……"

"就是,兵荒马乱的生意难做……"

"我没说!"

刘亘五盯了刘丙和好一会儿,这瘌佬,才出口的话竟然说没说?"你刚说的,你说兵荒马乱的……"

"我是说了……可我没说生意难做。"

"不难做九塘几条街都像霜天里的坟场样?"

刘丙和笑着。

"你看你笑,你个瘌佬笑起来也一副难看嘴脸。"

"难看点不要紧,关键是该长好的地方要长好,比如眼睛和耳朵,还有鼻子……"

"我没看出你眼睛耳朵鼻子有什么特别的地方……"

"你看你,有特别的地方是看出来的?眼好不好是你看东西清不清,

第十五章

耳朵好不好是听东西真不真……"

"噢噢……也是……"刘亘五觉得很好,有个人说说话很不错。他喝了一口茶,歪着脖子看着对方,想听听那张嘴里还能说出什么有趣的话题来。

"鼻子用来闻东西呀,人都说狗鼻子灵,人有的时候鼻子闻闻会比用眼睛看耳朵听要好……"

"有这事?"

"你试试……"

刘亘五真就吸了吸鼻子,他让刘丙和那认真神情弄得迷糊起来,竟然真的吸了几下鼻子。"什么味也没有,就平常街上那种味。"

刘丙和笑了笑:"平常街上那味就对了,平常街上可不这样,平常街子上很热闹。"

"可我闻出的就是那种味。"

"这就对了,生意看样子不像我们想的那样,街子上表面看去冷清,可暗地里有人生意做得红红火火。"

刘亘五吃惊地看着对方,刘丙和的话让他很诧异:"不会吧,这是死罪。"

"正因为是死罪,所以利润就高呀……死罪吓得住人?自古死罪还少,可为了钱不是有人还冒死去做?贩盐死罪吧,贩烟土死罪吧,做的人还少吗?"

刘亘五笑了笑:"那是。"他重又平静了下来,其实那都是假的,他脸上风平浪静,心里却波涛汹涌。这些天特工总部的人都盯贼样盯着那些上了名单的生意人,他们多年来暗中与匪区往来。可没看出什么蛛丝马迹。他不相信真就有人在这么个态势下还敢擒着脑壳与赤匪做生意。不过想想,也真很难说,刘丙和那话也有几分道理,真有大钱可赚,冒险的大有人在。

刘丙和很神秘地从口袋里拿出一坨东西,递给刘亘五。刘亘五接过来看了看,是坨钨石。他掂了掂。

"看来你懂。"刘丙和说。

"做生意这么多年,没吃过狗肉还看人家杀过狗的吧,这点常识我还是懂……"他伸出三个手指,"三等级别的货。"

"头等二等的少见了,现在出得最好的货就是三等的了,这东西在香港那边比半月前又翻了两倍的价……"

"你说两倍?"

"是两倍,跟金子样了……物以稀为贵哟……"

"啧啧……"

刘丙和凑近刘亘五的耳边悄声细语地说:"实话跟你说吧,上家托我找个下家,出的是这个价……"刘丙和伸出几根指头亮了一下。

"我新近找到一条隐秘的路,从那儿走货神不知鬼不觉,可我就是找不着货,没劲,眼看着金子化成水哟……"他说。

"我有个主意。"刘亘五说。

"你说说。"

"不如我们刘家兄弟把这生意揽下来?"

"你是说肥水不流外人田?"

"是哦是哦,肥水不流外人田。"刘亘五点了点头,说。他心里可不那么想,他心里想得很多,先是想到能不能由此找出什么蛛丝马迹。上头现在急要的不就是与赤匪走私的线索,杀一儆百。如果这事能抓住点线索,为什么不?何况这么着顺手牵羊还能做上一桩大买卖。白花花的银洋呀,不是一点点,是一大箩吧。

人不能想着钱的,那东西太那个。刘亘五那时就让银洋给弄昏了头。他给刘丙和说:"我们联手做,你有路,我有货……你说你说,那边想要些什么?"

刘丙和说:"还能想要什么?就是些日常用品,百姓需要的物品……"

"你让我想想。"刘亘五说。

"想可以,不要想太久,想久了有时煮熟的鸭子也会飞走……"刘丙和说。

"那年芳村有人掘了座坟从墓洞里找出一坨金子，挖墓的耍我给十担谷子换，我说让我想想……"刘丙和绘声绘色地说着他的故事。

"我也没想多久，就一上午，你想一个上午算个什么哟……可过了一个上午我再去找那个掘墓的，那人说东西已经出手了……"刘丙和说。

"我也没在意，可后来听说那东西在香港什么地方出手时已经值十担银洋了……"刘丙和说。

"瞎说浪说的吧？"刘亘五说。

"没哩，那是坨金印，你知道是谁的？"

"不知道。"

"不知道吧，所以你说瞎说浪说不是，知道了吓你一跳……"

"你说你说！"

"太平天国幼天王洪天贵福的金印……那年洪天贵福在干王洪仁玕等人的保护下逃出南京城逃到江西，在石城一带全军覆没，干王洪仁玕在被俘前将那枚印塞进马夫肚子里。马夫被清兵在肚子上戳了一刀，死了，干王洪仁玕就从那伤口把东西塞到死人肚子里的……"

"真有这事？"

"后来马夫被埋在坟地里，再后来……当然是好多年以后的事喽……有人偶然挖着个老坟，在坟洞里找着这东西……"

"要是幼天王洪天贵福的金印那是价值连城……"

"可让我想想，才想了一个上午……煮熟的鸭子就飞了……"

也许是那么一句话彻底让刘亘五把决心下了。就这一回。他想。煮熟的鸭子到嘴边我能不吃？他想。我就说钓鱼，我就说这全是为了找那帮家伙的重要证据。他想。他想了很多，但还是咬了咬牙。

"干！"刘亘五跟刘丙和说。

"但是……"刘亘五加了一句。

刘丙和说:"你说你说!"

"你掌柜的去和回都得跟我在一起。"刘亘五跟刘丙和说。

"当然当然,我和刘掌柜形影不离,直到把砂送到你们觉得牢靠的地方。"刘丙和说。他知道刘亘五的想法,刘亘五想把他押作人质。

"一言为定?"

"一言为定!"

刘亘五放心了。他觉得刘丙和那么个人,不会冒死妄动的。

第十六章

一　他是和这事较上了劲和红军较上了劲

黎译宏在俞启岳离开高坪的第二天下了山。漠可对他说："你可以多住些日子呀，嚷咛不会在我的地盘上给你麻烦的，再说他也不知道你真实身份，你怕什么？"

黎译宏笑笑："不会有那种事的。"

"那我说多住些日子……"

"我得走了，我有要紧事情要做。"

黎译宏说的是真话，他得实施"财神"计划的下一步行动，嚷咛来高坪，也让他看出漠可他们的出山给赤匪带去了很大麻烦。虽说那个叫嚷咛的家伙上山来把事情搅了，但怕是已经来不及了，要消除匪区到处弥漫的恐慌，赤匪就是有再大的神通也力所不能及。他们现在只有一个办法，取"水"救火。这水不是一般的水哟，这么些日子来特工总部、复兴社还有粤军的人都在寻找这"水"，可一直是个秘密，他们藏着，不到万不得已不会动。现在，看样子红军撑不住了，已经到万不得已时候了十万火急，他们得取出来救急。

红军要取东西，那就容易找到他们的藏宝之地。

那批财宝，一直是黎译宏心上的一个结，不解开，他似乎一生都难得安生。在匪区执行的第一项任务，出师不利，让赤匪给耍了玩了。那时候黎译宏踌躇满志，初出茅庐，初试锋芒，在特训队的优越感一直像层光环，在他的身上和心上久久未消逝。可出师不利，一切不像他想象的那样，一切不像在特训队里的特训科目那样，教科书上所要求的，你都能完美完成，你是优等生，党国奇才。可在现实里原来远不是那么回事，才一出手，就被狠敲了一闷棍。虽说上头并没有过多怪罪，但黎译宏却对这一"棍"耿耿于怀，这一"棍"伤得他不轻。他记得那天心里一直嘀咕着那么一句：谁笑到最后，谁笑得最好。

  黎译宏一开始就和那些宝藏较上劲了，他现在根本不是看上那些东西的价值，他是和这事较上了劲和红军较上了劲。

  黎译宏深知自己从小就这样，只要跟人较上劲，什么事都要弄出个高下来。上树，要上到最高处；下水，要凫到最深处；与人起口角，对方高出他一个头，或者对方几个他一人，殴斗明明打不过人家却要打，倒地还喊：君子报仇十年不晚。小小年纪起，心就很那个，心狠手辣。记仇，能记上一辈子。南昌街头一个人走着走着，就挨了他狠狠一巴掌。对方挤眉眨眼地看着他，说，你打错人了吧我不认识你。他又狠狠过去一巴掌。说，没打错，你叫某某某是吧？对方诧异了，很重地眨了几下眼。呀！那是我小名哟，小时用过的，二十多年没人叫了。黎译宏说，就是就是，是二十多年前的事，那天你抛了我一脑壳粪水，我找你说事，你比我高一头，我打不过你你把我按在泥里狠揍。对方恍然大悟，呀呀！有这事有这事，你个鬼哟，二十多年前一件小事你记得这么清楚？黎译宏黑着脸说，这不是小事……谁笑到最后，谁笑得最好。

  宝藏这桩事上，黎译宏和红军较上劲了。

  计划似乎天衣无缝，利用假币造成他们的通胀，而加紧封锁又更加使匪区里的供给出现短缺，加剧了物价的飞涨，从而更加剧了通胀。其民众对红军钞票失去信任，挤兑难免发生。红军银行发生了挤兑，他们必须兑付，

第十六章

维护其货币的信用,稳定金融秩序,否则,匪区将面临不可收拾的混乱局面。后方民心一乱,前方军心难稳,大战之即失民心军心,是兵家大忌。所以,红军势必动用他们的准备金,会不顾一切。那时,张皇间他们真就能做到百密而无一疏?

这是发现和截获红军宝藏的绝佳机会。

首先是要人,黎译宏跟徐恩曾说,把特工总部的人全用上,养兵千日用兵一时。好钢使在刀刃上。

徐恩曾点头,他说好!

黎译宏对徐恩曾说,那是在敌后的行动,速战速决,任务必须要精干的人来执行。

徐恩曾说,好!好!

这一回上头真还倾尽全力,特工总部的人马几乎倾巢而出,还从特训班抽出二十多个精干后生做后备接应。

具体实施的计划很周密,黎译宏把几个经验丰富的手下先行派去探摸情况。红军动那笔东西总要弄出些动静来的,总得派人去挖吧,总得有人接运吧,这就是动静。在那个相关的计划中,黎译宏还是在曾经重点怀疑过的那个三角区画了个圈。我仍然觉得这个地方的可能性大。他说。两省交界三县交界深山老林人烟也稀少离匪都瑞金不算远也不算近,要是我,我也必选此地。他说。就这儿了就这儿了我看这里是。他说。

于是,黎译宏把人派去先探知其动静,再伺机下手。

反馈回来的情报也很乐观,近来那一带进山的人猛然多了许多。

黎译宏去了洋地。他把洋地当做联系的地点,那是个镇子,处在那一带的中心,方圆几十里也就那么个镇子,山里稍有动静,洋地必有反应。那儿也连通着周边大大小小的村子,有个什么,一目了然。

韩丰有来了,不久,李铭铎也来了。他们当然没在赌场上那么意气风发,但似乎被将要到来的财宝的诱惑弄得有一种神经兮兮的亢奋。

"进山的人是多了……"韩丰有说。

"他们烧炭……他们砍竹木……"李铭铎说。

黎译宏说:"也不能说明什么问题……现在也是到了烧炭起炭的时候,眼见要入冬了,家家要用炭……"

"砍竹木呢?这事有点怪……我们把水运封锁了,现在连只鸟都飞不过去,他们砍那么多木头竹子做什么?"李铭铎说。

"真砍木头竹子?"

"千真万确,我们的人观察他们好些天了,一直这样……"李铭铎说。

"他们砍木头砍竹子……每天都有人上山拣那些好材砍……"韩丰有说。

"怪了!"

"是怪!我们想了很久没想出名堂来,不知道他们玩的是什么名堂。"韩丰有说。

"我也想想。"黎译宏说。

他真的待在那间屋子里想了一个上午,两个手下敲着他的门叫他去吃中饭。他们备了点好菜好酒给他们的头儿接风。他们看着头儿黎译宏抿了一口酒说:"我也没想出个眉目来,他们砍那么多竹木?这跟那些财宝有关吗?我想不起有什么关联。"

"那就再想。"

"再想我看也想不出个名堂,我看得先弄清楚这事,先摸清他们为什么砍那么多竹木……"黎译宏说。

二　看来秘密就在这竹子里

三天后,黎译宏急需的情报送来了,是暗线从瑞金获取的确切消息。

红军大肆砍伐原来确实事出有因。他们要大兴土木,他们要修个什么大礼堂,他们要建红军烈士纪念塔,他们还要筑个红军检阅台垒座堡修两座什么亭。

"他们正在搞六大建筑,你们想想,六大建筑哟,大兴土木,能不需要大量的竹木?"黎译宏说。

"噢噢!原来是这么个事呀。"两个手下说。

"怎么办?我们怎么办呢?"两个手下问黎译宏。

"他们不是要招挑夫吗?"黎译宏突然问道。

"是哟是哟,他们缺苦力,他们要把竹木运到瑞金去,那不是件容易的事……"李铭铎说。

"他们得先把东西弄到秋口,然后从秋口走水运。"韩丰有说。

"让弟兄们去应招。"黎译宏说。

"什么?"两个手下很诧异。

"我说叫大家都去就应招做挑夫!"

两个手下看着黎译宏,他们不明白头儿怎么突然做出这么个决定。

李铭铎说:"内线说后天瑞金方面会派一队人来这一带……"

"是呀……他们派一支武装到这儿来,你想想,这儿也没个什么需要带枪带刀的呀,一定是为了押运那些宝藏而来的。"

黎译宏说:"你们听我的没错,明天就让他们分别去应招……巧立各种名目找各种理由去。"

"我知道你想出名堂了,我知道你想出了个眉目……"韩丰有对黎译宏说。

"是呀,你要是没想清楚,更应该要小心才是,三思而后行……"李铭铎小心翼翼地说。

黎译宏没说什么,他朝两个手下挥了下手,然后往自己住的那间屋子走去。

两个手下一脸的疑惑，跟在他身后去了他那间屋子。

屋子里有两截三尺长的毛竹。李铭铎和韩丰有瞄着那两截竹子看了好一会儿。这个黎译宏哟，弄一根毛竹在那家客栈的小屋里研究了几天？就琢磨一根竹子？他们想。

"看见这两截竹子了吗？"黎译宏对两个手下说。

看见了看见了，我们又不是瞎子，两根碗口粗的竹子又不是两根针，能看不见？两个男人想。

"看看有什么区别？"黎译宏说。

两个男人看了看，看去没什么区别，是一根竹子上锯下的两截。他们掂了掂，这就掂出了不同。就那截细点的竹子，韩丰有掂在手里眉头就舒展开来，他恍然大悟。

"我明白了我明白了……"他嚷嚷道。

"嘿，没想到哟没想到，赤匪当中真是有高人呀，他们竟然想出这等办法……"他声高声低地那么说。

"鬼……鬼得很！"韩丰有说。

"看来秘密就在这竹子里。"韩丰有说。

黎译宏神秘地笑着，他盯看着李铭铎。李铭铎却云里雾里，他眨巴着眼睛。他想不出韩丰有为什么那么亢奋而黎译宏那么一种笑。他甚至感觉到自己脊背地方沁出些汗水。

这鬼人，神秘兮兮的。他想。

他又掂了掂那两截竹子，这回他知道了，一截重一截轻。显然名堂就在这里面。他说我知道了赤匪想把东西藏在竹节里偷偷运出去，鬼哟确实鬼。

这一招不仅掩人耳目，且运送起来方便。人驮肩扛，运到秋口就能走水路了。在秋口河岸上把竹子扎成排，排行水上，谁都以为是普通的竹排，没人会留意那个。然后，顺流而下就到瑞金了。

"就是就是！"黎译宏说。

第十六章

"你们说该怎么办吧。"他说。

那还用说吗？显然黎译宏的想法很有道理，让人混入挑夫的队伍。红军不是要运竹木吗？他们要真想把东西藏在竹节里我们的人就能有所行动。掂掂分量，就知道有没有异常，再就是细看竹子底部的竹节，那里要被人做过手脚，肯定和原来不一样的。

傍晚的时候有人送来新的情报。

"瑞金方向来了一支队伍，人数不多，但看去非同一般，正往这边开来……"来人说。

"什么时候动身的？"

"昨天上午。"

"可能是冲着宝藏来的……"韩丰有说。

黎译宏说："当然是为了宝藏来的……好了，就这几天了，把人都给我叫齐，听我的指令……"

"是不是还照你刚说的那么做？"

"什么？"

"让那二十多个后生去应招做挑夫？"

"当然呀，我说听我的……"

"知道了……我们听你的。"

"你们两个，也去应招。"

"我们？"

"是的，李铭铎还有你韩丰有，你们一起去……你们应当明白为什么叫你们去，你们有经验，你们也知道毛竹里的秘密……"黎译宏说。

"赤匪又想来那一手，他们又想明修栈道暗度陈仓……"

第二天，两个男人照黎译宏的指令，和那二十几个后生在不同的地方应招加入挑夫队伍。他们说他们是排客，水上没生意了，现在到山里弄点钱过活，都是卖苦力的活他们愿意做。

很快,韩丰有就托人给黎译宏捎来一些香菇。他们有约定在先,发现了异常的竹子,就送点香菇为信号,如果没发现,送的则是笋干。

现在送来的是香菇,说明他们发现了异常。

李铭铎韩丰有他们临走时,黎译宏特别交代他们:"注意下砍伐竹子的地方是不是有炭窑纸坊什么的。"

李铭铎韩丰有还有特工总部的那二十来号人都陆续混入了挑夫中,他们上山扛竹木。李铭铎没忘了黎译宏的交代,特意在那片砍了的竹林周边走了一遭。

"我屎急了我要屙屎。"他跟红军那个带队的男人说。

"懒人屎尿多……"那个男人嘀咕了一声。

"不要到上风地方屙……风送臭气……"那男人说。

李铭铎就借故往周边走了一遭,果然不远处有家已经废弃了的土纸坊。他甚至真还在那儿发现一些新土,那里有个大坑刚被人掘过。

李铭铎心扑扑地狂跳了好一会儿。

他娘的黎译宏!李铭铎在心里骂了一声。这个黎译宏真有他的哟,料事如神。他想,看来这一次他要做一回如来佛了,赤匪再厉害,也难逃他的手心了。

挑夫们摊派的活就是扛木头和竹子,木头两个人抬,竹子一个人扛。

李铭铎几个装作挑肥拣瘦样子,这根竹子掂掂,那根竹子掂掂。

那个红军男人急了:"哎哎,干什么干什么?"

"你看看长官,谁不想少驮点,才砍的青竹重哟……"李铭铎说。

"别拈轻怕重,来来,大家排队。"那男人说。

挑夫们排好队,谁摊着哪根毛竹就哪根毛竹。李铭铎和韩丰有相视一笑,那时候他们已经掂出毛竹的区别来了,还有,有些竹子底部的竹节有人工动过的痕迹。

然后,他们给洋地的"亲戚"捎去了一大包香菇。

三　他觉得这是个搏一搏的好机会

俞启岳心里一根弦一直绷着。

首长说:"非常时刻,必须把所有的准备金全部运来,我们要准备对付可能出现的最困难最严重的情况。"

俞启岳和大家都有些犹豫,他们担心运送那些财宝路上的安全。

首长说:"一切为了红军的信誉,一切为了苏维埃的胜利。我们必须这么做,至于安全问题,就靠我们想办法了。"

"我看还是请保卫局他们帮忙,他们押运有经验。"马拱八说。

"这个不是问题,上级也表示过,保卫局的同志全力协助我们,有必要的话,甚至可以动用队伍。"首长说。

"可是这么兴师动众的可能会更引起敌人的注意,如果敌人动用小分队突袭……"首长说。

"保卫局的同志个个都身怀绝技,更重要的是他们绝对忠诚,是队伍里的精英……我看不是问题……"有赞说。

"嗯,你也身怀绝技……这我知道……"首长笑了笑说。

"我们不仅要担心那批宝藏的安全,我们更要保证护送队每个队员的安全。正是因为他们个个是好样的,对党忠诚,是红军里的精英,他们比什么都重要,不能为了我们的运送任务而使他们冒风险……"首长说。

首长的话像块石头,大家心里有口塘,首长把那块大石头丢在每个人心上那口塘里,起了一阵阵涟漪。

首长说:"大家想想办法,我就不信了,三个臭皮匠还能凑不出个诸葛亮来。苏维埃国家银行里的同志个个都是诸葛亮,那么多的困难我们都靠脑壳想办法克服了,这一回也一定能想出个绝佳办法来……"

"我们这么多诸葛亮难道凑出的是个臭皮匠？"首长笑着说。

他们又想了几天，想出点眉目了。

后来，他们就去了烂泥坑。

再后来，那一带开始砍伐竹木，因为要召开第二次全国苏维埃代表大会。苏维埃共和国也成立两个年头了，现在红军正在前线准备反击敌人新的围剿，这次大会就不能跟先前一样，随便搭个台子就把会开了。这会要开出影响，开出士气，所以上头很重视，决定大兴土木，开始六大工程。开大会要会场吧，要建座大礼堂，在这大礼堂里开会就是不一样。开大会要检阅队伍吧，所以红军检阅台不能少，不仅不能少，且要像个样子。苏维埃共和国哪来的，是红军官兵流血牺牲用生命换来的，所以要建红军烈士纪念塔纪念那些烈士。公略亭、博生堡、红军烈士纪念亭，这些都是纪念前线牺牲的红军官兵的建筑，苏维埃来之不易，烈士们功不可没。六大建筑呀，需要很多的材料，石头砖头瓦，当然也需要竹子木头，不是一点点，是大量的竹木。

好好利用竹木做掩护运送那批财宝，这是他们苦思冥想后想到的妙计之一。

俞启岳他们去烂泥坑做着起运财宝的准备工作时，刘丙和和刘亘五也把货全部准备好了。刘亘五还是有点不放心，他叫刘丙和带他走了一回那条线路。他们往背篓里塞了些枯荷叶茅草梗还有芦花什么的，看去，那两只背篓满满漾漾的东西。要有人盘查，你查去。你查就是，就是些枯荷叶茅草梗还有芦花什么的。怎么的这些东西也禁运？不禁运就好，不禁运我们就能带……什么？为什么要带这些东西？我愿带我碍你什么事了吗？没碍就不要挡道，我爱带我喜欢带……

他们没遇到他们想象的那些事，没人盘查。

果然是一条相对安全的路线。

然后，刘亘五还去九塘不远的万寿宫请道士算了一卦，那老道士卦言说他半月里鸿运高照,他信了这话。

九塘亘五商号囤积了很多货,也不是刻意囤积的,是商号重新开张,想着能借着彩头好好赚一把,没想到"财神"计划来得太突然,就囤在库里了。当然,现在囤着些货什在手不是坏事,说不定什么时候出手就能赚个盆满钵满的,这得有耐心。但刘亘五既然跻身生意人中,这些年就被生意所熏陶,心里时时牵挂着货和钱财,常常有什么骚动不安让他不能自已。

他好像失去了耐心,他好像觉得要搬回个金山银山到身边他才安心。

现在,他觉得这是个搏一搏的好机会。

四 也许是这么回事

这个黏糊混沌阴晴不定的清晨,李振球正在跟三姨太亲热。深秋天气,早上起了霜,远处雾蒙蒙的。李振球喜欢在早上和女人做那事,他觉得早上阳气重,日头欲出不出时候,这时机最好,所谓一年之计在于春,一日之计在于晨。女人却有些睡意蒙眬,唇角跳出些哼哼唧唧不痛不痒呻吟。昨夜里麻将玩得尽兴,女人直玩到三更时分才上床睡觉。女人身子蜷着,困倦的肉体蔫不拉唧,对于男人的欲望,只能应付了事。

李振球没了兴致,从三姨太软塌塌的身体上翻了下来。他想,几房姨太都养得疲了,整天就泡在麻将桌上,要不就争风吃醋闹事情。

火了老子再娶一房。他想。

娶一房没事,可是个个都是耗钱的洞。

想到钱,李振球师长心里更起了忧烦。本来生意做得好好的,可谓是财源滚滚,与那边的贸易,已经做到天衣无缝地步,怎么有人就来这一手?肯定是什么人在做手脚,嫉妒我李振球哩。我就不信真有人就那么较真,把个匪区铁桶样封了箍了？难说是有人在玩名堂，难说有人挟天子以令诸侯打压了别家独家揽了那些财路。

李振球真就叫心腹去那些地方。"小心给我看看，要有人有违禁令不管是什么人直接绑我这地方来！"他给手下说。

几个精干心腹到各地巡查了一番，回来跟他说："影都没个，没人敢弄那事哩。"

李振球想，要真没也好，等过些日子风头过去，又是老子赚钱的好机会。他没想到这个黏糊混沌阴晴不定的早上会有意外。

副官一大早来敲他的门。

"有什么紧要事非得大清早来找我？"李振球说。

"师座，你交代过的，有关于涉嫌违禁的消息火速来找你……"

"哦？"李振球有些诧异，没有时他絮絮叨叨骂娘，真有了，他却觉得有些意外。他拿过副官递上的那张纸，那上面有几行字，还画着草图。

"谁送来的？"

"大早的一个农夫送来的，他说昨天碰着个人，要他送这东西，还给了他两块大洋……"

"哦？"

李振球看了看那纸，上面有一行字："今天午后有人走货。"写信人还画了一张图，是一张线路示意图。

李振球走到墙边的军事地图前，指了指一个地方："是这里。"

副官点了点头。

"你信这里能走货？这地方竟然能走货？"

"也许有条路，山里猎人采药走的路外人知道的不多。"副官说。

李振球一拍膝盖："对对！也许是这么回事……好哇好哇！要这事属实，不管他是何方神圣，总算叫我李振球抓着了。"

"可……这事就这么简单？"

第十六章

"什么？"

"我说写这信的人图个什么？"

李振球想了想，也没想出个所以然："管他哩，就算是恶搞，反正这些天闲着也是闲着，就算出去玩一场……就算去打猎，那一带的野猪麂子不少……"

他真想出去打打猎，他把猎枪备了，挑了几个随从。

当然，李振球派出了一支精干的队伍，那队伍就由副官带着。那天李振球运气好，打了两只麂子。副官那边也来了好消息，他们真就在那张图上示意的某个地方，果然截住了一支驮队。

人押到师部，李振球很快认出了那两个人。

"哈，刘掌柜没想到会是你呀，亘五商号后台很硬嘛，竟然不怕违禁顶风作案……"

刘亘五还像是在梦里，他觉得一切都太突然了。那些上好钨砂就要出最后一道关卡，过了那道江湾，黄灿灿一堆金子就要到手了。他没想到会突然冒出一大批的粤军来，他只觉得眼一黑，人就一直沉沉浮浮在混浊里。

"还有你，丙和掌柜……"刘亘五听到那个粤军师长在跟刘丙和说话。

"你说过从不干脚踩两只船的事，你说过的……"李振球说。

"人为财死，鸟为食亡……"刘丙和说。

"再说人家给的价高，亘五商行给的价高哟……"刘丙和说。

刘亘五觉得有些怪，他们这笔生意，从没说过价钱的事呀，可刘丙和胡诌什么价高价低的？

"你们这犯的是死罪，这怪不得我！"李振球说。

"我得把你们交给上峰……"李振球说。他突然明白了个事，这两个姓刘的来路非同一般。显然，亘五商行是个不同寻常的商铺，有点来头，他得把这文章做大。他亲自审讯，李振球入行伍之前也做过几年山大王，为匪时自创了三七二十一套李氏酷刑。刘亘五挨不住那些严刑,还没等李振球的手下动手,自己就招认了。

"这么说你是特工总部的人,店是特工总部的店?"

"是!"

"你是受你上司的指使来贩私走私?"

"这……这……"刘亘五想说不是,但支吾了几声后,看见那些七七八八的古怪刑具,紧接着说了声"是"!

"看样子你们做这种生意也不是一天两天,你说是特工总部的人,一切行为都受上司指派?"

"是是!"

刘亘五已经软了,他脊背处湿漉漉的透着刺骨凉意……反正李振球让他说什么他就说什么。他在笔录上按下手印。

然后,李振球把那些"证据"和嫌犯一起交给了南昌行营。

再然后,李振球就公开或半公开地恢复了那些交易通道,和红军做起生意来了。他很猖狂,那叫什么呢?有点肆无忌惮,更是变本加厉。我看你们谁敢管我,别说我李某不客气,你们先揩干净自己脸上的屎再说。李振球这么想。

那天早上,他很亢奋,骑在三姨太身上半天没下来。

"你把我弄痛了。"三姨太娇羞地小声说。

"你那还算痛呀,有人被我弄得更痛!"李振球说。

"你个鬼,你在外打野食呀!"

三姨太不知道李振球说的是特工总部,她以为说的是另一个女人。

五　我不想说什么了

后来，黎译宏在刘亘五被处决前去看了他的这个部下一次。

"你怎么会这么糊涂？你怎么竟然贪财贪到置党国大业而不顾？"黎译宏痛心疾首，黎译宏愤愤地说。

"我那时说好好想--想，可我没好好想。"刘亘五说。

"你个刘亘五哟……"

"我要真认真想一想就好了，天冷，我和刘丙和多喝了点酒，酒冲脑壳，头脑发热……"刘亘五说。

"其实我也认真想过……我想的是能赚上好大一笔，也能找到那些家伙走私的证据……我想的是一箭双雕的事……"刘亘五说。

"一箭双雕个鬼喔……你现在是把'财神'毁了，把我毁了，把自己的命搭进去了。"黎译宏对他的部下说。

"人为财死，鸟为食亡。我不想说什么了，只求速死。"刘亘五说。

另一个死囚也是这么说的。

刘丙和被抓后，他们怀疑他是红军的人，他坚决不承认。"人为财死，鸟为食亡……我们就是想捞笔大的。"

"我们？"

"嗯，我和刘亘五呀，还有我们另外那些弟兄……"

"你不是红军的探子？"

"我是红军的探子？你看你说的！"他笑着说。

"我这样子像红军的探子？"他说。

他们对他施刑罚，他们用尽了一切办法，但刘丙和始终没承认他的身份。

"愿赌服输，我是拿脑壳押宝，输了输命，你们痛快点杀了我得了！"刘丙和说。

后来，他们把刘丙和和刘亘五押到河滩上枪毙了。

首长说："刘丙和烈士是真正的共产主义战士，他不肯承认自己是红军，是因为怕牵连到经常和他一起去白区执行任务的同志……还有，他故意说'我们'是往那些家伙身上泼脏水，更激得粤军放胆和红军做交易……"

第十七章

一　好戏在后头

　　黎译宏也悄悄摸到那个地方。

　　那个叫秋田的小镇不远的地方有处河滩，河滩上堆满了竹木，毛竹和木头分开堆放。然后有人在河滩上忙碌，分别把那些散乱的竹木扎成木排竹排。

　　黎译宏坐在镇子里那间小茶馆里喝茶，哑人随从方小坐在他不远的地方。那边有扇小窗，从那儿能看到河滩上的一切。黎译宏时不时往河滩那边张望。方小开始没看，他知道那河滩上就那么一堆竹子木头。可黎译宏那么睃望，他也忍不住往那儿看了几眼。

　　没什么新鲜名堂，就些木排竹排。方小想。

　　这种东西到处都是到处都有，难道有什么新奇的？他想。

　　他的好奇心有增无减，他给黎译宏打着手语：没什么看头，没什么。

　　黎译宏朝他笑笑，回了句手语：好戏在后头。

　　方小想说我看不出什么名堂，可他没说。他觉得黎译宏笑得很自信，这些日子来他没看那男人那么笑过，甚至一直没有笑。可这些天来黎译宏显然不同，这和那堆竹木有关吗？方小想。

　　方小记得早上的事，方小把那消息告诉黎译宏，他把手语打得飞快。

他跟黎译宏说：他们叫我带消息给你，说现在红军一支队伍来了这一带。

黎译宏说：我知道我知道。

方小手语：他们说他们从山里挑着驮着运了些东西……

黎译宏也回了几下手势，方小看懂了，黎译宏说由他们去吧不必理会。黎译宏本来想说明修栈道暗度陈仓的，但不知道这么句成语怎么用手语表达，就说由他们去吧不必理会。

方小还想说个什么，但后来没说。

黎译宏那时候正掂着河滩上的事，他给方小做了个手势。那只有方小能懂。看样子天要下雨了，雨不会小。黎译宏说。

方小看了看天空，远天沉铅一样，灰厚的一大片云堆在天边。云在远方挤压拱动，那些山峦和村庄都云遮雾罩了看不到踪影。

我看就晚上或者最迟不过明早……是大雨……方小打着手语说。

"好好！"黎译宏不由得叫了两声好，他给方小打手语：我们睡去，先睡个安稳觉。

方小有点那个，这时候睡觉？还能睡个安稳觉？看黎译宏一副胸有成竹喜上眉梢样子，方小一脸的迷惑。他往河滩那边又看了一眼，河滩上那些木排竹排，整齐有序地摆放在那里。

他想，一切可能跟河滩上那些竹排木排有关。

果然夜里下了一场雨，雨下得很大，秋天难得有这么一场雨。雨一下，溪河里水就漫涨了起来。山里就这样，一下雨，水就漫涨。

现在挑夫成了排客，这不是什么事，李铭铎韩丰有他们一开始就说自己是排客，红军里那几个男人都信了。他们觉得这很好，他们正需要一些排客。

李铭铎韩丰有带了那些弟兄混在排客里面。开始放的是竹排，他们很老练地撑着排。竹排是三到四只串在一起撑的，不能串太多，太多了竹排转弯时容易卡着，也不能不串，串在一起再大的水也不怕。

第十七章

李铭铎韩丰有和他们那帮弟兄跟黎译宏一样，一副胸有成竹喜上眉梢样子。他们很亢奋，他们往那边望去，雨后的镇子锁在了烟雨朦胧之中，镇子很安静。他们想，那个男人会不会还在镇子上呢？某个窗户后面坐着个难于安静的人。他们知道黎译宏要在的话一定在看着这边，看着他们马上要实施的计划，这个计划天衣无缝，那个男人等着看这场好戏。

黎译宏没在那里，既然他胸有成竹他应该在另外的一个地方。昨天他就带了随从方小去了下游的某个地方。这条琴江河流到邻县的梅江然后汇流到赣江。黎译宏星夜去了赣州，那是他们的地盘，在那儿已经布置好了一切。

放排的指令下了，那些竹排陆续顺水而下。

按说，红军的计划也天衣无缝，他们把东西封藏在竹子里，他们把那些竹子做好记号，他们把竹子扎成排扎得很牢靠，费去很多藤缆和工夫。他们让竹排顺水而下，漂到瑞金的地界再打捞起来，找出那些做了记号的竹子，这场运送就神不知鬼不觉地完成了。

谁笑到最后，谁笑得最好。李铭铎想。

道高一尺，魔高一丈。李铭铎想。

他想他们能很好地终结赤匪的银行，他们的准备金用不了多久就会被全部摧毁殆尽。终结了赤匪的银行，也就终结了他们的经济。混乱的经济秩序将给红军带来难以应对的灾难，这时候围剿部队再趁机而入，赣闽红军将不堪一击。

他们有理由亢奋，竹排再漂过那道山弯，他们就一齐动手。其实行动很简单，就是用柴刀砍断竹排的藤缆。每只排上都备有柴刀，那是用来防备竹排被水里的树蔸草根缠绊而备的。

竹排顺水而下，远远看去像一条青龙，在水里起起伏伏前行。

一切看去都很正常，一切看去都很好。

可拐过那道弯，情形就不一样了。那条"青龙"像被什么肢解了，再看，那些"排客"突然举起柴刀,把每只竹排的藤缆都砍断了,排散了。

首尾护排的那两个红军举了枪朝天开了一枪,但没有用。很短的时间里,刚刚还成排的竹子,现在散在河水里,迅速地往下游漂去。

排上的人都落入水里,他们抓住了竹子,任激流裹挟了顺流而下。

二 他们没想到河岸上竟然一路有人守株待兔

有赞和马拱八爬上了岸,他们抹着一脸的浊水,往河中看去,那些毛竹在水里起伏着,偶尔能看见几颗头颅在水里沉浮。

"我真想往那家伙眼睛上抛一飞镖。"有赞说。

"再让他们高兴会儿。"马拱八说。

有赞总觉得有什么咯咯地响着,后来发现声音来自自己的牙齿。他冷得浑身哆嗦。"娘东西,冷死我了。"他跳了几跳,咝咝地扯着长气。

"烧堆火烤烧堆火烤……"有赞嚷着。

他们摸进那个村子找到一户人家,在那儿烧了一堆火。

他们说:"哈哈,真好!真好!"

那户人家看他们落水的一副狼狈样子,竟然兴高采烈像捡着块金元宝。他们挤眉眨眼地看了两个男人好一会儿,然后怯怯地问:"你们在河里捞到宝贝了?"

有赞和马拱八笑了起来,"啊哈哈哈……"他们笑得全身起热,他们笑得眼泪都要出来了。

"有人想捞宝哟,有人哟……"他们说。

他们又笑了一回,笑得那户人家云里雾里。

马拱八说:"走,看看去。"

他们走出屋子,他们往下流走去,果然看见有人押着几个湿漉漉的男

第十七章

人往这边走来。

"哈！收获不小呀！"有赞对保卫局的那个士兵说。

保卫局的人说："一路还在抓哩，我看一个也漏不了……"

"就是就是，这么冷个天气，他们不上岸很快就丢命的。"马拱八说。

他们抓落汤鸡似的抓了二十几个人，只有李铭铎韩丰有两个漏网了。李铭铎正要上岸时看见一个后生才爬上河堤就被人按住了。他想不好！重又回到河心抓着竹子顺水漂流。

他们没想到河岸上竟然一路有人守株待兔。

后来，他们漂到一处偏僻地方，才爬上岸来。

跑回省城后两个人都病倒了，他们说是受了寒冻。

"那么冷的水，你试试，在凉水里泡了一天，是块石头也会冻病。"他们说。

黎译宏也病了，病得比他们两个还重。他没掉进霜天的冷水里，但他身子没掉进水里心却掉进了冰窖。

那天赣江两岸布守着的打捞队确实捞上来不少毛竹，都被很安全地运送到了赣州。守军的长官很诧异，那些毛竹里真会有黎译宏说的那种玄机？那些毛竹堆在兵营的操场上，沾满了泥浆。黎译宏走了过去，他脱去白色的手套，用手掂掂几根毛竹的轻重，然后找出一根毛竹，看了看竹子的底部。

"就这根了。"

一个汉子执了一把锋利的斧头，侧过头看了黎译宏一眼。那个守军的长官也侧身看了看黎译宏。

"你砍就是！"黎译宏说。

"这里面真有东西？"

"砍开就知道了你砍……"黎译宏依然是那种胸有成竹喜上眉梢样子。

"真就有值钱好东西？"

"你砍就是你砍！"

那汉子挥斧对着那根竹子狠狠来了一下，竹子发出绽裂的声音。

人们往那地方看去，都愣住了。黎译宏没说错，毛竹里是藏有东西，但不是他所说的值钱东西，是些石头，河边田角到处都能看到的那种普通的石头。

黎译宏呆住了，他一下子掉进了冰窖里。他抢过那汉子的斧头，发疯似的砍着那些竹子。一些竹子空空的，一些竹子倒确有东西，但却都是些石头泥沙碎瓦烂砖头什么的。那个守军的团长和那些士兵都哄笑了起来。

黎译宏软在那儿了，他心里一片冰天雪地，额上却一大片的汗。

明修栈道，暗度陈仓，一点也没错，可红军的"栈道"却是这些竹木。他们声东击西，调虎离山。

"长官，你没事吧？"他听到那个汉子对他说。

我又一次被他们耍了，他想。

竹篮打水一场空。他想起这几个字。

他站了起来："我没事，我又瞎了一回眼。"

"没事没事，不是瞎……人都有看走眼的时候……"那个守军团长对他说。

当然，有事没事不是他们说了算的，得上峰说了算。

三　有他无我有我无他你死我活

黎译宏一回到南昌就被唤去了徐恩曾的办公室。徐恩曾的脸色不好看，屋子里也显得气氛凝重。窗户半开不开，几片秋里的黄枯的叶片甚至飘落到那张红木的案台上。看得出主人全无心情拾弄。

"你不该回来，你该待在那边，我跟上头说你任务在身……"徐恩曾说。

"我又瞎了一回眼……失去了二十几个新弟兄……"

"这不是你的错，是赤匪太狡猾了……你不该回来……"

"我不回来事情就摊在老师身上了。"

"这事有我顶了，也许就几天，顶顶就过去了。你一回来，事情就不一样了……"

"我不能让你顶，事情是我弄下的。"

"可……这回不一定是'财神'了，这一回说不定招来的是'死神'……"

"是'死神'也就说明学生劫数已到，只要学生还有一口气，我就要和共产党搏到最后。"

徐恩曾看着他的这个手下："你说搏？"

"当然！我觉得是搏，有他无我有我无他你死我活……"

"很好很好……这些天，你待在家里哪儿也别去，我去庐山一趟，直接呈情校长，尽力为你开脱……"徐恩曾说。

"看我们的运气了。"他说。

黎译宏卷了大扎的报纸回家，他看报纸。他想，有这卷报纸度日就相对悠闲惬意了。可并不是那么回事，他心绪督乱。他看报，看着看着报纸就成了一方水洼，一些蝌蚪在那儿上上下下游走。他想，他得让那些蝌蚪一样的铅字游到他脑壳里，可那蝌蚪老不听他的。他勉强读了一则消息：

国民政府行政院会议决定：自9月起，公文一律采用标点符号。10月2日。国民政府下发《公文标点举例及行文款式》列举7种标点符号为暂行方式，并希望不久能够逐渐采用教育机关公文格式办法上规定的各种符号，作为统一规范标准……

"这事有点那个……"黎译宏说。

"早就应该用标点的了，这时候用，还有模有样地登报，以为是什么大事哟！"他嘀咕道。

他很想从报上读到点什么，那样，他也许会因了报上的新鲜消息冲淡点忧烦。可他有些失望。

黎译宏抓过张《字林西报》，那是张英文报纸，他看那些字母就不觉得似些蝌蚪了，他觉得是些虫虫。虫虫好点，虫虫不那么乱游。再说《字林西报》是洋人办的报，常常有些惊人披露。他觉得也许这里能找着点可以冲淡忧烦的东西。

他凝神读报，读出了声音。

沈阳故宫博物馆失火……

北平故宫博物院院长易培基涉嫌盗卖古物，被提起公诉……

山东滕县城北发现大规模汉墓，内皆是汉画石刻……

前粤军总司令陈炯明在香港病逝……

有一片叶子落在黎译宏的额头上，他小心地拈了，放在鼻尖地方认真地看了看，然后歪着头那么说："平淡得很平淡得很……"

"没什么大事发生，也没什么新鲜新闻……"他好像是自言自语，又好像是跟那片树叶在说话。

"总不会没什么大事发生的吧？"他说。

他又拈起另一张《字林西报》，把报纸凑到眼前，有一则新闻吸引了他。

据可靠消息，共产国际派往中国军事顾问李德到达瑞金……

他又拈起那片树叶了。

"你看看，你看看，一个大活人还是个洋人，怎么就大摇大摆光天化日下进到了瑞金？还说铁桶样，还说固若金汤插翅难飞……可大活人是怎么进去的？"他说。

他想起南宋鲍照的那句诗："时危见臣节，世乱识忠良。"

眼下不是那样哟，时危是现了臣节，但却无人识忠良。一些奸佞虚伪小人，为蝇头小利一己私欲置党国大业不顾营私舞弊祸国殃民，可忠良勤勉忠心耿耿，日夜工作，大小任务林林总总每年不下数百。这么多的事，你又不是神仙，你能事事遂心如愿？差错失误在所难免，这你就要担责受罚。

他想不通。

他对着那片树叶说:"我想不通。"

我睡去,想不通我就睡。这些日子也太累了,这样也好,放下一切事情我好好睡一觉。

黎译宏蒙头睡了三天。

醒来后,他脑壳里的那潭水明澈了许多,他想他得做多种准备,这些在"财神"计划实施时他已经想到了,只是这部分不可能写进计划中。他一直在想着这事,徐恩曾去庐山不会带来太好的消息,

四 苏维埃银行真是财大气粗

秘密金库平安地转移到了瑞金。那天,俞启岳他们很高兴,以为首长又会给他们犒赏。知道现在供应紧张,伙食费已经一减再减,但只要首长开个口,他们自然会想办法。即便是实在没有什么,就是大家坐坐,一个形式,也是开心的事情,毕竟这么重要的任务圆满地完成了。

首长没那种表示。那天,东西清点后一文不少,首长说了句"很好",然后就去了一趟沙洲坝。后来大家知道,首长因为那批财宝处置的事和保卫局的头儿起了争执。保卫局的人负责这些财宝的安全,他们的意思,这些东西知道的人越少越好,但首长不同意。

首长说运到这儿来又藏到个少有人知道的地方那我们运来做什么?

保卫局的人说,那我们不知道。

首长说告诉你们吧运那些东西来就是想平息挤兑的风波,保护苏维埃银行的信誉。

保卫局的人说哦哦可给我们的任务不是这个。

首长说我们现在不是保密的事,现在倒是要公开。我们急着把东西运

到瑞金来就是想让大家看见，让群众看到我们有家底，不必惊慌怀疑。

保卫局的人说这可是开不得玩笑的事这么大堆财宝安全是个大事。

就这么首长跟人吵开了，首长从来不吵架的人，跟保卫局的人红了脸，后来还是别人好不容易劝开了。首长也觉得这事有点那个，对保卫局的人道歉说我是心里急，急火攻心。保卫局的人笑笑，都是为了苏维埃事业。

还是上头有人出面才把这事平息下来。上头的人是大人物，本来大事小事的不会眉毛胡子一把抓的，他要管大事，整个苏维埃国家，担负着前线的供给，还得养活几百万辖区里的老少。但这时候他不得不出面了。他说你们保卫局和银行各自都有自己的责任这不错，但大局重要，任何事情都要服从大局。他说，什么是大局呢，现在是生死的关键时候，一切以前线为大局，红色苏区保不住，什么都是空的。这个大人物才从前线到地方工作不久，虽然是遭受排挤被贬至地方，但他对前线的情况很熟悉。

后方不能乱呀，民心不能乱呀！大人物语重心长。

希望保卫局和银行齐心协力，既把挤兑的风波平息下去，又切实保证这批煞费苦心弄来的财宝的安全。大人物说。

后来，首长就和保卫局的负责人握了下手，他们和解了，重要的是，他们一起安排了一次"特别行动"。

这是县城的一个墟日。那天秋高气爽，阳光灿烂。这季节，田里收了秋，该冬种的作物也在地里下了种，日子还不到天寒地冻的时候，因此，也没多少人猫在家里。天气好，出外走走好，不然一过了冬至，天就近三九了，冰天雪地的哪儿也去不成了，整天窝在屋子里烤柴蔸，把个鲜活的人弄得黑灰蔫巴的。

人们从四面八方往县城涌，后来就听得城东地方一片喧嚣，看去，那边走来一支队伍。开初以为是过队伍，这种事不新奇，可引发那么大喧嚣就有些奇怪了。又看，原来是红军队伍开路，后面有箩筐运输队。再看，箩筐里装满了金砖、金条、金项链、金戒指、金耳环和银镯、银项圈、银元、银锭。当然还有光洋，整齐齐地码着。

"呀！"人们就都惊得叫出声。

后来就都发出啧声。

"啧啧！"

"啧啧啧……"

人们啧着。喂哟嗬！喂哟嗬！他们那么赞叹着。

"苏维埃银行真是财大气粗！"

这话像风一样，传遍了苏区每个角落，人们不再蜂拥着去兑换银洋了。银行有大堆的银洋，我早去迟去一个样。他们这么想。

何况我们还得留着些票子买东西呢。说不定人家苏维埃只收纸钞不收银洋那怎么办？他们想。

五　还不到笑的时候

刘丙和通过刘亘五弄到手的那些百货却平安运到瑞金，和那批货同时到来的还有前线的队伍在战斗中从敌人那里缴获的物资。

架子车和马队还有挑夫，长长地出现叶坪的街子上。

汤有赞高兴得手舞足蹈："这下好了，及时雨呀。"

马拱八说："难怪我昨天梦见天上起祥云哟，有好事。"

"要弄点酒喝庆祝一下庆祝一下哟……"

"都把我愁死了，这回能缓缓了……"

大家都很高兴，脸上有了多日难见着的笑。首长没笑。俞启岳觉得有些奇怪，首长一直盼着能有物资送到解燃眉之急，现在终于有了，虽说只是一小部分，但也是令人高兴的事。

"他们说这回能缓缓了，缓口气也成呀……"俞启岳对首长说。

首长说:"他们要喝酒,给他们弄点。"

"首长,你也应该笑笑。"

"还不到笑的时候……"

"到底还是弄回来一批东西……"

"刘丙和一条命换来的……再说本来应该我们后方支援前线,给前线以物资保障,现在颠倒了,现在倒是向前线伸手,要前线战士用生命换来的这些东西救急……我怎么高兴得起来?"

俞启岳想,首长说得很对,现在不是高兴的时候。本来他想说说关于这批东西的分配建议,后来他没说,他想首长想得深想得远他肯定想好了用场。

首长似乎没作什么过多的考虑,就把决定下了。

"这批货,全部投入到市场,供应给百姓。"首长说。

"那么价钱呢?"

"价钱按日常的价格执行。"

"可是……"俞启岳想说这批货的进价很高,让利给群众,对于苏维埃银行来说,是笔大亏损。可是他没说。没说首长也完全明白他想说个什么。

"亏损也得我们来承担,这一切是因为我们的工作没做好,既然责任在我们,为什么要把损失摊派给百姓?"首长说。

"没有理由吧?"首长说。

"苏维埃一切都是为了工农大众,我们嘴上那么说过,我们就必须不折不扣那么做!"首长说。

"可现在我们却要让大家来承担因为我们的失误造成的损失……我们是苏维埃的银行,担负的是苏维埃的信誉,苏维埃若失去了信誉就失去了立足之本,共产党若失去了信誉就失去了存在的理由。"首长说。

俞启岳还是觉得有点那个。他们做的是银行工作,银行是经济的温度计嘛,社会上经济的冷暖,银行最早知道。现在苏区的经济状况,他们当

第十七章

然知道。他们深知当前的情况,苏区的经济十分恶劣不是一般的恶劣。

可现在的情况是,粥就这么一点点,全分给了群众,队伍上官兵就更要勒紧裤带。本来队伍上从军长到火夫伙食费就不高。八分钱的伙食,现在变成五分。本来还发一角两角的零用钱,现在没了不发了。前线打仗,每天吃的却一顿稀一顿干就两顿。后方呢?当然也一样,政府工作同志,薪饷已经减了过半,乡苏维埃的一些干部,不脱产,不拿薪,可办事却自带饭菜……

这一批物资,本来能解燃眉之急的,但上头却决定全部用于民众,不仅俞启岳想不通,汤有赞马拱八他们更想不通。

"队伍是在打仗,吃不饱肚子怎么打?要死人的……"马拱八说。

"平常说一切服从前线,现在怎么就不服从了?"有赞也发着牢骚。

"那些人里鱼目混珠……"

"他们中不是有人拿了假币来兑钱?"

"难说他们这回就不拿了……"

"难说。"

"我看有厚脸皮的人,我看他们脸皮比猪皮厚……"

大家七嘴八舌那么说,可命令就是命令,还是得执行。

那天集市比平常热闹,听说红军有百货供应,大家不相信。老少妇孺,蜂拥了往街子上去。老戏台搭了彩,挂了标语和红红绿绿的彩旗,有人还支了长长一挂爆竹。货架子就当街露天摆了,长长地沿街那么铺过去。红军边贸局的那些男女,穿着便装,胳膊上缠一条红箍箍,神采奕奕的样子。几个汉子敲打着锣鼓,弄出喧天的响动。锣声鼓声,把人心敲热了,把人眸子敲得透亮透亮。树上的鸟也被敲得一下一下骚动不安,忽一下飞起,眼看着飞远,却又盘旋着飞了回来,也许它们没感觉到什么危险,倒是觉得有了难得的一回热闹。它们也想在这个本来阴冷静寂的深秋感受一次不同寻常的热闹。

鸟都这样，何况人呢。人群围了一匝又一匝，前头的击掌叫好，后头的看不见，踮了脚扯长脖颈那么张望。有精明的，就站到高点的地方，甚至爬到树上。

"像过年……"人群里有人嘀咕。

"就是就是……像过年……"

"真弄来了货哩真弄来了……"

"那是……"

不仅真弄来了货，而且红军真还宣布这些货全部给合作社销售。那几天，各地合作社门前车水马龙的人来人往。每家合作社铺面前竖有一牌：只收纸币，不收现洋。

第十八章

一　你说按书上的办我们就按书上的办

洪慧瑛带着满秀到大山里走了一遭，带回来一些石头。当然不是一点点，是两大背篓。回来时两个女人气喘吁吁一副精疲力竭模样。

马拱八拿起几块举在眼前看了又看："嘀，不就是些石头，你两个老远驮回来？"

"看你们累成这样，我以为你们背回来金元宝哩。"他说。

"你说是吧刀币，你看这女人就是头发长见识……"他没把那个"短"字说出来，看见汤有赞拉下了脸，就把那个字收了回去。

"你懂个鬼你就一张嘴！"

"也是……"马拱八觍着脸对汤有赞说，他知道自己说错了话。现在情况不一样了，那女人来后，刀币和眼镜客都好像有点变化。

"人家不容易，虽然捡回些石头，但两个女人不容易……"马拱八说。

"知道就好！"有赞摔了下铜盆。

"你看你，我骂你娘你也没这样过，你看你……"马拱八说。

"我也是心疼她们白吃苦费力的嘛……弄些石头回来大老远的……"马拱八说。

"好了好了，算我那话是放屁行不？"他说。

很快大家就忙事了。

首长把大家叫到一起，他笑着说，大家凑点份子，我们请保卫局的那几位吃个饭。俞启岳说应该应该，就叫吴昌义负责收份子。收到汤有赞和马拱八这儿，汤有赞和马拱八几个心里有点不情愿。

"保卫局的人牛气哄哄的，明明是上头派他们的任务，像是我们求他们似的。"马拱八嘀咕着。

吴昌义把那只角箩抖了抖，里面一些票子和毫子跳动着。

"首长先把份子钱交了，我说首长有家有口的这事就不必认真，可他一定要交……"

看见首长和俞启岳都掏了钱，马拱八和汤有赞不好再说什么，也就从兜兜里拿出自己那份。

"哎哎！"吴昌义说，"你们不是嚷着要弄点酒喝庆祝一下的吗？你看掏几个钱像我是个叫花子样，你看你们脸多难看！"

"几件事都圆满了，再说洪慧瑛和满秀也刚回来……喝点酒庆祝一下是个好事。"吴昌义说。

"好了好了，就差眼镜客那份了……你们见没见他？"他说。

汤有赞往那边的屋子指了指："还不是在那屋子里，他能去哪儿。"

"哦哦，眼镜客就是跟别人不一样，他能关门闭户的几天都不出来，啧啧……"吴昌义说。

吴昌义敲门时，彭铭耀已经将那本书看完了。他打开门，一脸的笑："你找我？"

吴昌义说明来意，彭铭耀很干脆就从兜里掏出几张票子。

吴昌义说："看你眼镜客笑的，又从书里得到黄金屋了？"

"比黄金屋还那个……得喝点酒……"彭铭耀说。

吴昌义他们都记得那天的事。那天首长找到彭铭耀，抛给他厚厚一本书："你把这本书好好研读下，我知道你脑壳管用喜欢读书……"

第十八章

首长托人从香港弄回来些书,这些书也经过了封锁线,弄到这边来不容易。在大埔,地下党的同志觉得奇怪,这种书也弄?那地方要办大学了?苏区过去的人说,弄这书有急用。人家就真从香港弄了大摞的书过来。

首长跟彭铭耀说:"秀才,我们就靠你了,你先把这书好好读读,读懂了你给我们上课。"

彭铭耀似乎就喜欢这任务。他又把门关了几天,出来时脸上笑笑的。

"上课上课!"他跟首长说。

"我读了,不能说全懂,也懂个十之七八吧,我可以给大家上课。"他说。

"那就上吧。"首长说。

他们上了一晚上的课,彭铭耀是现学现卖,让大家都听得云里雾里。首长不知道听懂没有,他问俞启岳:"你听懂没?"俞启岳不知道如何回答,点点头,又摇了摇头。

首长跟彭铭耀说,不知道是你没看懂还是我没听懂,反正我现在是没懂,你晚上给我详细讲一讲吧。

那个晚上彭铭耀专门给首长讲那书里的内容,到天亮的时候,首长点了头。

"你个眼镜客哟,我还是没全懂,但是我知道了,得按书上说的那些个办法办。"首长说。

彭铭耀说:"也许吧!"

首长说:"你看你说也许,不是也许,是必须!"

彭铭耀说:"这话只有首长你说我不能说的呀!你说按书上的办我们就按书上的办。"

首长说:"你个眼镜客哟鬼得很……"

他们说的那本书是关于一个叫松方正义的日本人的一些事情。

彭铭耀照本宣科跟大家说起这个日本人。

"那是五十多年前的事了……1868年吧……"彭铭耀说。

"日本当时的新政府为了所谓繁华，发疯般印纸币，以为票子越多，就越繁华……如此规模地狂印货币，加上假币泛滥，日本进入了恶性通货膨胀状态……"彭铭耀说。

有人说哎哎你说什么哟，听不懂听不懂。

"就是，什么叫恶性通货膨胀？你看你说得像天书……"有人说。

"就是东西涨价，钱不值钱了……"彭铭耀说。

"那不跟我们现在一样吗？东西越来越贵，票子越来越不值钱……"

"你认真听嘛，不一样我在这儿费口舌？"彭铭耀说。

"噢噢……你说你说……"

"日本政府纸币信用急剧下降，政权岌岌可危了……后来是松方正义站出来。1882年松方正义出任大藏卿……政府的一个什么大官吧……他上任后施行紧缩财政。对内紧缩开支，抑制通货膨胀，对外则平衡贸易，削减贸易赤字……"彭铭耀说。

有人在下面连连地咳着。

彭铭耀知道他们没听懂："松方正义上任的头等大事就是重建日元纸币信用。不是纸币不值钱了吗？纸币不是过多了吗？百姓心里没底，东西越来越贵……松方正义就用真金白银，去换回百姓手中过量发行的纸币，有多少换多少，直到百姓完全相信政府库存的金银足够而不再要求兑换为止。"

他就是用的这个办法。

首长说："我们也用这个办法！"他语气很坚决。

他们喝了点酒，虽然菜不算丰盛，但酒是足够的，乡民自己酿制的那种土酒，喝起来觉得不够劲但后劲大。就那柔柔淡淡的几碗酒，很容易就放倒人高马大的一个汉子。

他们没喝高,他们边喝边说着话。

"这一回老邓你可帮了大忙了。"首长对保卫局的那个头儿说。

"我看不出,你说有用处就有用处,我们外行,一点也看不出。"保卫局的那人说。

"松方正义当年就是这么干的,我们跟他学的。"首长说。

"松方正义是谁?"

"哦哦……一个日本人,我也刚认识……"首长笑着说。

"你看你说日本人,我不喜欢日本人……"保卫局的那个人说。

"哦哦……不说不说,也许他的办法管用。"

"哦?"

"不说不说……还有许多事情要做……来来喝酒。"首长说。

他端起了碗,转过头对俞启岳他们说:"来来,大家再敬邓局长一碗。"

首长把那碗酒带头喝了下去,看着对方把酒喝干,才俯身小声说:"有件重要的事还得请保卫局帮忙……"

"你说你说!"对方显得很大方。

首长就附在那男人耳边说了一通话,男人不断地点着头。

"嗯嗯,你说得很有道理,也许他们那些人里有人真知道线索……"那男人说。

首长说:"就拜托你了。"

保卫局那人说:"我们保卫局干这事轻车熟路,你放心。"

那晚大家第一次看见首长那么喝酒,看不出首长是高兴还是郁闷。按说这几天事情都办得很顺利,首长应该开心,但首长的表情还是那么严肃。俞启岳知道,挤兑的事还没有彻底解决,就是解决了也只是暂缓,不是从根本上彻底解决。根本解决整个苏区金融的险境和危机,还有很多的事要做,还有更多的意外要出现。敌人军事上很强大,在经济上他们也恃强凌弱。但首长那时心里很坚定,那就是不管怎么样,一定要平息这场危机。

二　洪慧瑛不声不响地忙乎了两天

洪慧瑛看出了首长的焦急，这让她也感觉到急迫。

她和满秀在山里走了近一月，是有些发现，那些石头也不是一般的石头，是些矿石。其中也有铜矿石，那些生姜疙瘩一样的就是。其实铜矿石很好看，生姜疙瘩这话是有赞说的。那天有赞捏了几块石头，这石头真好看他说。他没话找话，他喜欢跟洪慧瑛说话，他也说不上为什么，可他就是想跟这个女人说话。但女人似乎跟他话不多，女人和眼镜客却不一样，一说起来就没个完。

"生姜疙瘩样……"他说。

"这是铜矿石……"洪慧瑛说。

"噢噢！"有赞噢了起来，"这么说我们有铜了？"

洪慧瑛笑了下："还只是矿石哩，离铜还远哩，还得冶炼，还得有很多的精加工……"

"哦哦……名堂真多学问真多……"有赞有些尴尬。他想，也许眼镜客肚子里有墨水，那女人才跟他说话对路，话对路就话多嘛。你个眼镜客，不是我举荐你，你现在还在黑黑矿洞里挖砂哩。他在心里骂了一句，但很快就觉得自己有些荒唐。

"改天有时间我教你……"他听到女人对他说。

"我和满秀要去被服厂帮忙，那边人手不够……"女人说。

要入冬了，队伍上缺冬衣。蓝衫剧社和红军医院及其他部门的女同志都被动员去被服厂赶制冬衣。洪慧瑛不是队伍上的人，没人叫她，她却自己要来。

"我们洪家开过染坊，我小时就喜欢去染坊里玩，看熟了，我会染布。"

第十八章

她跟满秀说。满秀说:"你跟我说没用,你跟他们说去。"

洪慧瑛找着首长了,说:"你跟他们说说,我去那边帮你忙,在这里闲着也是闲着。"

首长说:"我叫你休息,你闲不住呀。"

洪慧瑛说:"你还真说对了,我闲不住……"

首长没办法了,点了点头。然后,洪慧瑛就出现在了被服厂的染坊里。红军那时遭遇封锁,染布没染料。但那不是个事,红军自有办法,其实是用客家人自古淬染的技艺。客家人有客家人染布的土办法,染料是土制"靛粉",还可以用"薯莨"、"土珠"或"乌桕树"等草木熬水来染色。

洪慧瑛和满秀在那儿染布,满秀第一回染布,一切都觉得很新鲜。染缸很大,缸里下了靛蓝,就是染料。满秀抓着缸棍翻搅着,搅着搅着,颜色就出来了。做师傅的过来看看,觉得可以,点了点头。几个女人就把白白的土布放进去,又拦又搅地染匀了,拿出来叠。叠起来放在缸口上的"担缸板"上,几个人就拿了板子合力压,轻轻压出水来,放在坪里河滩上摊开晾干。渐渐布开始由黄变绿,再晒,则渐由绿变蓝了。这是初染,还要二染再染。第一次染出的是浅蓝色,晾干后再染一次就深一层,愈染愈深,由浅而深的颜色依次是月白色、二蓝、深蓝、缸青,最深的蓝色近于黑色。红军的军服也就二蓝,所以染个二至三次就可以了。

洪慧瑛染了一天的布,那天天气很好,阳光暖暖的。洪慧瑛和几个妹子在河滩上晾布,晾完那扎布,她在河里洗了下手,白白的手上现在沾了淡淡蓝色,看去很特别。她坐在那块大石头上,清流从脚下流过。她张开双手十指,先是从指缝里看日头,日光明晃晃的有些刺眼。她慢慢地斜移着巴掌,就从指缝里看到那些布了。一挂挂的布摊在河滩上,别有一番景色。

她看着河滩上晾着的布改变了颜色,突然脑壳里什么亮了一下,灵光一现想起什么。她眨巴着眼睛,表情很严肃。

满秀看在眼里了,她喊了一声姐。那时候,满秀已经和洪慧瑛姐妹相称了。洪慧瑛比她大两岁,她叫洪慧瑛姐。

"姐,我看你有心事?"满秀说。

"嗯,我想起了个事……我得回去下……"

"哦哦?急事?"

"是急事。"

满秀想不起洪慧瑛好好的怎么就突然有了急事,她不放心,要跟了洪慧瑛回。洪慧瑛说:"不必,这事虽急但满秀你也插不上手。"

洪慧瑛不声不响地忙乎了两天,她神情专注。她没关门闭户,但她说你们谁也别来打搅我。那两天,俞启岳他们觉得很奇怪,怎么那个活泼的女人沉静了下来。他们不知道洪慧瑛在弄个什么事,看去似乎很神秘。这女人怪怪的,但怪是怪,总能弄出点名堂来,你想一个妹子家竟然能骟猪阉鸡还有什么事不敢做?

他们很好奇。

那天俞启岳对大家说:"首长说这些日子大家辛苦了,放一天假,你们上县城走走。"

三　洪慧瑛做了一桩了不起的事

几个男人没往县城去,他们坐在那面坡上。坡上有些石头,他们就坐在那些石头上,石头有些硬,坐在上面阴冷阴冷的。那儿能看见那间屋子。他们就坐在那儿,不时看着那屋子,他们都想说句什么,但都忍了没说。

"那妹子做什么哩?神神秘秘的……"彭铭耀忍不住了,他说。

"你眼镜客不也一样?"马拱八说。

"我是想事情,我是关了门图个安静好想事情。"

"人家也想事情哩,人家也图安静嘛……"马拱八说。

"就是……人家也想事情……人家不像你关了门窗，人家没关……"有赞也说。

"研究那些石头？"彭铭耀说。

"人家愿意……人家就研究那些石头怎么啦？"有赞说。

彭铭耀有些生气，你刀币这不是抬扛吗？我不跟你抬，你抬扛你抬你的去。他沉默了，他要是接话有赞肯定会继续抬下去，有赞心里有种莫名的东西让他不舒服。他那么说，可自己心里也和那几个男人一样充满了疑惑，那石头能研究出个什么？石头就是石头，研究来研究去也是石头，那么看能把石头看出个名堂来？

"也是哟，研究石头？"有人说。

"看看去？"有人说。

人要是觉得神秘就心里有了事情，心里痒痒着，一只虫虫在心窝里爬。

马拱八用胳膊拱了拱有赞："刀币，你去……"

有赞想去，但觉得事情有点那个，他对马拱八说："还是你去吧。"

马拱八说："那吴昌义你去。"

吴昌义也不想去，就说："我看眼镜客去合适。"

汤有赞不愿意了，谁去都可以，但眼镜客去他心里不舒服。有赞说："那还是我去吧……眼镜客那眼睛，去了也白去……。"

有赞蹑手蹑脚走到那窗边，窗子洞开，有赞探头看去，女人在桌边，桌上两只碗，女人手里不是勺不是筷子手里捏着的是一张纸钞。她那么神情专注地捏着那票子，一会儿看看，一会儿又端了碗晃动着。

"她玩票子哩，那妹子在那儿玩张票子……"有赞回来说。

几个人愣眼凝视了有赞片刻，都摇了摇头。

"鬼信。"马拱八说。

"不信你自己看去，你们看去……"有赞说。

马拱八真就去了，回来时头点得像鸡啄米。

"就是就是……玩的是票子没玩石头……"

彭铭耀哼了一声。

"你看你哼？你不信你难道不信？不信你自己看去！"

"人家女人家……你们贼一样去偷看……"

马拱八脸上挂不住了，平常他们挺尊重眼镜客的，他们觉得他有本事，他给他们上课也算是他们的老师，一日为师终身为父。可这话太刺人了，贼一样……汤有赞更是难耐愤怒。"咄！"他们咄了一声，眼就瞪圆了。但很快，他们收起了愤怒，因为那边门响了一声，他们看去，洪慧瑛从门洞里走了出来。

洪慧瑛一直往这边坡上走来，很快她拐过那块大石头。

"你们在呀，你们都在呀！"洪慧瑛笑着说。

男人们有些尴尬。"哦嘴，我们在……都在……"有赞说，

"就是，你看……我们看风景哩，首长放我们一天假……可是没地方好去……看风景看风景……"马拱八说。

"你玩票子？"有赞说，说完后就后悔，他觉得自己傻傻的。

"没哩，票子有什么可玩的？"洪慧瑛说。

"那是……"

"你研究票子……眼镜客爱弄这种事……"吴昌义说。

"是哟，他弄得我就弄不得？我就是研究票子……"洪慧瑛笑笑地说。

"票子有什么研究的？那么张纸能变出花来？"

"我真就能变出花来哩。"洪慧瑛眨巴着眼说，样子有些调皮。

"你们信不？"

没人摇头也没人点头，几个男人眼睛瞪得大大的。

洪慧瑛对那几个男人说："你们来，你们跟我来。"

他们跟她走回到那间屋子里，桌上那两只大碗还在。她说你们睁大眼哟。她把一张票子搁到那只大点的碗里。她玩个什么名堂呢？有赞他们想。

他们看着那张纸，他们目不转睛。

票子上很快就现出一朵花来，是一团黑色。

她说："你们看！"

"你们认真看哟！"洪慧瑛笑着说。

几个男人轮流捏在手里认真地端详了一番。

"呀呀！"他们说。

"怎么黑了？变颜色了？"

洪慧瑛笑着，笑脸诡诡的："好，你们看好喔。"

说着洪慧瑛又把那票子放进另一只碗里，拿出来时，那团颜色又没了。

"呀！"

"呀呀！"

男人们呀着，他们很快想起这事的重要性来，洪慧瑛做了一桩了不起的事。

"呀！你早不弄呢，早弄就好了。"他们说。

"你神仙呀？哎哎妹子，你怎么弄的？"他们说。

"也没什么也没什么……"洪慧瑛说。

"我在被服厂染坊帮忙，染着染着就想起这事……"她说。

"这只碗里是绿矾，一种天然矿物，也是一味中药，它有个化学名儿叫硫酸亚铁……"她说。

然后，她指着另一只碗："这碗里就是茶水……先把纸放在硫酸亚铁溶液里浸泡之后，纸上面稍有黄色，然后在这纸上涂茶水马上就会显出黑色，再用草酸涂在黑色上面，立即变成原来的颜色，只是稍稍有点黄。"

"没事这没事，用旧的东西都有点黄……"有赞说。

有人笑了一下。

"你笑什么？难道我说错了？"有赞说。

那几天，印币厂连夜加班加点，把苏维埃银行里的纸币一角都加工镶印上了绿矾。

四　黎译宏眼下急需一个这样的人

苏维埃银行忙着把纸钞全改换成另一种新币时,黎译宏正等着徐恩曾的到来。他已经有所准备,他知道徐恩曾尽管在庐山使尽招数,但特工总部的失误,对于整个匪区的攻略来说影响深远,最高统帅不可能就这么轻易放过。

这种事情,总得有人承担责任。不是一般的责任,事关剿匪大事。有那么一双重要的眼睛盯看着特工总部,是最高统帅的眼睛;也有那么些不怀好意的眼睛盯着特工总部,复兴社的那些人盯着粤军也盯着⋯⋯

得有个对策,这事马虎不得。先下手为强,后下手遭殃。黎译宏想。

那些天里,黎译宏一直在琢磨着这件事。

韩丰有九死一生爬上了河堤,他知道不能随意就爬上岸。他选了一片岩崖,那里虽说艰险,但肯定没什么致命的危险。经验帮了他,他浑身湿漉漉地钻进林子里,等到天黑,摸进山里那个只有三两户人家的小村。

那家人家有些意外,深更半夜的门口站着这么个男人。

"我进山贩皮货⋯⋯遇着匪了,三个伙计都走丢了,我从崖上跳到溪河里才找回一条命。"

那家的女人给他烧了一堆火,他把湿衣服烤了,喝了一碗热姜汤发热。那家的男人说:"人为财死,鸟为食亡,你们这些人哟,要钱不要命。"

"就是就是,"他说,"人为财死,鸟为食亡。"

他没耽搁,天才露一点微白,他就离开了那家人。又在山里走了一天,才算彻底脱了险境。

黎译宏见着韩丰有时没显出太多的吃惊,他知道李和韩是老手,肯定会从困境险境里想法脱身。韩丰有眼睛红红的，黎译宏没说什么，只拍拍他的肩膀。

"二十多个年轻弟兄呀……"韩丰有说。

"是呀，二十多个年轻有为的弟兄！"黎译宏说。

"是哪里出了纰漏呢？我想不出哪里出了问题。"韩丰有说。

"都在想着这事，都想不出。"

"难道赤匪真能神机妙算？"

"当然不可能！"

"这事奇了怪了……"

"是很蹊跷。"

"谜一样……"

"你别想太多，你安心好好歇歇……"

"头儿，你看你说的，我能歇得安心？那么多弟兄……"

"你这么想也想不出个所以然……"黎译宏说。

韩丰有愤愤地嚷道："我看是有内鬼！"

"韩兄所说也未必没道理，事情肯定要弄个水落石出。"黎译宏说。

"你先好好歇歇。"黎译宏说。

他派人把韩丰有几个送到庐山星子的一个疗养院，那地方偏僻安静，是个能让人心静如水的地方，他没把他们送到牯岭。那时候庐山山顶已经冰封雪冻，星子正好，在庐山脚下，那里有很好的温泉。他说泡泡温泉对你们有好处，他说你们正好四个人一桌牌你们尽情开心玩玩。

"家里的事你们别管了你们操心也没用有我哩一切放心。"他这么说。

韩丰有四人在星子泡澡打牌逛山景的时候，黎译宏去了个地方。有人把他想要的一个人带到他面前。

"你都想好了？"他对那人说。

那个人是他们抓到的一个赤匪的探子。黎译宏眼下急需一个这样的人。

"想好了想好了……很愿意为您效劳……"那人说。

"你叫侃子？"

"是的，叫侃子！"

"就这么个事情，举手之劳吧？免了死罪，一劳永逸……有谁不愿意？侃子，你说是吧？"

"那是那是！"侃子说。

"那你答应了？"

"没哩……"

"你说你想好了？"

"我是想好了，我想好了来见你，我想好了是说我愿意做那事。"

"可是……"

"你说让我活命让我走，我总得有些盘缠的吧……我总得给家里带点什么回去。"

"哦哦！……那好吧，给你十块大洋……"

侃子摇了摇头。

"嗯？"

"给我十斤盐巴吧！"

黎译宏想了想，点了点头。

"你把盐巴叫人送到九塘的碓屋里，有人会去取。"

"我会送到。"

第二天，黎译宏对侃子说："我已经按你说的办了。"

侃子说："你没有，你不要骗我。"

黎译宏在心里骂了一句，他无奈了，只有这个人的证词能置韩丰有于死地。他真的按侃子说的那样，叫人把盐巴放在了那间碓屋里。

"我真的照你说的做了。"他对侃子说。

侃子说："我知道。"

"真是怪了,你怎么会知道?"

叫侃子的男人指了指远处的那座峰峦:"他们一直在等着盐巴,一旦收到,他们正午时分就在那山巅巅上烧一堆烟……"

黎译宏又在心里狠狠地骂了一句。"你记住这张脸!"他把手里的那张照片递给对方。

侃子接过看了看,点点头,把照片还给黎译宏。

五　这是个阴谋

韩丰有是被人从温泉池子里拎起带走的。

后来他反复琢磨,百思不得其解。

这么些日子怎么老和水有着那么密切的关系呢?他想。先是和那些散了缆的竹排一起滚入冰冷的河水里,差点叫人掳了去。可这回却是在温热的泉水里,却是真正叫人掳了。他们把他从水里拎了起来,让他一下子像被拎到冰窖里一样,他打着寒战。他们让他穿上衣服,然后用黑布蒙住他眼睛塞住了他的嘴绑了起来。

他们把他弄到个黑屋子里,屋子里有很多人。他们把他眼上的黑布拿掉,口里的东西弄了出来。

"干什么?你们想干什么?"韩丰有吼道。

有人在他后脑拍了一下,示意他不要出声。

灯乍然一亮。

原来那儿站满了人,有十几二十个。有人喊了一声:"进来!

进来的是侃子,他打量着那些人的脸。他走到韩丰有的跟前,看了看,指着韩丰有说:"不错,就是他!"

"什么?"韩丰有一脸茫然看着面前的这个男人。

"就是他！"那男人黑着脸指着他鼻尖说。

"我不认识你……"韩丰有说。他还想说些别的，可那几个人没让他说。他们把他架出了黑屋子，架到另一个地方，让他看了一些所谓"证据"，然后要他说出泄漏"财神"机密的经过。

"什么？"他迷糊地看着对方。对方是个麻脸，一些肉坑坑镶在脸上让人看去很不舒服，偏那男人还咧着嘴挂一个笑，那些肉坑坑就显得更张扬了。

"你别装糊涂了，铁证如山。"麻脸说。

"我被人害了。"韩丰有说。

"党国被你害了！"麻脸说。

"我想见见我的上司……"

"这不可能……你觉得这可能？"麻脸还那么怪怪地笑着。

但麻脸说错了，这不是不可能的事。黎译宏出现在韩丰有的面前，韩丰有突然就泪流满面，说不出话来。黎译宏递上一根烟，给他划了根火柴点了。韩丰有猛吸了几口，稍稍松弛了下来。

"那些事不是我干的。"

"我也知道十有八九不是你干的。"

"你得给我想办法。"

"几方都一直在给你想办法……"

"我看是复兴社玩的名堂……"韩丰有说。

"不管是谁，这是个阴谋。"

黎译宏说是个阴谋，他脸上风平浪静地那么说着，谁也看不出他内心深处的真实。

当然，只有黎译宏知道是谁干的。

那天，他就在离那间屋子不远的林子里，从那儿能看到那里的动静。他看见那个叫侃子的男人被带进了那间屋子，不久又走了出来，一直往这边林子里走来。

"我照你说的那么做了。"那个男人对他说。

"很好!"黎译宏说。

"我一下就认出了那张脸……哦嗬……"

"很好很好!"黎译宏说着。

他们走了一程。

侃子说:"你回吧!"

黎译宏说:"我说过送你上路的。"

"好了好了,你回吧。"在林子的另一头,侃子往那条小河走去。身后的黎译宏从衣兜里掏出那支手枪,朝侃子开了一枪。侃子回过头来。

"我说了送你上路。"黎译宏说。

侃子朝黎译宏咧嘴笑笑,这让黎译宏十分诧异,他凝神看着那怪异的笑脸。

"我知道……你会这么做,你们不会……放过我的……我知道……"侃子艰难地说着。

"但老天……也不会放过你……"他说着倒在了地上。

"恶有恶报!"倒地时侃子嘴里挣出这四个字,虽然有些艰难,但很响亮。

黎译宏一头一脸的汗,他心上泛起一阵莫名的惊慌,他从未有过这种感觉。他发疯似的逃离那个地方,那男人临死前的笑和那四个字一直在他心里出现。

他又去见了一次韩丰有。

"我们都在为你的事奔波,很快会有个结果的。"黎译宏对韩丰有说。

"头儿,我等你消息。"

黎译宏没说错,那些天他一直为这事忙碌奔波,详细的报告连同那些"证据"一起呈报到南京。很快批复就下来了,四个字:严处立斩!

韩丰有等来的是一颗子弹。那天他被推上刑场时抬头看了看天,天空阴霾密布。他看着那片缓缓移动着的云霾,似乎穿透其厚重,看到了那层黑云背后的什么。

　　临死前他终于有所醒悟,其实他这么个小人物,头顶一直就有块厚重的阴霾压着。运气好能混出个晴好,能盼到丁点的阳光;混得一般的话,就不死不活么在这种天空下度过一生;要是运气不好,头顶的那块黑霾说不定就会压下来把你压成肉浆。现在,他就是这样,他不走运叫人算计了。韩丰有至死不知道算计他的人是谁,但他知道自己是被人背后下了黑手叫人算计了。

　　你个王八蛋!他想对着旷野狠狠地骂出这五个字。

　　他没骂。

　　他想,你们等着吧,横竖是个死,我只是早走一步。

　　这么一群人迟早要败在红军的手里,他想。

　　看就是看就是,迟早的事……他想。

　　当然,韩丰有是看不到了,他后脑那地方一阵凉风,然后就坠入了无边的黑暗里。

第十九章

一 他们是些高手

洪慧瑛发明出了真假纸钞的辨别和防伪的新方法。俞启岳很快去了首长那里，他亢奋之极，把那些纸币掂出来一张张递给首长看。

"你看你看，首长，你看不出什么吧？"

首长还真接过来那么翻过来倒过去地看了一遍，甚至举到眼睛边上眯了眼认真地看了，说："启岳，你玩个什么名堂哟。"

"嘿嘿。"俞启岳得意地笑了一下。

"你是说这是张假币？"

"一会儿你就明白了一会儿……"俞启岳拿过来只大碗，他往碗里撮了些茶叶，用开水泡了。不是一点点，是一大碗。

"你看你个启岳哟，我当什么事哩，你口渴了你说……你看你倒那么一大碗茶……"

"首长你先别说话……"

首长真就没说话，他看着俞启岳。俞启岳从容不迫，他悠闲地那么坐着，其实他是在等茶泡开。

他看着茶泡到八分程度，就把那几张票子放进茶水里。

他把那纸钞举起来递给首长。

"首长你再看看再看看。"

首长发现那纸钞一下就有了变化,说:"哦哦?"

然后俞启岳又拿出事先准备好的草酸涂在变成黑色的那张纸钞的一角上,那颜色消失了。首长拍起手来:"你个俞启岳哟太好了太好了!"

俞启岳说:"不是我的功劳,是那个洪慧瑛哟。"

首长说:"这很好,非常好……过几天争取把所有的纸币都回收回来,务必保证市面上流通的都是加工后的纸币。"

俞启岳心急火燎地赶了来,就是想争分夺秒,可首长说过几天,他觉得有些奇怪。

"为什么要过几天呢?"他说。

首长说:"很快你就知道了。"

保卫局的人没有食言,他们很好地完成了那项工作。

那回从河里抓回的二十几个"落水狗",就是特工总部庐山特训班的那二十多个"精英"。保卫局的人要做的就是从他们嘴里得到苏维埃银行要的口供。

开头还有些困难,毕竟是特工总部的"精英"哟,他们都以沉默对抗,不然就是摇头,他们摇着头,不承认那天的事。死猪不怕开水烫,咬住了不承认,我看你们能有什么办法,都是玩这个出身的,那一套全懂。他们大概这么想的。

没有没有,我们只是想赚几个钱去撑排,谁知道有人把排砍了缆,我们命都差点丢了……他们说。

谁知道哪个该死的往竹子里塞石头!哪有财宝哪有?全是石头……他们说。

保卫局的人审得有些艰难,他们审得有些麻烦。但保卫局的同志知道这事很重要,他们下了工夫,他们决定和这些家伙斗智斗勇,玩心理战。

他们要使出手段和浑身解数。

第十九章

他们布置了个行刑室,里面有些让人生畏的刑具,每一件都弄得很张扬。

第一个审讯对象被带到那地方,这人是经过他们细心挑选的。

要找个突破口,攻下一个就攻下其他了。这一点他们谁都明白。他们很有经验,没挑嫩的在先,挑的是个看去很老到老练的角儿。

那个男人坐在那儿,环顾了一下四周,都是些刑具。他脸上肉似乎跳了几跳,一副死猪不怕开水烫模样。男人叫马吉放,在特工总部这批年轻骨干里,马吉放是最最有前途的,他被黎译宏看好,正准备向徐恩曾郑重举荐。本想待"财神"计划一完,马吉放锦上添花且徐恩曾又开心时举荐,没想到事情会是这样。

我不会辜负黎长官的。这是马吉放坐在那里时想的第一句话。

没什么的没什么……这些摆设早就不在眼里,我玩这些东西时你们还不知道在哪儿……

我看你们能拿我怎么样!

马吉放想着那些话,他当然不会说出来,他在心里想着。

他没想到坐在他对面的两个人没拿他怎么样。好像压根人家就不想拿他怎么样,只是默不作声那么坐着,时不时在那张纸上写着什么。

有一只苍蝇在昏暗里来来去去地飞,嗡嗡地唱着。

屋子里先前有些冷,但现在马吉放额上竟然沁出些汗来。他琢磨着对方,他知道不能琢磨,一琢磨就坏事,可他忍不住了,琢磨着。他想这事有点怪,他们想干什么呢?审讯,已经审了没个结果;动刑,动哟,可却没声响。

他们那么石头样坐到黄昏。

第二天依然如此。

他们把他押进那屋子,他们让他坐在那条凳上,然后不管不顾不闻不问。

那两个男人埋头做着他们的事,心无旁骛。

马吉放开始也想我就这么坐成石头吧。可他老琢磨,一琢磨他心里就泛起些毛毛,他时不时瞄几眼对方,但对方就是不看他。苍蝇现在好像不止一只了,好像两只甚至更多,齐齐地绕马吉放飞,发出单调的嗡嗡噪响。有时有那么一只苍蝇不安分,竟然往他身上栖,耳朵眉角鼻尖发梢……

你们说话呀要干什么你们说呀……

你们总不能老把我这样子弄着……

要上大刑你们上别这么对待老子别这样……

他到底没说出来,他知道就是说出来也徒劳,没人理会他。

对方我行我素,好像没他马吉放这个人存在似的。第三天第四天依然是这么个情形,好像他们要把这种情形不间断地持续下去。

马吉放坐不住了,这个男人开始追打那几只苍蝇。可是徒劳,苍蝇对这一切应对自如,它们似乎训练有素,至少这些它们早已经习惯。它们还似乎很乐意这个男人这样做,飞来飞去跟他玩耍。

第五天,才踏进那间屋子,马吉放终于爆发了。他开骂了,骂得很难听。脏话粗话难听话……他几乎把肚子里所有的脏话粗话难听话都翻找了出来。他觉得自己有些失态,但那嘴里喷吐出来的词语让自己心里膨胀着的那股浊气有所舒缓。

"你们到底想干什么要干什么?"他对着那两个男人喊。

这一回对方说话了,两个男人中那个矮个子先开腔。

"我们就是想从你身上得到实情。"他说。

"这不可能!"马吉放说。

马吉放看见那个高个儿把一叠纸递到他跟前,说:"没有什么不可能的,我们已经办到了。"

"好了好了,你全说了吧。"矮个儿男人说。

"我说了没什么好说的,我们只是想赚几个钱去撑排……那边交火,我们逃到山这边来，有人招撑排的，我们就去了……有工钱有饭吃，为什么不去？就这些……"马吉放说。

后来他看纸上那些字，那上面写着的是这几天对他的心理分析。

马吉放身上什么东西被人彻底抽空了。

"普通的排客进来能是那个样子？"矮个儿男人笑着说。

"一看就知道是个内行……"高个儿男人说。

"你没想到吧？很多东西你都没想到，现在没想到，以后还有没想到的……"

马吉放点了点头。

他们是些高手。他想。服了服了哟。他这么想。

"让我想想吧，再给我一天时间……"他说。

其实他不知道，就那时，同伙里也有人说了。他说不说已经无所谓了，但他内心什么地方那坚固的东西还是松动了。

二　凡大老倌是块难啃的骨头

很快红军就从那二十几个人口里审出了具体的"线索"。

他们领着保卫局的人找到当初他们投放"纸钞"的村子，他们甚至还能记得那些人家，指着那些人家的门槛或者茅厕或者猪栏牛栏的某个角落，说着那天的情形。那些地方曾经有过"奇迹"，都是"财神"降临过的地方，曾有大叠的钱从天而至。

凡大老倌这些日子觉得很那个，说是财神降临，却招来了贼人。儿子刘麻有回来了，本来是亲人团聚其乐融融，没有不说，儿子终究还是走了。是带着对自己的怨恨回了队伍，是像仇人一样，黑着脸跺着脚头也不回那么走的……

凡大老倌心上起了个结,觉得脑壳里让人弄了些黑灰邋遢。他揣着那一小叠还没花完兑完的纸钞,看着曾经装过银洋的罐,觉得这场梦做得哭不是笑不是的。

不合算哟。他想。

遇着财神却像遭着瘟神样,弄了个家不和财不旺麻烦事情却一件接一件的,人也灰头土脸。那时候人家刘东魆,走哪儿脸上不是神气十足,一颦一笑,趾高气扬;举手投足,威风八面。按说我凡大也是有钱人了呀,财神送来那么五大摞钱,也和当年刘东魆不相上下了吧?怎么就跟做了贼一样?我凡大也没偷没抢没缺德害人昧良心做亏心事。钱是财神给的,财神为什么给这家不给那家,你问我,我问谁去?各家的福分不一样,我家祖坟风水好嘛,旺财,可没偷没抢,我怎么就这么个样样?

凡大老倌百思不得其解。

他咳着,一大串的剧烈咳嗽让婆佬心上一阵寒战叠起。她给老倌喂水她给他喂药她还捶他的背抚他的胸……她说,哎哎,那钱不要了喔那不是钱哟那不是福那分明是祸嘛哎哟哟……

有赞随了保卫局那两个男人把马吉放带到凡大老倌家指认时,凡大老倌刚刚咳过一回,婆佬的手也捶得泛起软绵。

小分头是特工总部派来"撒钱"的"财神"之一,那天就是他摸到凡大老倌的门边撂下那一大摞"票子"的。

"就这儿就这儿!"小分头说。

"我放了一扎钱我本来想放两扎的后来觉得那个我就放了一扎……"他说。

小分头很肯定地那么说,他看上去很年轻,甚至有几分英俊。他在庐山特训班里曾经有过好成绩,第一次参与执行重大的任务,踌躇满志,想着一出手就得有平步青云的好机会,得好好显示一番。却不曾想,莫名地被人当成落水狗抓了。他想都是命,第一次参加重大行动,竟然成了阶下囚,

第十九章

命哟。开初他还想,我咬住,不成功便成仁,我舍身为国,也算是英武了一场。

他以为那些讯问的人要严刑拷打,特工总部对待红军的探子就是这么做的,就算是以其人之道还治其人之身吧。可是,红军没那么做,没上刑,也没关他们黑牢,更没送他们去矿洞里做苦力……红军让他们住在一个偏僻地方,那地方山清水秀那地方堪比世外桃源。当然,看守是有的,那些士兵对他们看守得很严。士兵跟他们说,你们别跑,你们根本找不到路你们跑不出去。发现了会被人打死,就是没被发现,也会在这深山老林里饿死冻死成孤魂野鬼。

有人确实也想过逃跑,但第二天被人抬了回来。人死了,不是士兵开枪打死的,是从崖上跌下来摔死的。那个曾经的同学死得很惨,脸摔成了一团肉浆。红军让小分头和其他的弟兄们看,那死状和周边的风景显然格格不入。那时,小分头觉得心上一角什么地方软乎了一下。

红军依然跟他们说笑,被俘时,小分头什么都想到了也做了各种各样的准备,但就是没想到红军会这么做。士兵一律没穿军服,他们当然也没囚装,穿的还是那天落水时一身排客的装束。看去这儿就像深山老林里的一个小小村庄,他们不管红的白的,都是这个村子里的住户。那几天他看着棚寮不远处开垦出来的一片山地,真想去那里种种庄稼。

士兵说:"你们想种你们可以去种种地。"

他真的去了那地方,他和红军士兵一起种地,他们说着话拉着家常。也许就是那种气氛悄然融化了他和他的弟兄们内心里的某种东西,他说不清,他也没问过他的那些弟兄。他想,问也没用,他们也说不清。

那天,他们吃饭,小分头发现他们和士兵的饭菜不一样。

"哎哎,我们碗里的菜不一样哟?"小分头跟个士兵说。小分头有些惊讶,他看见那些士兵碗里吃的是碎米和了野菜煮的稀粥,

"你们是客嘛……呵呵……这没什么……"那个后生说。

"你们真把我们当客?"

"那是……现在东西难弄，也只能给你们弄点野味做荤腥……"

"你们一直就吃这些东西？"

"以前好些……这些日子减半了……"

"唉……"

"你看你叹气你这后生……"士兵笑笑的。士兵笑起来并不那么好看，脸上肉一跳一跳的，眼眯成两道细小线线，露一口黑黄牙齿，但那笑却让小分头心里突然涌上些莫名感动。

他想，他们真与其他人有许多的不同。

也许正是这些不同，往他心上插了把软刀子，把他身上石头一样的硬东西戳成了水，他想，他先是个人，然后是其他。人就这么怪，到了另一个地方另一些人里，你脑壳里东西就悄然地发生变化。那一天，他跟士兵说，我想见见你们的长官。保卫局派了一个人接见了他，他跟那个男人说，你们想知道的我可以告诉你。

然后，他带了他们来了这个村子的这户人家，他听到他们提到凡大这个名字。

他们进屋时，凡大老倌支撑着要起身。

有赞说："你躺着你躺着……有事你躺着我们跟你说。"

"我知道你们为什么事来我知道……"凡大老倌说。

"我正等你们来……"他说。

人们看见凡大老倌老脸上皮肉颤颤那么跳了几跳，"呵呵呵呵……"他怪怪地笑出了声音。

"我知道……我知道……呵呵呵……"他说。

"你别笑！"保卫局的人喝道。

有赞想接着下面的话，可他没来得及说，人们听到屋子里哇一声号哭，"呜呜咿咿……"凡大老倌又哭了起来，脸上涕泪兮兮。

"你别哭！"保卫局的人说。

第十九章

"我知道……"

"你知道什么？"保卫局的人说。

"我知道你们找我什么事，我知道……"凡大老倌说。

"真知道就好……"保卫局的人说。

"我想交出去可我没了那天晚上叫几个贼人抢光了……"凡大老倌说。

其实他没说实话，那大叠"票子"他还有一大摞藏着。

"那些天你购的货什呢？"保卫局那人说。

"怎么？"

"你要全部交出来。"

"我为什么要交出来？"凡大老倌硬声硬气地回了一句。婆佬和有赞都很意外，没想到凡大老倌会倔到这份上。

"吔吔？"

"吔个什么？我说错了？我为什么要交出来？"凡大老倌针锋相对。

"你用假币购物……"

"你说的？……你拿证据来。你拿不出你是陷害红属……"

保卫局的那人没话好说了，你叫人家上哪儿拿什么证据？他一时语无伦次，脸上红一阵白一阵。

"你拿证据！"凡大老倌得理不让人样子。

"你要说出证据我家全交出来我家全交……"凡大老倌那么说。

有赞说："本来我想说些什么的，现在用不着我说了。我准备了大堆的话想给你说说，我一夜没睡我在想着要说的这些话……"

"我想了一晚上，一夜都没合眼……你看看你看看你个凡大老倌哟……"有赞说。

有赞脸上那些笑容消失了，他担心的事到底还是发生了，甚至比他想象的还要严重。他知道，凡大老倌是块硬骨头，凡大老倌是块难啃的骨头，啃下这块骨头，其余事情就好办了。那些眼睛都在盯着他，凡大如不交，没人会交；凡大要交了，十有八九就都交了。只要凡大老倌这里没事，别人那里问题就不大了。

可这骨头看样子真是块硬骨头臭骨头，很难啃，不是一般的难啃哟。

不欢而散，这真是谁也没想到的。

三　许多人心里七上八下

有赞和马拱八他们搭着台子，他们有模有样地那么做着，一丝不苟，因为俞启岳说这事很重要非常重要。

俞启岳说："首长要亲自来哩，马虎不得哟。"

有赞说："不就是个兑换的台子，往常摆一张桌子就行了，还搭台子扎彩？弄得像唱戏样？"

俞启岳说："就是唱戏哟，比唱戏还重要。"

"不仅要兑现承诺让群众自愿兑现钱，而且要兑出影响。"俞启岳说。

"这也是一场战斗……这些都是首长说的不是我说的……"俞启岳说。

马拱八有些明白又有些不明白，似懂非懂他就没吭声埋头干活。他没说话，他觉得这事情很重要。不管明白不明白知道事情重要就行了。据说首长自己要亲自参加，你想就是，首长亲自来，还有保卫局的那个头儿也要来，上头把这事看得很重。

他往那边看了一眼，那个富家小姐和秀妹子还有一帮蓝衫剧社的妹子在那儿扎纸花。三个女人一台戏，何况那么多的女人，她们能少了喧嚣？她们笑，她们亮了嗓说话，她们还唱戏词和山歌……

天还是那么冷，但是风停了，寒冷不是风送来的，像是从地里拱出来的，不然怎么泥地好好的被冰凌一片片地拱起？日头也从山那边出来了，红得有点娇羞，不然怎么柔柔地现出几分昏黄来？也许是马拱八他们弄出的动静,也许是他们想看看兑钱的热闹,也许他们还想看别的什么。虽然是个墟日,但来曲洋的人明显比往常多得多。那边,陆续看到有乡民从四面八方来,可他们都远远地待在合适的地方。

他们往这边看。他们知道今天有新鲜事情,不过他们似乎对那一切好奇而又怀疑。他们的目光很特别,他们的目光不同往常。

银行承诺给大家兑换,说出去的话泼出的水,不能轻易收回来,要兑现。

他们选了曲洋这个地方做开头,万事开头难哟。许多人心里七上八下。

首长做部署的时候对大家说,这是个开头,也算是个示范,要大张旗鼓。

大家明白首长这话的意思,就是说这开头要弄得有声有色有影响有声势。可是怎么才能止住挤兑风潮?怎么才能有相应的效果?这一点,许多人心里都没底,所以他们心里七上八下。

他们把台子搭好了,然后把那只箩筐抬到台子上,箩筐很重,箩筐里面是银洋。

四 日子不同寻常

凡大老倌说:"那只茶油坛子呢?"

婆佬愣看了老倌好一会儿,已经有大半年没有过茶油了,老倌子神经劲又上来了?找什么茶油坛子?

"早就没吃过茶油了,你找那只坛子?"婆佬说。

"我是找那只坛子。"

"没油了早没油了。"

凡大老倌火了:"我说我找那只坛子你跟我说有没有油的事?你把坛子给我找来就是!"

婆佬想他疯了:"坛子又不是猫狗,能到处走跑吗?还不在那老地方?"

凡大老倌翘了屁股在床底下角落里找出那只黑糊糊的坛子。婆佬大眼小眼地看着老倌，她想弄清楚老家伙为什么翻找出这东西。

凡大老倌没动那只坛子。

凡大老倌倒了盆水，把手脸什么的从容洗了个干净，翻出那件新袄。

"你个鬼，这是留了过年穿的哟。"

"我现在就想穿。"

"鬼打你脑壳！"

"鬼打你！我自己的衣服自己想什么时候穿就什么时候穿，又不是穿你身上……"

"你看你……"

"看就看，你看个够！"凡大老倌丢了这么一句不再吭声了，他开始有条不紊地做他的事。婆佬一边搓她的麻丝，一边往这边瞟那么几眼。

他把衣服穿得很认真，又用梳子梳着头。

这鬼，十几年没那么梳过头哟。婆佬皱着眉头那么想，她没把这话说出来。

后来，她就看见凡大老倌伸手到那坛子里了，她以为他会拿出什么东西，没有。凡大老倌手从坛子里出来，就一下一下往头发上抹。婆佬恍然大悟，哦哟，这老倌弄起这名堂哩！

"你都快入土的人一个，弄得像新郎样？"

凡大老倌决心沉默下去，他不理会婆佬，他把那些事做完，然后才从墙洞里摸出那扎钱，那儿还有些没出手的纸钞。

"要死喔，你还惦着那些票子，你不把家害个彻底你不甘休……"

凡大老倌脸像石头样，面无表情。

"你还有脸去碰那些票子？"

凡大老倌依然不理会，却鼓出一种表情，看去有些理直气壮，看去有些莫名其妙的昂扬，看去又像跟谁较着劲。婆佬这时候又想说什么，可没说，心想，我不说，我的话都是耳边风。我也不看了，眼不见为净，我管你哟，你个老倌真是疯了癫了。

耳边真的是掠过一阵冷风，看去，凡人老倌推开门，巷子里蹿着的冷风瞅着个空儿就钻了进来。婆佬起了个寒战。

凡大老倌走出门，却不关门，任了风进屋。风更猖狂了，竟然旋卷了些碎叶的尘屑进屋。婆佬蹿了起来，关了门，却很快又自己打开了。她不放心老倌，她得看看去，难说老倌弄出个什么事来。天爷，他疯了哟。

婆佬走到街子上，才发现到处都是人，日子不同寻常，像过年节，不，比过年节还热闹。她眉头又皱巴了起来。

人们脸上怪怪的表情，笑着，却一直往那个方向看。那边，好像有些男人在搭台子。唱戏？没人家做红的白的喜事，唱戏的事从何说起？是队伍是做宣传？也不像，队伍上是常有人来曲洋做宣传鼓动，扩红呀，征粮呀，动员了支前也动员了买公债什么的……

我管他，看看去。原来老倌是为了这个哟，看看去！

婆佬这么想着。很快，她看见自己家男人融入到那些人流里。婆佬没犹豫，她把皱着的眉头舒展了开来，也一滴水样融进了那片湖里。

第二十章

一 眼见为实

　　人群里很多张脸，看不出个什么表情，他们时不时往台子那边张望，似乎期望那边出现一些新鲜。没人想到黎译宏也会在那里，那个哑人伙计方小也影子似的跟着，当然也在那儿。

　　他们打着手语，方小显然一直不理解黎译宏这一次的"行动"。

　　没什么好看的我看没什么好看……方小打着手语说。

　　黎译宏用手语回话：没什么好看的这么多人聚了来？

　　他们看热闹，他们闲着没事村里井里出了只六只脚的蛙树上飞了只长翅膀的鼠他们也要围了聚了哩。

　　那我们就也看个新鲜不行吗？

　　哦哦在虎狼窝里看新鲜？

　　出其不意，没人会想到我们这时候还敢来这地方。

　　我看不出有什么大用处……

　　有些事不是有大用处才去做的，有的时候就是想来看看，这些你现在一时不会明白将来会明白的……

　　方小不打手势了，他眨巴着眼睛，哑人就这样，说多了手累。问题是方小看出，手再累对于黎译宏来说也无济于事，如果他真的言之有用，就是手再累他也会说的。

他不说了，他记着黎译宏的话就当来看个新鲜。他又往那台子看了一眼，台子已经扎好，有人往台子上搬东西。风也有些无聊了，刮过来刮过去，在台子前的空坪上打着旋旋，弄一些屑尘败叶舞得张扬。尘霾里，模糊地看见那些攒动而拥挤的人影。他想，看看热闹也好，头儿心里有数，出不了事。就是出事也是命，头儿叫我来我就来了，军令如山。头儿近来心情不是太好，就少跟他说吧，我本来就是个哑巴，头儿挑了我本来就是让我少说话，我说那么多干什么？头儿常常心血来潮的，他的心思常人很难摸透。我不管了，我也管不了。

黎译宏来这儿是不是心血来潮？他自己也说不清。

"财神"行动计划失手，徐恩曾专门从南京赶了过来。

"有人借韩丰有的事做文章。"徐恩曾说。

"我真没想到会是韩丰有……"黎译宏说。

"谁能想到呢？现在想不到的事情太多了。"

"也许上头不该那么快就把他给毙了。"

"是我的决定……"

"嗯？"

"很难说韩丰有这案子到底是怎么回事，有许多蹊跷地方。"

"你觉得蹊跷……"

"你不觉得？"

"我当然觉得，"黎译宏说，"所以我说也许上头不该那么快就把他毙了……我不知道是老师的主意……"

徐恩曾摇了摇头，黎译宏一时不解徐恩曾摇头的意图，他没看徐恩曾，他看地下。

"很难说韩丰有是什么背景……"徐恩曾说。

"也许他是复兴社安插在我们这儿的人……也许他有粤军红军的背景

也难说……也许什么都不是，是有人要找个替死鬼……"

黎译宏心上一只手在抓揪着。

"不管他了，他的死了结了一个事，画上一个句号……"徐恩曾说。

"我给丰有的家眷送去一张支票……可以保证他们母子下半生不会有太多的窘迫……"

"你做得很对！"

"我们得为韩丰有报仇，我不会放过那些人的……"黎译宏唇角有些抖颤，"财神"的挫败也好，韩丰有的丢卒保车也好，对特工总部和黎译宏本人来说都是一种耻辱。

他没想到徐恩曾会让他休假。

"你有两年没回绍兴老家了吧？"

"嗯。"黎译宏嗯了一声，他奇怪徐恩曾怎么提起这件事。

"你回家看看吧……"

"回家？"

"是的，我决定让你休假……"

"休假？"

"我知道你很意外，我也知道你会不乐意，其实我也不想你这时候离开，但我想了想，这么安排最好……"

黎译宏知道徐恩曾的用心，徐恩曾这么做是为了保护自己，让自己暂时远离一下这些是非，而其他的问题他自己顶。这让黎译宏想起韩丰有，想起韩丰有心里就被什么重重地刺了一下，然后满是羞愧。但很快那些就被风吹走了。他想，我那么做也不是为了我自己，是为了徐恩曾为了特工总部，甚至为了整个党国的伟业。

"你先休息一些日子。"

"你是说这些日子我可以自由自在地想上哪儿就去哪儿？"黎译宏说。

"是的，你想去什么地方散散心也行……旅游也是个不错的选择……"

"那好吧！"黎译宏笑着说，他想给上司一种轻松的感觉。

黎译宏没回老家也没去什么风景名胜，他出人意料地带了方小来到曲洋。他没有告诉任何人，行营上下都知道黎译宏休假去了。没有人会想到他要去那么个地方，可他就是想去，这念头很顽固，也说不清什么原因。按说人在一个地方跌个惨惨走了麦城，甚至永远都不愿意想起都不愿意提及，可事情才过不久，黎译宏却急不可耐要去"麦城"。

那是他内心有个奇怪的问号，是个谜吧。人有时就这样，心里像中了邪起了魔一样，不弄个明白不水落石出就不安生。

红军说如数兑换，他有些不信。他心里很明白，"财神"行动撒出的假币数额十倍于真币，就是红军真有诚心全部兑现，他们哪来那么多的硬通货？可是红军的告示贴满匪区城乡，言之凿凿，信誓旦旦。红军难道真有那么多的"财宝"？要是没有，老百姓真就能把手头的那些"票子"交出来？红军用什么神奇妙法化险为夷？要是解决不了这些问题，红军不是自找难堪自己往自己脸上糊屎？

黎译宏百思不得其解，他想他得去那地方走一趟，眼见为实。

他真就来了。

多少还是冒了些风险的，但他觉得这很刺激，可是一到这儿来他就放心了许多。来了那么多的人，看来大家跟他想的一样，来这儿都是为了那四个字：眼见为实。

二　红军言信行果一诺千金

最不放心的是俞启岳。他觉得心里蹲着只惊蛰天才出眠的蛙，惴惴不安。

首长说日子到了，我们要进行双兑。

"双兑？"俞启岳眉头跳了下看向首长，他们几个不明白这两字的含意，首长怎么就生造出一个词"双兑"？

"是双兑！"首长笑着说，一脸轻松的样子。

"一是兑现群众想兑的现洋，不仅为此，更重要的目的，是兑现我们的承诺！"

"红军言信行果一诺千金！"首长说。

他们就贴告示了，他们就搭台子了，弄得风生水起好一番响动。越这么俞启岳就越觉得不安，心里那只蛤蟆一跳一跳的了。要是真就爆发了挤兑怎么办？假币的数额就连马吉放他们都不清楚，具体投放苏区的数额只有特工总部的头目知道。现在经过做工作，收回销毁了不少，但到底社会上还有多少，谁心里也没个底。要是大家都真拿了来兑换，你是真兑还是有所保留？言信行果一诺千金，肯定不能有所保留。但要真全都拥了挤了来兑，红军手头的准备金不足怎么办？这么张扬了，那么多双眼睛看了，那不仅是出洋相了那还真是中了敌人的奸计，苏维埃银行将满盘皆输。

这种担心，当然不止俞启岳一个人有，彭铭耀更是比别人急，平常一个沉默寡言的眼镜客，有点急得火烧眉毛那样。他火急火燎地找到俞启岳。

"我要见他，我要提醒他这么做不行，很危险……"

"这些天他很忙，我也想见他给他说说……正好明天瑞金有个事我要去下，我会见见首长，你有什么话跟我说我一并带了去。"俞启岳说。

"你跟他说没用。"

"怎么我跟他说就没用了？你看你眼镜客说的……"

"你说不清楚……"

"噢噢我说不清你能说清？"

"我关了自己两天没出那门……"

俞启岳想起，这两天确实彭铭耀又把自己关了两天。

"我读了那些书，我越读越担心。"

第二十章

俞启岳点了点头,他承认彭铭耀的担心比他有道理。人家从书上得到很多东西,所谓前车之鉴,自己这点远不如彭铭耀哩。

"你说说你说说……"

"松方正义其实是赌一把,他也知道紧缩财政造成严重通货紧缩,农民、中小企业主甚至士族阶层相继破产,这样一来,社会难免出现动荡,政府将面临垮台的危险……"彭铭耀说。

俞启岳听不懂,他眨巴着眼睛。

"再说松方正义当时有办法从外国让金银流入本国,我们却不可能这么做……"彭铭耀说。

"什么呀什么哟听得我云里雾里的。"

"我说了嘛跟你说不清的,跟你说不清你怎么跟首长说得清?"彭铭耀说。

俞启岳说:"也是哦!"

他们没去成瑞金,因为首长来了,首长像及时雨样,来得让人喜出望外。

"啊啊,我一分钟也坐不住,我得见你,我本来要俞启岳带了来见你的,没想到你就来了。"

首长笑了:"看样子十万火急呀?"

"是哟,火烧眉毛,就是火烧了眉毛也没什么,可现在我担心的是大火烧了苏维埃哟……"彭铭耀说。

首长平静地笑着,他不作声,只笑。

"你看你还笑?"

"我听你把话说完哩。"

彭铭耀就把跟俞启岳说的那些重又跟首长说了,首长倒是听明白了。

"你说赌一把,那就说错了。"

"我是说松方正义。"

"他也有一定的信心,不然很难处理那场危机。"首长说。

"当时的日本社会进入了恶性通货膨胀状态,政府纸币信用急剧下降,政权岌岌可危,就像得了重病,眼见要气绝,得下猛药,重了,一命呜呼,轻了,没有疗效。这分量难掌握,只有赌一把……"

首长还是笑,首长说苏维埃的情况和1868年的日本不一样哟。他说我来就是想跟你们说说这个,他说你们来都叫了来。俞启岳说首长要谈工作吗?首长说我跟你们谈谈我的看法征求下大家的意见。

首长说了很多,首长的那些话让彭铭耀和俞启岳几个心上舒展了一些。他们虽然还是有些担心,但不是那种揪心了,是隐隐的一点忧心。但他们记住了首长的话,他们觉得首长的话很有道理。

三 那个河堤上走着的老倌走得不同凡响走得张扬硬气

人越聚越多,人们从四面八方拥过来。那时候日头已经悬到山脊上了,让四周每个角落添了些许的暖意。

河堤上,一团黑黑东西蠕动着,渐往这边移动。看去,看出是个人。怪哟!什么人不走大道往河堤上走?河堤上风大不嫌冷的吗?

人们齐齐地扭动着脖子,那些脸像些树叶,被风刮着朝向了一边。他们唧喳着。

那个人往这边走来,走近,有人看出是凡大老倌。

是凡大哩。有人说。

怎么是他?他怎么往那地方走?有人说。

是他哟。有人说。

怀疑的人说,看去像是他,可怎么那些狗朝着他前前后后地叫?它们不认识凡大老倌?

等人走得更近,众人都确信那是凡大老倌,却一脸的诧异。

第二十章

"呀呀！真是他哟！"

那件新袄很张扬，惹人注目。他头发也别样整齐光亮，风吹去也无济于事，他脸上毫无表情，看不出他心里想个什么。有人跟他打招呼："哎哎，凡大老倌！"他像没听见，他那么直直地专注往前走。

很多双眼睛集中在了这个老倌身上，没什么特别处，可那些眼睛就是定定地看着他。后来人们想，那么多的人在寒风里等待，难道等待的就是这么个人？

后来的事实证明了这一点，的确好像是等着凡大老倌。他的出现让很多人眼睛一亮。

后来凡大老倌跟几个乡邻说："你们一直在等我？"

"何止我们，我看场坪上很多人都在等你。"

"哦哦！我没想到。"凡大老倌说。

"哦哦……"对方显现出难堪脸色，"是我们没想到我们做梦也没想到哩。"

凡大老倌也把这话跟俞启岳几个说。

"你们也一直在等我？"

"那是那是……后来我知道我们首长一直在等你出现……"

"哦哦！我没想到一点也没想到。"凡大老倌说。

他更没想到的是还有另外的一个人在等着他的出现，那是黎译宏。那个人混在人群里，但眼睛一直在四下里张望。人们注意到河堤上的凡大老倌，他们说出了他的名字，黎译宏的眼睛随之一亮，

凡大老倌不肯承认收有假币，还硬气地要保卫局的人拿证据来，人家拿不出便说人家是陷害红属什么的……这些很快就风似的传开了，消息不胫而走。黎译宏当然也从线人那得知了。有人说啧啧，那不是凡大老倌吗？他心头就那么一亮。

那个河堤上走着的老倌走得不同凡响走得张扬硬气，黎译宏就感觉到

了一点什么,他亢奋起来,他觉得有好戏看。他感觉到那些乡民也正等待着一只头羊,什么事得有个起头的,没有,那一步就难迈出来。

特工总部这么个来回是输得很惨很惨,几近全军覆没没错,可"财神"计划不能说是满盘皆输,还有戏呢,还有残局。不是一般的残局,是难收拾的,甚至可以说是无法收拾的。

好戏在后头。他想到这么句话。

看来交手说不上谁输谁赢,玉石俱损哩。他想。

黎译宏这点上确实老辣,一些乡民也正等着只头羊,他一点也没猜错。

凡大老倌的身影才出现,有人就暗暗高兴了。不是一个人,是很多人,他们心里颤了一下就烘烘地燥热了起来。

他们是有准备才来的,他们不相信红军真会如期兑换。可事情却有板有眼地在进行着,到处贴了告示,郑重其事,还有模有样地搭了台子弄得很张扬。他们怀里都揣了那些票子,可他们觉得有几分担心,也许是个套,引人上钩呢,枪打出头鸟,我才不带这个头。他们都这么想,所以,他们都在等着有个人起头。他们还想到蛮三,有些事得跟风,不要像蛮三那样,招惹了鬼神遭报应。

他们想到了很多,当然,他们更想的是怀里的那些票子能变成现洋,但他们不会带这个头,只要有人带个头,他们就上去。

台子上,俞启岳他们也看着那边走来的凡大老倌。俞启岳心上就有人伸出一只巴掌了,先是五指张着的,现在那五根指头要捏拢了,越捏越拢。他的担心又雾岚样涌上来,涌在他心上脸上。他看看有赞几个,几个人眼光游移不定。他看首长,首长的目光坚定。他想走过去跟首长说个什么,但首长那目光让他收回了那念头。

首长也看着那个远处往这边走来的人,那目光很镇定。

凡大老倌拴住了所有人的目光。可他却不看他们,他似乎什么都不看,就看着自己的脚尖,然后一步一步往前走。

走走,他就像片犁刀,人群就像一片田,他往前走,人群就自动分开让出条路给他,像犁开了一道"槽"。那个老倌从人槽里继续往那边走。

四 自己的钱自己做主

凡大老倌终于走到那张台子前。

台下一下子静了下来,风从人们头顶掠过,发出含糊的声响。人们依然看着凡大老倌,目光成了些问号钩钩,在那个老倌身边左左右右地跳。俞启岳坐在那张台子上,看到凡大老倌走近,他笑了一下。彭铭耀和汤有赞也笑了一下,他们不知道为什么那一刻脸上竟然涌上一份笑。

凡大老倌的脸很严肃,大家以为他会笑一下,他没笑。

"你们贴了告示的……"凡大老倌说。

"那是那是……"

"都是真的?"

"当然是真的,你看这不是现洋吗?"有赞甚至提了一下那只装银洋的口袋,那里发出金属碰撞的脆响。

凡大老倌开始解着袄扣,他把襟摆撩了起来,那些票子像排桩似的绑在腰背地方。俞启岳他们看见了,可远远的那些人看不见。他摆弄衣服哩。他们说。可后来不那么说了,他们看见老倌的那两只手陆续地从衣袄里取出什么,人们看清了,那是纸钞。凡大老倌慢慢地取出那些票子,放在那张台子上,风很大,他用一只手按着。

所有的目光都盯着那叠钱。

"是真的哟,那就好……"凡大老倌说。

有赞说:"你兑钱?"

"那是……白纸黑字……"

"是哟……白纸黑字！"

"那我想兑了这些钱，我知道你们说话算数……"凡大老倌说。

"算数！当然算数……你看你说的……"有赞那么说着，可他挪不动手脚。他想擒起那些银洋，也弄出一种响声回应这个老倌，可不知道为什么自己的手脚不听使唤。有赞看看俞启岳几个，他们也没有动作。

到底还是首长站了出来。

首长很坚决地点了点头。"当然算数！"首长也响亮地说了那句话。

首长微笑着，开始清点那些"票子"，他点得从容仔细。台子下每个角落都有人目不转睛地看着他，甚至看着他们的指头。

凡大老倌像没听见，依然点着那堆银洋。

他点完了，很响亮地说不错一点不错。底下又一片骚动声，他们以为凡大老倌要揣了那些银洋离开。

他没走，他一动不动站在那里。

"老人家，兑了钱你可以走了……"首长说。

"是哟，你走……你走……"有赞说。

谁也没想到凡大老倌没有动，也没人想到凡大老倌会说那么句话。

"我为什么走？"

大家一愣，不知道凡大老倌这话从何说起。

"我为什么走？你看你说的……"

"老人家，你还有什么事情？"首长说。

"我当然有事情！"

"你说。"

"我歇口气，我走了那么远的路我走得有些累了我歇歇……"

马拱八有些那个了，他来脾气了："哎哎！你知道在跟谁说话你就那么说？"

"跟谁说话我都这么说……我走得累了，我歇会儿。"

马拱八还想说什么,被首长摆摆手止住了。

首长递给凡大老倌一杯茶,凡大老倌咕嘟咕嘟喝了个干净。

首长又给凡大老倌递上烟袋袋,凡大老倌一声不吭地接了,往自己那烟杆里撮着烟丝。

苏维埃银行的几个男人眨巴着眼看着发生的一切,你个凡大哟,倒像首长欠了你的。你看你神气哟,你赢了是吧?他们大概那么想。

凡大老倌旁若无人那么从容抽完那口烟,他站了起来。谁都以为他会收起那些银洋,然后离开那地方,谁都以为他要走。

他没走,他把那堆银洋推了一下,"收起!"他跟有赞说。

有赞愣愣傻傻的。

"我叫你收起!"

"你改主意了?你不兑了?"

"你个鬼,我自己的钱我不兑?"

"那你叫我收起?"

"这些银洋是我凡大的了不?"

"是呀是呀……那你叫我收起?"

"是我的我用在哪儿我自己做主……我叫你收起你就收起……"

很多双眼睛都睁大了,跳出大片的惊愕。

"咂咂?你那么看我?你们那么看我?我脸上有花?我是怪物难道我是怪物?"

汤有赞小心地收起那些银洋,动作有些迟缓。

"这就对了!"凡大老倌说。

"……我自己的钱我捐给红军不行?我捐……"他说。

他笑了一下,这么久来人们才看到他的笑。

"你笑了,凡大老倌……"

"是哟,我想笑我能笑我就笑了。"凡大老倌说。打那天"财神"去了他家，他脸上皮肉就被什么一直拉得紧紧的。他没笑过，就是心里满是发了财有了钱的喜悦他也笑不出来，他曾经想笑，但奇怪自己笑不出来。现在，他终于笑出来了。他想，我不仅笑了一下，我笑时还长舒了一口气，不过你们没看到你们看不到。

"我自己的钱由了我做什么不是？"凡大老倌说。

"是是！"旁边的几个人都点着头。

"自己的钱自己做主。"

"是是！"

"我捐出来我捐给红军。"凡大老倌说。

然后他依然灿烂的笑挂在脸上。

首长也笑了。他是不是也长舒了一口气？也许有，也许没有，没人看得出。很多人长舒了一口气却是事实。

心上倒抽一口冷气的只有黎译宏，他绝没想到一切会是这么个结果。他是准备了一个笑的，一直在想着自己的那个笑脸。可他到底没能弄出那个笑来，他准备了的，凡大老倌走上台子那一刻起他就在心里想，终于是时候了，也将会是事实。他要让那个笑笑成一朵花，笑成阳光。

谁笑到最后，谁笑得最好。那时候他心里满满实实塞了的是这么一句。

可是，那笑没出现在他的脸上，当然，这不能算是"最后"，不管怎样，他没能让那个笑笑出来。

方小给他打着手语：我们走。他明白方小的担心。黎译宏往四下里看了看，人群渐散去，场坪上他和方小凸显了出来。

凡大老倌是带了个头，那一切让一些人脸上无颜嘴上无言，他们互相看看，然后放弃了那种打算，四散开去。

方小有着急的理由，人一走，他们就完全暴露在空空的场坪上。

"说不定有人认出你来。"方小打着手语说。

黎译宏没动弹。

"你看你……头儿这样很危险……"方小手舞动得有些急切。

黎译宏依然一动不动站在那里。他在想,有人会笑到最后的,但不是他,也不是他的那个党国。他想,诚信仁义能至于此,可奈何之?他想认出认出去,无所谓了……他想,或者认出反倒是好事,至少也算是个机会,让他表现为一个汉子的机会。

他想象着他们抓他时自己镇定自若气宇轩昂的样子,他想他会淡淡地跟他们说上一句什么,然后让脸上现出那个笑……

人群渐散去,只有他和方小站在那儿。

什么也没有发生。没人认出他们来,也许认出了,但没人理会他们。那个男人此刻彻底地崩溃了。他想,自己真是虎落平川一败涂地呀。他们甚至不给他这样一个表现硬气的机会,他们对他表现出极大的不屑。他本来想他们会来抓他,他面不改色心不跳,他要在这么个场合展现他的镇定,和一种虽败犹荣的气概或者说气势。可是他们不给他这个机会,他们又棋高一着。

场坪上空荡荡的,台子上也早已空无一人。

有风旋过来,朝黎译宏他们这边旋着,那片树叶就是风旋到他的脚边的,他看着那片半黄了的叶子像只蝴蝶样栖在了他的脚尖。

你再也回不到大树上去了,不管是大树还是小树你都回不去了。黎译宏想。

他朝方小很坚决地打了句手语:我们走!

五　生米煮成熟饭了

一直说要走的洪慧瑛却没有走。那天首长问起这事,哎哎,洪家小姐你怎么还没走呀?洪慧瑛说,你别叫我小姐。哦哦,那叫你什么?你叫我妹子吧，你叫满秀秀妹子你们怎么不能叫我妹子？首长看了洪慧瑛好半天，点了点头笑着叫了一声洪妹子。

洪慧瑛说你别那么看我，我会走的，但现在不想走，我有事要做。

哦看样子很紧急。

是很紧急很重要！

那天场坪上发生的一切洪慧瑛也目睹了，那时她就站在彭铭耀的身边，那会儿，她突然兴奋得一把抓住眼镜客的胳膊。她感觉那只胳膊在剧烈地抖颤着。彭铭耀太激动了，那一刻他的心绷着，直到凡大老倌说捐钱他才一下子松弛了下来。真没想到真没想到。眼镜客说。啊啊，我都差点掉进深井里了，掉到半截地方。啊啊，我又被抛回阳光里了。她觉得彭铭耀像个孩子，还像个女人。也许就那时洪慧瑛心底什么被撞击了一下，撞出一种火花来。

洪慧瑛不是为了眼镜客也不是为了谁，她是为了这群人，她觉得她应该帮帮他们。她觉得她能找到银矿。我能帮你们，我想帮帮你们。她这么说。她和彭铭耀说，这回你帮帮我吧，我们一起去山里找矿去。彭铭耀没多想，那时他已经读了不少地质学方面的书了，对大山有了一份别样的好奇。那时候正是阳春三月，花红草绿，春光明媚。好好，我跟你去我跟你去。他说。

一对男女真就去了山里。满山的映山红开得正盛，看去漫山遍野的红，像火，弄得他心里也一大片一大片的火在燃。山里蜂飞蝶舞，鸟在林子里鸣啾。彭铭耀说歇一会儿吧。洪慧瑛却歇不住，那一刻，她似乎完全变了一个人，在夹带了花香和鸟鸣的小风里跑着，这里颠颠，那里颠颠，扑蜂追蝶，拈花惹草。可能她真的是累了，软软地歪身在崖边上。崖边背阴向阳，长了一大片的嫩草。她朝彭铭耀喊，哎哎过来过来。彭铭耀坐了过来。洪慧瑛说，软和不？他说软。舒服不？他说很舒服，但就是崖边过山风大。洪慧瑛说，笨哟，风大你不会靠近我点？

彭铭耀就那么靠了一下。洪慧瑛说再近点再近点，我会吃了你呀？洪慧瑛把他往那边一拉，那地方草太软了，彭铭耀没坐实，就歪了下身子，不想就歪在洪慧瑛的怀里了。

彭铭耀和洪慧瑛两个人事后都想了很久，不知道怎么就掉进一摊软和里的。他甚至没看见洪慧瑛那娇羞的笑，洪慧瑛也没看见眼镜客那凝在脸上的惊吓。春情荡漾，春潮翻涌。荡也好涌也好，他们甚至没完全反应过来就把男女间的事做完了。

"怎么了怎么了？"洪慧瑛扯了彭铭耀问。

彭铭耀说："你问我，我问谁去？"

洪慧瑛一脸的红久久才消去，说："谁也别问了……我是你的人了。"

彭铭耀想这是自然的，生米煮成熟饭了哟，何况他一点也不讨厌洪慧瑛，经过这事后，他嚼出洪慧瑛身上一种甜甜的东西。他想，他会娶这个女人的，不过当然不是现在，现在他得回洋溪去。时间到了，首长只给了他一周的时间。

时候到了我得回的。他低低地和洪慧瑛说。

我会等你的。他说。

洪慧瑛点了点头。她动了一下和彭铭耀一起回的念头，可心里惦着那些银子。她说我再走走。

她没能完成自己的事。红军离开中央苏区的那个秋天，她刚刚找到个合适的地方，她想跟那些人说我找到矿脉了，有矿脉就可能有银子。

可她很失望，红军走了，彭铭耀也走了。他们走得很急，甚至来不及等她回来告诉她一声。她没想到祠堂里会派人来找她。他们说这些日子一族人揪心死了，兵荒马乱担心她的安危。她说她好得很，她说她找矿哩。族老们说，你找到了吗？她说，找到了，一座金山银山。族老们不知道她话有深意，愣愣地看着她。后来，他们看到她肚子慢慢地隆起了。

谁的？

老公的。

你嫁人了？

是红军！

噢噢……对外人可不能随便说这个。

怎么？

红军完了，他们都成刀下鬼了

没有，他们只是走了，走到很远的地方去了。洪慧瑛说这话时眼眸放亮，很认真很真切，好多年后事实证明了洪慧瑛的远见。族老们很惊诧，那么种情形下这个妹子怎么说得那么肯定，她是怎么知道的呢？

后　　记

　　走得很远的还有黎译宏,他再也没回特工总部。徐恩曾找过他一次,劝他回去,徐恩曾说胜败乃兵家常事,人不能因一时的败绩而伤了元气轻言放弃。黎译宏摇了摇头,还是做生意赚到钱才是王道。徐恩曾也摇了摇头,想说的话他没有说,他知道自己不说对方也心知肚明。做生意赚到钱才是王道他无异议,可前程也是钱呀,比生意赚钱来得更快,有好前程手里就会有权,前程越大手里权力越大,在中国哪朝哪代得了前程的官员不是用手中的权力换银子?好好的放弃了前程去做生意实在有点可惜。

　　他没劝住黎译宏。好多年后,徐恩曾才明白黎译宏的选择是对的。1945年,即徐恩曾担任中统领导职务的第十五年,徐恩曾参与中印缅边境交通走私,并放任前妻利用中统特权假借抗战物资运输大发国难财,终于被人抓住把柄,告到最高统帅那里。蒋介石大怒,颁下"撤去徐恩曾本兼各职永不录用"的手谕,从此徐恩曾一落千丈,终日郁郁寡欢。

　　走得更远的是红军。

　　1934年的10月,苏维埃国家银行行长及所辖十四名业务骨干被编入中央军委直属纵队代号第十五大队开始了举世无双的长征。剩余的几十担金银珠宝,甚至中央造币厂的主要器材石印机等,靠两百多名运输队员肩挑背驮,磕磕碰碰地踏上了漫漫万里征程。在沿途国民党重兵的围追堵截下,第十五大队一路上既要行军作战,保护中华苏维埃的"国家命脉",

又要见缝插针筹粮筹款，保障后勤供给，俨然成了中央红军的命根子。

1935年1月7日，红军攻占贵州重镇遵义，那时的情形是：经过湘江之战的重创，还有黔桂高山峻岭的艰苦跋涉，与敌围追堵截大军的拼搏，中央红军面临的局面是，由八万红军锐减至不足三万，伤兵满营，将士饥寒交迫，士气低落……腊月隆冬红军的许多士兵还身着单衣脚穿草鞋，由于饥饿劳累，士兵疲累憔悴。而数十万白军围追堵截，红军的形势危如累卵，千钧一发。

进入遵义，红军得到一座富城，东西应有尽有。但红军纪律严明，官兵入城，不得动商户百姓任何东西，真可谓秋毫无犯。可军需如何得以补充，士兵衣食何来？得用"钱"买。

首长把俞启岳几个召集到了一起。上级命令苏维埃国家银行发行纸币，用以购物补充军需。俞启岳几个都知道，红军当时并没有专门的后勤部门，这职责一直由中华苏维埃银行承担，中华苏维埃银行相当于红军的总后勤部。

首长说，这任务很重要也相当困难。

首长亲自带领俞启岳几个去拜会了当地商会的会长。首长说，你们尽可以放心恢复经营正常做生意，红军不会动你们的一针一线。会长是个中年人，他点了点头，那是，要动早动了，可是……

首长的话让他既诧异也很感动，但也有些不可理解。就是说，他有些怀疑。他想，这么一支军队纪律严明当然好，可你腊月天气将士都一身秋装衣不遮体的，进城也没见什么粮草随行，这不能拿那不准要，不说饿死冻死在这里，可是怎么去打仗？

首长看出那人肚子里没说出来的话，他笑着说："我们买！"

钱呢？

我们有红军票。

商会会长依然有些怀疑。

后记

很多人不知道，商会会长当然也不知道，红军当时并没有专门的后勤部门，这职责由中华苏维埃银行承担，十五大队也就是苏维埃国家银行负责红军的后勤保障。红军需要购买大量的物资，他们也需要把钱交给各军团，以便给士兵发些饷钱。红军还得购军需，吃的穿的日用品不必说还得有药品什么的。这些钱，当时都要由十五大队支付。

十五大队一百多副担子中，除了金银大洋，还有许多当时在江西苏区印制好的纸币。红军拿出了这些钱，分发给士兵，让他们好好地剃个头剪剪发修修胡子，买些日常用品。而队伍上却想用此来购买布匹和粮食及相关物资。

但是，情况没他们想象的那么顺利，负责采购的军官和士兵们捏着那些纸币高兴而去却扫兴而回。他们在街上碰了钉子，没有商家肯收那种苏维埃纸币，商家不收你不能强迫人家收。

商家说，哦哦原来红军秋毫无犯是假的，他们不明抢却是暗抢。

商家说，红军用些纸片来购我们的货，要是守不住拍拍屁股一走了之，我们这些钱就真了一堆废纸。

商家甚至说，这招毒呀，太毒了。

商会会长说，我就知道弄不成我就知道。

可他很快看到，那些男人镇定自若，那些男人从容不迫。他不知道，他们当然信心十足，因为他们在苏区有过那种经历，他们知道诚信在身，一切都好办。他们在街头展示了那些金银，然后对大家说，红军票有抵押有信誉，红军讲诚信守道义这些纸钞你们放胆用，红军要真离城，每一分每一厘如数兑还。

他看到渐有民众被那种诚恳打动，渐有人接受了那些纸钞。然后，街市上铺面也陆续开门经营，很祥和很热闹，似乎又一个太平盛世。

会长想错了，很快重兵围城，城里的这支军队寡不敌众将离城而去。

他真的看到让他更为意外和感动的一幕，红军真在他们在离开遵义之前，全部用银元或实物将那些纸钞兑回。他们甚至留下一个小分队，冒死将民众手里散存的纸钞如数兑回。

他跟他们说，你们走吧，命比什么都重要。

他们跟他说，诚信有时比命更重要！

1935年1月29日，中央军委直属纵队第十五大队为突出重围，奉命在赤水河边忍痛割爱，销毁了随身所带的纸币和印钞机器，轻装上路，全速向北挺进。10月19日，中央红军历尽千难万险，终于抵达陕北革命根据地，长征胜利结束。

此时，第十五大队十四名国家银行干部仅剩下八人，十几担金银已用去许多，余下的两担黄金、银元依然原封未动，保存完整。彭铭耀没能活下来，他在草地行军时没身于那些沼泽。他牺牲后的第五天，在南方一座小城的一间瓦房里，他的儿子降生在这个世界。

苏维埃国家银行八个从长征走出来的男人里，汤有赞活得最久，一直活到九十有三。他离休后常常去一些地方跟人讲传统，也写了许多的文章。

他在一本书里写道：诚信为本，重德者贤，唯贤唯德，能服于人。在苏区打破和战胜强敌的经济封锁和军事围剿，靠的就是民心，乃至后来这支军队取得全国的胜利，也是因为得民心。在遵义那些日子，这一点尤其突出。像这样一支队伍，你想象不到他们会有那么样的铁一样的纪律，你更想象不出在其后的征募新兵的活动中会有那么多民众自愿加入其中，可红军在遵义不长的一段时间里却确确实实表现出了出人意料的一切。红军不仅在遵义得到了所需的补给，而且在很短时间里招募了四千新兵。严明的军纪和信守道义、恪守诚信的作风，在此后红军的立足及招募工作中起到了关键的作用。

其实，任何时期都是遵循道义者得道，逆之则失道；得道者多助，失道者寡助。然胜败亦自分明了，红军在遵义充分体现了这一点。巧合的是，红军充分体现诚信、展示道义的地方正是这座叫遵义的城市。遵义遵义，遵循道义之城。不知道这座城市名字的由来是不是取自于这四个字,但红军在遵义的实际行动,却赋予这座城市这种含义。"遵循道义,立足之本",这应该是红军从逆境走向胜利的根本原因之一。

2011年5月13日至11月23日于海口"花语庭院"

图书在版编目（CIP）数据

红币/张品成著. —济南：山东文艺出版社，2012.5
ISBN 978-7-5329-3687-8

Ⅰ.①红… Ⅱ.①张… Ⅲ.①长篇小说－中国－当代
Ⅳ.①I247.5

中国版本图书馆CIP数据核字（2012）第016741号

红币

张品成 著

主管部门：	山东出版集团
集团网址：	www.sdpress.com.cn
出版发行：	山东文艺出版社
社　　址：	山东省济南市英雄山路189号
邮　　编：	250002
网　　址：	www.sdwypress.com

读者服务：0531-82098776（总编室）
　　　　　0531-82098775（发行部）
电子邮箱：sdwy@sdpress.com.cn

印　　刷：	山东临沂新华印刷物流集团
开　　本：	720×1020毫米　16开
印　　张：	22　插页/2
字　　数：	291千字
版　　次：	2012年5月第1版
印　　次：	2012年5月第1次印刷
书　　号：	ISBN 978-7-5329-3687-8
定　　价：	35.00元

版权专有，侵权必究。如有图书质量问题，请与出版社联系调换。